ENRICO TIROTTO

IL BATTILASTRA

Non si era mai sentito a suo agio e lo mostrava stringendo i braccioli della soffice poltrona in cui si era accomodato. La decima seduta si mostrava identica alle precedenti non riuscendo a distendersi come lo psicologo avrebbe voluto, malgrado fosse suo amico.

- ..Definisci questa settimana!-

Enrico non riuscì ad oltrepassare quelle lenti sottili che velavano lo sguardo del medico, - ..Come la precedente..anzi no!
-

Amedeo Lanzi smise di appuntare l'anamnesi del paziente sollevando la sfera della penna dal foglio. - Ti ascolto.. -

- Una banalità. - rispose Enrico, distogliendo lo sguardo.

- Lascia che sia io a deciderlo. -

Enrico Pellecchia, artigiano da tre generazioni disarcionò le gambe. - ..un sogno..-

- Descrivimelo ! -

- ..E' cominciato diverse notti fa ed é diventato ricorrente..non sembra neppure un sogno. -

- Cosa intendi ? - Chiese Amedeo posando gli occhiali e la penna sulla scrivania, lasciandosi andare nella poltrona.

Enrico e Amedeo si erano conosciuti precedentemente alla scomparsa di Angela di cui il medico era stato l'analista, tramutando quella conoscenza in un rapporto amichevole e confidenziale. - ..é soltanto una sensazione... -

Lo psicologo increspò le labbra del volto ancora giovanile da quarantenne appagato. - Mi paghi per ascoltarti e le sensazioni sono comprese nel prezzo. -

Enrico mise istintivamente le mani sulla giacca aggrinzita che da settimane stazionava raggomitolata ai piedi del letto. - Credo di aver disatteso fin troppo il tuo onorario. -

Il medico allungò il palmo della mano - Non é il momento..parlami del sogno. -

Enrico distese le pieghe dell'ampia fronte, ricoperta in parte da quel ciuffo di capelli che puntualmente vi ricadeva - ..mi ritrovo in un ambiente, una parte del quale é buio...ma il punto é che sono pienamente cosciente..-

- Vai avanti!- spronò l'analista.

-..Lucido..come in questo istante..-

- Cosa ti fa pensare che lo sia ? - Approfondì Amedeo.

Lui diede uno sguardo allo studio senza vederlo, aleggiandovi sopra come un piumino di struzzo. - ..Avrò pur sognato qualche altra volta ..ma questo é diverso..-

Il medico riprese la penna e infilati gli occhiali aggiunse. - Nient'altro ? -

In realtà vi era stato qualcosaltro, ma lo tenne per se. - Che io ricordi no!. -

- Nel caso si ripresenta e diventi un problema chiamami..ma ti posso anticipare che rientrano nella terapia che ti ho prescritto, un effetto secondario delle epine che scomparirà a breve.. piuttosto come ti senti ? -

Enrico ascoltava con attenzione ma la sua opinione divergeva da quella del suo amico. Quel sogno non era affatto una conseguenza della terapia e non intendeva rivelare che finora non aveva ingoiato neppure una capsula dei farmaci che gli erano stati prescritti. - ..Direi stazionario..con alti e bassi..e penso ancora ad Angela .-

- Comincia a pensare a te stesso e accetta la sua assenza!..Si presentano ancora i tremori ? -

Un'altra domanda che inevitabilmente portava agli antidepressivi che giacevano intonsi nel comodino. - A volte... -

Amedeo si tolse nuovamente gli occhiali, assumendo un aria meno professionale. - Senti Enrico, anche se non porto il camice non vuol dire che non sia un medico e come tale preferirei che ti rivolgessi a me con sincerità..e sopratutto smettila di violentare i braccioli di quella poltrona. -

Istintivamente Enrico sollevò le mani.

- ..E neppure sollevarle come dovessi rapinarti..- aggiunse lo psicologo.

- Oh insomma! - proruppe Enrico -..non riesco a rilassarmi e tu di certo non mi aiuti. -

Amedeo incrociò le braccia. - Se cercavi un posto dove rilassarti potevi rivolgerti ad un centro benessere qui si curano le malattie mentali..e con pazienti che seguono le terapie prescritte. -

Enrico sospirò profondamente, posando delicatamente le mani sulla poltrona. - D'accordo ho saltato qualche pillola..-

Ci fu un attimo di pausa poi riprese - ..Qualche giorno..-

Lo sguardo fermo ed impassibile del medico non gli dette tregua - .. Una settimana..-

Enrico abbasso lo sguardo e il tono della voce divenne quasi impercettibile, - ....Non..insomma..-

Amedeo si protese in avanti - Non dirmi che..-

Il suo paziente proruppe, alzandosi in piedi come in un atto liberatorio. - Sì confesso, non le ho neanche sfiorate quelle pillole..Oh, l'ho detto finalmente! -

Amedeo lo imito alzandosi di riflesso . - E per quale scellerato motivo ?! -

- Perché..perché..- balbetto' circumnavigando la poltrona -..ero più terrorizzato dai possibili effetti collaterali di quei farmaci, che dalle cause che mi inducevano a prenderle. -

Lo psicologo si rese conto di aver perso un attimo la professionalità del suo esercizio. - Ma questo é..calmiamoci, e ti prego di riaccomodarti non riesco a seguirti mentre vaghi senza meta nello studio. -

Enrico riprese il suo posto nel morbido abbraccio della poltrona, restando in silenzio.

- E' essenziale che tu segua la terapia..sei ormai un uomo maturo e mi aspetto un comportamento analogo o queste sedute, saranno inutili per te e una perdita di tempo per entrambi...ho un altro paziente in attesa e prima che chiuda il tuo fascicolo hai altro da confessare ? -

Enrico si alzò lentamente. - Sono in rosso e non posso pagarti..-
- Prendi la cura e non pensarci! - Concluse Amedeo riponendo il fascicolo.

Lasciò lo studio con una piacevole sensazione di libertà, Amedeo era una persona in gamba e avergli restaurato tempo addietro la Morgan gli aveva permesso di conoscerlo e instaurare una solida amicizia.

Già restaurare - pensò - con malinconica affezione nel ricordare la sua professione le tante soddisfazioni e passioni che avevano accompagnato la sua famiglia, designato erede di un attività che ormai pochi esercitavano. Era bravo e quelle lamiere sotto le sue mani venivano plasmate ritrovando le forme di un tempo, quando le carrozzerie prendevano vita con le mani e le auto impregnate del loro sudore.

Ma i numeri lo avevano sempre ingannato e quei soldi sudati gli erano scivolati fra le dita, caduti nelle tasche di chi con fatue promesse e larghi sorrisi prometteva facili guadagni.

Amministrare i suoi proventi era stato un tallone d'Achille che non gli aveva concesso repliche. La discesa era divenuta un declivio e quest'ultimo un precipizio, la cui scalata era un impresa da eroi. E lui non lo era, per quanto si fosse impegnato a indossarne le vesti con modesti risultati.

Gettare la spugna non lo riguardava, ma cio che lo attendeva era una prova che non era in grado di poter superare.

Angela era stata l'ultima goccia dell'intero vaso, amata dal primo giorno all'ultimo, rimaneva una figura insostituibile della sua esistenza e la forza per battere quel martello era scomparso assieme a lei.

Respirò a pieni polmoni l'aria di Roma lasciando il palazzo dove era situato lo studio di Amedeo, deciso a tornare a casa in quell'appartamento condiviso con Angela e che a breve la banca gli avrebbe portato via.

Decise di staccare e non pensarvi, mentre si incamminava verso l'ingresso della metro fra quella solitudine di passanti che lo sfioravano senza vederlo.

Non desiderava un'altra persona al suo fianco ed il ricordo di

Angela era onnipresente. Gli mancavano le sue carezze e sopratutto quello sguardo sensuale e suadente che lo attendeva ogni sera dopo aver chiuso bottega.

Infilò le scale mobili del metrò, cancellando quel pensiero per non sanguinare ancora.

Il giorno successivo avrebbe fatto un salto in officina, per farsi ancora del male e incontrare un intermediario interessato ad aquistare in blocco attrezzature e locali. Si sentiva un fallito per aver tradito il lascito di famiglia e svenduto un patrimonio di esperienza faticosamente costruito da tre generazioni.

Ma Armando Cascio era uno strozzino che i sentimenti li aveva persi, o non li veva mai avuti ma conosceva molto bene l'animo umano e le sue debolezze a cui affidare un pò di denaro per poi riprendersi tutto, sentimenti compresi.

Enrico vi era cascato come tanti, prosciugando il proprio conto e l'animo, cosi velocemente da non capacitarsi su come vi fosse riuscito.

Infilo l'abbonamento settimanale nell'obliteratrice, oltrepassando il limite che divide un cliente da un passante e cercando di lasciare sulle sbarre anche quel triste pensiero.

Fissò il biglietto con la data incisa sopra conscio che gli restavano solo due corse e che dopo di esse restavano solo le scarpe; la sua auto Armando se l'era presa due mesi prima mentre accompagnava il feretro della moglie.

Gli restava custodita gelosamente, l'auto d'epoca di famiglia di cui lo strozzino ignorava l'esistenza. Angela adorava quell'auto e non era riuscito a separarsene neppure quando la dispensa di casa languiva come il Sahara.

Entrò nel vagone della metro ponendosi al centro come mai avrebbe fatto prima, esponendosi in tal modo ai borseggiatori nella speranza di condividere con loro la miseria delle sue tasche.

I pensieri erano terminati ed era a un bivio, ripescare sul pensato e tagliarsi i polsi o trovare una valida alternativa.

Qualcosa che non aveva ancora rielaborato in effetti c'era, ma questo travalicava la realta e sconfinava nel trascendente.

Comunque era un buon modo per staccare e vi si inoltrò dopo aver dato uno sguardo fugace ai volti persi nel vuoto degli altri passeggeri.

Tutto era iniziato una settimana dopo la scomparsa di Angela e l'inizio di quegli strani sogni, che promettevano di turbare le notti dell'artigiano. Apparentemente casuali, si ripresentavano con disarmante puntualita dopo aver posato la testa sul cuscino.

TERMINI. La fermata era quella e discese, trascinato da un fiume di persone, sbucando nella piazza della stazione. Respirò nuovamente l'aria fresca di un aprile che tardava a sbocciare, concedendo con parsimonia tiepide giornate.

Si avviò verso casa con le mani infilate nelle tasche, con la mente che ripercorreva la notte precedente. La sensazione si ripresentò con un brivido sulle spalle che discese lentamente sulla schiena, nel rivivere i momenti passati in quella stanza avvolta dall'oscurita, da cui trapelava una presenza non ben definita che accaponava la sua pelle. Non era stata unicamente una sensazione, toccava realmente le sue mani e inalava il suo sudore come se corresse nel parco a villa Borghese.

Anche quei ricordi diventavano inquietanti e trovare un'alternativa ora che la giornata era arrivata alle ultime battute, era difficile.

Non prese l'ascensore, per ritardare il rientro in quella casa che ora rilasciava solo pungenti ricordi.

Il terzo piano arrivò troppo in fretta e quando infilò la chiave nel portoncino attese un attimo prima di aprire, ma non vi erano altre opzioni, quello era l'unico tetto che possedeva, l'alternativa era il dormitorio riservato ai senzatetto.

Girò la chiave ed entrò, abbandonando la giacca sulla poltrona accanto al divano, dove si adagiò portando il braccio sulla fronte.

La solitudine era desolante quanto la povertà, ed in breve tempo riuscì ad acquisirle entrambe con il conseguente disagio. Era stanco senza aver fatto nulla, compreso il minimo indispensabile per rendere l'appartamento fruibile. La polvere ricopriva ogni cosa e la cucina rilasciava uno odore sgradevole, con pile di piatti giacenti da settimane nel lavabo, come un campo di battaglia dopo la resa.

Enrico non sentiva più sua quella casa e non solo per l'ordinanza di sfratto della banca, ma sopratutto per l'assenza di Angela.

Sopraggiunse il desiderio di piangere, contrastato da un bisogno impellente di andare al bagno. Si alzò malvolentieri ritrovandosi davanti allo specchio per qualche istante.

Non si riconobbe, tutto era moscio e pendente come quel ciuffo di capelli alla Bryan Ferry. Era così che lo apostrofavano Angela e qualche amico, essendo quella rassomiglianza notevole. Alto, elegante e bel portamento, con il viso lungo e ammantato di una naturale malinconia, che traspariva dietro un sorriso dolce e ammaliante.

Un vero ascendente per le donne che rimase latente finché non incontrò Angela. Una donna di classe, colta e raffinata, che in breve tempo lo aveva conquistato ed amato profondamente.

Quello specchio mostrava visivamente la sua situazione, decadente e drammatica. Le occhiaie si erano gonfiate e ai bordi delle sottili labbra era spuntato una solco che vedeva per la prima volta.

Sospirò lasciandosi andare sopra il water ed orinando come avrebbe fatto una donna o un ottantenne affetto da ipertrofia prostatica. Rasentava il fondo e neppure il sonno donava quel sollievo dato dal plumbeo distacco.

Ritornò sul divano passando davanti alla camera da letto senza fermarsi, non trovando più stimoli per usarla, provando uno stomachevole senso di inquietudine nel vederla.

Riportò la mano sulla fronte e chiuse gli occhi giusto il tempo per chiedersi che ore fossero. Le lancette mostravano le venti, presto per dormire ma tardi per chi non ha motivazioni per vivere ulteriormente quella giornata. Due mesi addietro sarebbe stato ancora in officina a sfilarsi la tuta ed entrare nella doccia prima di riabbracciare Angela una volta rincasato.

Basta! Richiuse gli occhi ed il buio discese.

Sogno

O sono ancora desto? Una domanda che dalla settimana successiva alla scomparsa di Angela si poneva. Quel luogo era nuovo, sconosciuto e avvolto dalla semioscurita. Si strinse le mani e poi le braccia con istintiva lucidità per confermare le sue ipotesi. I peli delle braccia erano lì a dimostrarlo e persino gli altri sensi carpivano la realtà della situazione, eppure quel luogo non gli apparteneva. Si rese conto di essere scalzo e di indossare un sorta di pigiama che non rammentava di aver mai acquistato, ma non aveva freddo e una sensazione di beatitudine e benessere contrastava con l'inquietudine che quella stanza insorgeva. Nei sogni passati non si era mai mosso da quella posizione limitandosi a guardarsi attorno.

Le pareti non avevano dei contorni chiari e definiti, un gioco di ombre segnava una sorta di confine e persino il pavimento, tiepido e morbido al contatto era paragonabile ad un bagnasciuga in pieno agosto ma senza la presenza d'acqua. Si poteva definire con le dovute distinzioni ed escludendo il lato psicologico, confortevole.

Li dentro non vi erano arredi o altro, e dopo aver rivolto lo sguardo in alto, neppure un soffitto, ma con la costante presenza di un grigiore da giornata uggiosa.

Non vi erano lampade o altro eppure la visione era nitida, tranne una delle quattro pareti la quale era piu scura delle altre e con la sensazione che da li si potesse essere osservati.

Questo non permise di placare il suo stato ansioso, nè di spostarsi da quella posizione in cui si ritrovava ogni qualvolta dormisse.

Per la prima volta, si rese conto che respirava e portando le mani al petto sentì i polmoni riempirsi e ciò non lo tranquillizzò affatto.

Quel sogno o qualunque cosa fosse sembrava reale e la ricerca di una via di fuga divenne impellente.

Chiuse gli occhi, sperando che tutto sparisse, unico rifugio di un luogo senza anfratti o angoli dove potersi nascondere. Li riaprì, costatando che nulla era cambiato se non la sua condizione da prigioniero della sua mente, e nella piu angosciante consapevolezza.

Decise che rimanere immobile rendeva la situazione paranoica e priva di significato, e se quel luogo celava dei pericoli, era giunto il momento di affrontarli. Mosse il piede destro in avanti percependo sotto la pianta del piede la medesima forza di gravità che avrebbe sentito se avesse passeggiato in giardino. Il piede sinistro lo raggiunse mentre si guardava attorno con timorosa circospezione e visto che tutto era rimasto tale proseguì ponendo un altro paio di passi in avanti verso quella parete oscura che sospettava fosse una sorta di tramite per uscire da quell'empasse.

In quel raggelante silenzio avvertì la presenza di qualcosa al di là di quella fosca parete avvolta in una sorta di impenetrabile nebbia. Percepiva una presenza che lo spiava e scrutava, sentendosi inerme e indifeso in quella prigione dai contorni misteriosi.

Non era per niente curioso e avrebbe preferito spegnere con un telecomando quel film dell'orrore e ritrovarsi sotto le coperte del suo letto, o divano come da un pò di tempo a quella parte.

Fissò quel qualcosa che stava al di la, finché il sangue smise di scorrere nelle vene nel sentire pronunciare il suo nome.

Realtà

Soprassalto, era il modo giusto per descrivere quel risveglio. Si ritrovò ansimante sul divano con il cuore in gola e grondante di sudore come se avesse attraversato una foresta pluviale. Lentamente, riaquisita la padronanza di se stesso, diede inizio ad un incontrollabile tremito al solo ricordo di quei momenti.

Follia o giochi della mente. era il dilemma che lo colpì mentre tastava il polso alla ricerca di un battito che risultò impazzito come la sua testa.

Barcollante si recò in cucina e aprì il frigo. Rivoltante fu la prima sensazione, ma afferrò la bottiglia d'acqua lasciata a metà da chissà quando e la portò alla bocca.

Il freddo contatto con il fluido gli fece riaquistare la completa visione e si reco in bagno dove quello specchio pareva lo attendesse con una certa impazienza.

Decise di farsi una doccia per scrollare di dosso il sudore e schiarire le idee. Si lavò col balsamo per capelli usato da Angela, gli altri prodotti erano terminati, e l'alternativa del detersivo per i piatti lo trovava eccessivamente sgrassante.

L'acqua gelata lo risvegliò del tutto e fu una scelta obbligata la società del gas aveva interrotto l'erogazione per morosità e niente ormai in quella casa si poteva riscaldare.

Si rigetto sul divano, cercando di elaborare con raziocinio e scientificamente i fatti. Se vi ragionava sopra non poteva essere insano di mente, o perlomeno in modo consapevole e questo lo trovava un vantaggio.

Ma perché solo quando dormiva ? E cosa poteva essere successo al suo cervello da ricreare una dimensione cosi reale ?

Perche non poteva trattarsi di una finizione creata in quella fase Rem che tanto piaceva al suo amico psicologo?

La sua provenienza da un ambiente scevro da trascendenze gli impedivano di credere che tutto ciò potesse avvenire realmente e la certezza che fosse un disturbo della sua mente, una convinzione.

Guardò l'orologio con la speranza che il sogno fosse stato abbastanza lungo da raggiungere la sospirata mattina; il solo pensiero di doversi riaddormentare lo poneva in uno stato di agitazione.

Alle cinque e trenta, agguantò il cellulare e freneticamente consulto la rubbrica senza considerare l'ora. Lo lascio squillare finché una voce assonnata gli rispose.

- ..Si..pronto!-

- Amedeo sono io..ho necessità di vederti! -

- Enrico ?! ..ma che succede ? -

- Devo parlarti con urgenza! -

- Non puoi aspettare?.E' un tantino presto.. -

- Non ce la faccio..e..-

- ..Ok ti ascolto. -

- ...E' per via di quel sogno..questa notte é andata peggio.. -

- ..Fammi capire.. - lo fermò Amedeo - ..mi hai svegliato alle cinque per parlarmi di un sogno ? -

- ..Si ma..non é come credi è tutto vero!.. -

- ..Enrico stammi a sentire..prendi i farmaci e dormici sopra.. sopratutto fai dormire anche me..ci vediamo in studio!.. -

Il cellulare divenne muto e lo allontanò dall'orecchio lasciandolo cadere sul divano. Riguardò l'orologio, fra tre ore aveva appuntamento con l'aquirente e nessuna intenzione di dormici sopra.

Si tolse l'accappatoio e dopo essersi vestito uscì. L'aria fresca del mattino lo risvegliò del tutto ma il desiderio di un caffe lo colse malgrado fosse ancora teso e scosso, da quel tumultuoso risveglio.

Mario aveva già aperto il bar e dopo aver attraversato la strada lo raggiunse.

Far colazione in quel locale prima di recarsi al lavoro era stata un consuetudine per venti annni, ma allora vi erano anche i soldi per permettersela.

Mario gli faceva credito da circa un mese senza mai battere ciglio ma non voleva abusare della sua fiducia e se in mattinata avesse concluso la vendita dell'officina, quel pomeriggio gli avrebbe saldato il conto.

Mario era un uomo massiccio e i capelli rimasti stazionavano all'altezza delle orecchie, l'aspetto bonario induceva a pensare che non sapesse trarsi d'impaccio in situazioni difficili, in realtà le coppe poste in evidenza sopra il bancone e la cintura di di campione regionale dei pesi medi rivelavano un aspetto apparentemente nascosto. Enrico lo aveva visto in azione con un gruppo di giovani facinorosi che pensavano di poter approfittare del buon uomo. La mazza di legno sotto il bancone e la doti fidiche di Mario li spedì in ortopedia con fratture multiple e scomposte, senza possibilità di replica.

- Ciao Mario. -

- Giorno a te Enrico..il solito ? -

Il battilastra diede un occhiata fugace alla sala semideserta vista l'ora e poi rispose a Mario dietro a bancone. - Per onestà devo dirti che non posso saldarti...e se questa sera concludo una vendita sarai il primo. -

Il barista poggio le mani sul banco e lo fissò. - Tu qua sei sempre il benvenuto, e non azzardarti a ripetere certe cazzate. -

- Si ma..- Provò a replicare Enrico.

- Niente ma..- gli rispose puntandogli il dito - ..Se scopro che vai da qualche altra parte dovrai preoccuparti sul serio. -

Non gli permise di dire altro e voltatosi verso la macchina da caffè preparò un espresso macchiato e vi pose accanto un caldo cornetto . - Mi spiace vederti così, ma sono certo che questo momento passerà. -

Enrico intinse la punta del cornetto ulla spuma del caffè. - Sono in Attesa..-

Il barman passò un panno sul banco. - ..Qualcuno ieri sera stazionava davanti alla tua casa. -

Smise di masticare sollevando lo sguardo, - Chi ? -

Il movimento rotatorio spalmato con dosata forza davanti al suo sguardo mostrava lo stato di Mario. - ..Qualcuno che alliscerei volentieri con la mazza! -

Enrico capì immediatamente. - ..Era da solo ? -

- No.. accompagnato da Otello. -

- Ah..grazie..-

Mario mise le mani sui fianchi. - Mi chiedo solo come hai fatto e cosa aspetti..se ti serve una mano non hai che da chiedermelo, lo sai che ho un conto in sospeso. -

Tempo addietro, qualcuno aveva appiccato il fuoco a quel locale e Mario era venuto a sapere chi era stato il mandante, tutto dovuto al suo netto rifiuto di pagare il pizzo e a un paio di fratture procurate a chi si era presentato ad estorcerlo.

E quell'uomo era lo stesso che salassava Enrico.

- Stanne fuori Mario..- lo invitò terminado di bere il caffè - ..Armando vuole me non te. -

- Sono io che voglio Armando, ogni mattina quando entro sento la stessa puzza di bruciato! ..E quella non passa e non gliela farò passare. -

Gli occhi di Mario erano lo specchio del suo stato d'animo e vide in quell'uomo una furia trattenuta a stento.

- Devo uscirne come vi sono entrato..da solo ! Replicò Enrico.

- Testone di un battilastra ! - Disse Mario passando la mano sul capo liscio e calvo.

- Testone di un barista..a domani ! -

Uscì dal bar col sapore del caffè sulla bocca e la consolante certezza di avere in quel Barman una brava e coraggiosa persona su cui poter contare.

Arrivò davanti alle tre serrande della sua officina con la gola secca e i piedi fumanti. Quegli otto chilometri compiuti in due ore di scarpinata, gli avevano fatto apprezzare i mezzi pubblici. L'essere spiantato gli aveva aperto uno scenario fatto di rinunce e difficoltà che rasentavano la perdita della dignità, ma a tutto ci si abitua e quando si intraprende la lunga discesa si attende soltando di toccare il fondo.

Infilò la chiave e la serranda si mosse con un gracchiare lamentoso, evidenziando la mancanza di grasso negli scorrevoli.

Una malinconica sensazione lo colse alla vista di quel luogo che in tanti anni aveva sostentato lui e la sua famiglia. La pressa, i compressori, i banconi, e le numerose attrezzature giacevano in un silenzio che sapeva di epilogo.

Quante auto prestigiose erano tornate a nuova vita, sotto le mani esperte di Enrico e le numerose targhe e premi vinti nei concorsi ne erano la prova. Tutto precipitato nell'oblio e spazzato via in un lasso di tempo che stentava ancora a credere. Passò accanto al bancone con sopra gli stampi d'acciaio, dove le lamiere prendevano vita . modellati sotto i colpi delle suo mazzuolo.

Prese un martello dai bordi smussati ed il manico liso da anni di intenso lavoro. Batti e ribatti gli ripeteva suo padre..finchè non si allisccia. Ripose l'arnese proseguendo fra le macchine ed i ricordi, attraverso l'ampia sala di verniciatura penetrando nel retrofficina, una stanza abbastanza grande da potervi parcheggiare un camion. Posta ad un lato e ricoperta da un telo grigio, qualcosa attirò la sua attenzione. Vi si avvicinò lentamente come ad una bella donna alla quale si deve un venerabile rispetto, e preso un lembo del telo lo tirò a se spostandosi di lato e denudandola, come se togliesse un prezioso scialle .

Gli occhi brillarono nel guardare quella creatura che amorevolmente aveva passato indenne i sessanta anni.

Il nero luccicava come il primo giorno che aveva lasciato la concessionaria e la capote di un morbido crema, portava ancora le cuciture ai bordi.

La mano tirò la cordicella che apriva lo sportello e gli interni in pelle porpora possedevano ancora il profumo di un tempo.

Era innamorato di quella 356 Speedster del 1947 con cui aveva accompagnato a cena per la prima volta Angela. Con quella Porsche aveva condiviso momenti indimenticabili e separarsene era l'ultimo dei suoi pensieri. Con la vendita di quell'auto avrebbe risolto buona parte dei suoi problemi ma era stata della sua famiglia e dopo la scomparsa di Angela era l'unico membro rimasto.

Se Armando ne fosse venuto a conoscenza, gliela l'avrebbe sotratta o almeno ci avrebbe provato. La ricoprì, quasi a proteggerla dalla possibilità che lo venissero a sapere dato che quella risorsa era l'ultimo estremo fondo rimasto.

- C'è nessuno ? -

Riconobbe la voce di Andrea Lanzetti, anche se ovattata dal reverbero e proveniente dall'entrata. Un giovane di bell'aspetto che mascherava le sue doti di affarista spietato con un aria da sperduto giovanetto. Enrico lo aveva inquadrato immediatamente ed avrebbe preferito vendere ad un altro artigiano, nel proseguo di quell'attività piuttosto che smenbrarla e cancellare persino il ricordo di quella prestigiosa officina.

- Eccomi, Lanzetti..come stiamo ? - Gli disse allungando la mano e mascherando per quanto possibile, la disperazione che covava nell'animo.

- Non posso lamentarmi...sono questi i locali ? - Chiese spaziando con gli occhi fin dove vi arrivava lo sguardo.

- Si, locali e macchinari, non ho badato a spese quando li ho acquistati la loro qualità é indiscutibile. - Specificò Enrico, facendo strada.

Andrea dette un occhiata apparentemente fugace. - Non sarà facile piazzare questa roba..in realtà ero interessato ai locali..comunque vedremo. -

Sentire chiamare, roba, le sue attrezzature lo agitò alquanto, indisponendolo in modo visibile.

-..Si sente bene ? Non ha un bell'aspetto. - Gli disse l'aquirente con un sorriso finto quanto una pianta sintetica.

- Ho passato una notte indigesta ma niente di grave. - gli disse Enrico soggiacendo all'istinto che premeva per chiudere con quel tizio.

Andrea rivolse la sua attenzione ad un imponente macchinario addossato alla parete: - Cosa sarebbe questo dinosauro ? -

Enrico percepi il tentativo di banalizzare quello strumento del suo lavoro, e lentamente vi si avvicinò posandovi sopra la mano come per stabilirne un contatto. - Il restauro é un arte che ha come fondamento il ripristino in ogni sua parte, di un oggetto nel rispetto delle condizioni originali..qui riportiamo in vita ciò che il tempo e l'incuria hanno portato al suo lento degrado ridandogli la dignità che merita...con passione, sudore, ed un equo compenso. -

- Molto romantico..ma non ha risposto alla mia domanda..-

L'artigiano lo guardò con intensità, prima di rispondere, -..Questa é una pressa idraulica che sviluppa fra le due piastre una pressione di 50 chilogrammi per centimetro quadrato con una presenza di 153000 chili...tutto ciò che non risponde ai canoni del recupero, viene infilato qua dentro e riportato allo stato primario.. -

- Schiacciato quindi ! -

- Appiattito e pronto per essere nuovamente lavorato..niente viene schiacciato qua dentro. -

Il sorriso si spense sul volto di Lanzetti, conscio che non sarebbe stato semplice strizzare quell'uomo che era tutt'altro che ingenuo, ma scaltro e forbito.

- interessante..ma veniamo al dunque, le faccio un offerta per queste mura addossandomi questi attrezzi..duecentocinquantamila euro e le dico che le sto venendo incontro. -

Enrico si avvicinò impugnando il mazzuolo stondato e sollevandolo. - Questo é un attrezzo e quella che mi ha chiesto di enunciarle per definizione é una macchina, dal costo di dodicimila euro iva esclusa..le chiedo 450 mila euro e voglio trascurare il lato affettivo altrimenti le avrei chiesto il doppio. -

- Sta scherzando spero ! Non troverei un acquirente neppure se fosse l'ultimo verniciatore di Roma. -

- Carrozziere..- Precisò Enrico.

- Prego ? -

- La verniciatura è solo una fase di un complesso processo..sono un professionista del restauro e questa é una rinomata carrozzeria. -

- Lo era semmai, e comunque é fuori discussione..-

Il battilstra lo fermo. - ..Quattrocento..oppure gli dò fuoco con me all'interno. -

Il giovane acquirente lesse negli occhi una ferrea volontà, - Ma lei sta..-

- Scherzando !? Il mio senso dell'umor é andato perduto due mesi orsono, a lei la scelta. -

Andrea sospirò prendendo tempo, convinto comunque che valesse quel prezzo. - Trecentottanta..e mi taglierei la lingua per avervielo detto. -

Enrico gli tese la mano e Andrea dopo un istante di esitazione gliela strinse, con la netta convinzione che a reggere la trattativa fosse stato l'artigiano. - La contatterà a breve per il compromesso...ma vorrei dare un'occhiata al retro . -

Indicando con lo sguardo la sala dove era custodita la Porsche.

Andrea era rimasto affascinato da quel luogo e in parte anche da quell'inconsueto artigiano per niente mansueto e che sfoderava un carattere da gladiatore.

Enrico fece strada nel locale dove oltre l'auto erano stipati pezzi e stampi di auto prestigiose, parafanghi, cerniere, volanti, carburatori, pellami di vari colori e misure, fari e cerchi a raggi e cromature e tutto rigorosamente impolverato.

Andrea dopo uno sguardo fugace fu attratto da dalle linee sinuose di quell'auto occultata da quel copriauto. Le ruote che spuntavano dal telo mostravano lo stemma della casa di Stoccarda e non sfuggirono all'occhio attento del giovane.

- Se li sotto c'è quello che penso, potrei ritoccare l'offerta..-

- Non é in vendita. - rispose, con sicurezza Enrico.

- Posso darle un occhiata ? - insistette sfiorando il telo.

Assentì, lasciando che per la seconda volta in quel giorno gli fosse tolto il velo.

- Oh..un pezzo veramente raro..un Speedster del..-

- ..Quarantasette..agosto per l'esattezza! - precisò l'artigiano.

- Potrei farle un offerta generosa..-

- Preferirei darle un rene..-

Andrea ormai cominciava a conoscere quell'uomo e insistere sarebbe stato inutile. - Daccordo, io adesso devo scappare ho un altro appuntamento e la chiamero non appena..- Il dito sollevato di Enrico gli fece spegnere le parole in bocca.

- Senza un anticipo l'accordo salta. -

- Cosa ?..Anticipo ? Di cosa parla, io non ho con me un notaio e..- rispose allargando le braccia in segno di meraviglia.

- Siamo fra gentiluomini mi accontento di quello che ha con sè. - espose con sicurezza.

Andrea, era allibito e senza staccare lo sguardo dal suo cliente infilò la mano nella tasca interna della giacca estraendo il portafoglio e una penna e di seguito aprendo il carnet di assegni.

Enrico mise la mano avanti. - Preferisco i contanti..-

- Contanti ? Ma di che parla io.. - biascicò con la penna sospesa per aria.

Il battilastra protraendosi in avanti sbircio all'interno del portafoglio del ragazzo. - Quelli andranno bene ! -

- ..Dice questi..trecentocinquanta euro ? - eccepì sbalordito.

- Andranno bene e mi fido di una stretta di mano. - disse, prendendo il denaro dalle dita del giovane imprenditore e ficcandole in tasca.

Inebetito si allontanò con un mezzo sorriso lasciando Enrico con un viso compiaciuto e soddisfatto.

La trattoria nei pressi della Fontana di Trevi, aveva soddisfatto il languore e sopratutto calmato quello stato d'ansia che lo aveva accompagnato quella mattina. La trippa alla romana a suo parere possedeva proprietà terapeutiche, tali da sconfiggere i mali dell'animo e dopo il secondo piatto persino taumaturgiche, e se accompagnate da mezzo litro di vino dei castelli si poteva raggiungere la beatitudine.

Il denaro di Andrea elargito con perplessità, tamponava per qualche giorno le necessità elementari di Enrico, ma all'orizzonte si addensavano nuvole cariche di pioggia e nefasti temporali. Rientrò a casa con l'intenzione di pensarli uno alla volta. Si sdraio sul divano rialzandosi immediatamente come se fosse caduto su una brace rovente. Il ricordo di quella notte si ripresentò con tutto il suo peso.

Era stanco, l'essersi rimpinzato conciliava la palpebra cadente e la magnetica attrazione del morbido divano era irresistibile, ma non tale da concedersi a quell'incognita soporifera pronta ad ingabbiarlo in quel limbico incubo.

Si recò in camera da letto per uscirne con disgusto, dopo essersi armato della sacchetta di medicinali prescritta da Amedeo. Tre scatole per tre diverse tipologie: ansiolitico , antidepressivo e soporifero.

Lesse attentamente le avvertenze interne con i propabili effetti collaterali e visto che doveva in qualche modo dormire se voleva sopravvivere, giocò la carta del sonnifero con la speranza che oltre alla secchezza delle fauci, lo dispensasse da quell'orribile sogno.

Mandò giù la pillola e attese di piombare nelle braccia di morfeo, e visto che non agì come un colpo di pistola si distese lentamente, pronto a scattare in piedi al minimo sentore di strani sintomi.

La trippa borbotto per un qualche secondo e poi tutto sfumò.

Sogno..

Benessere era il termine esatto, pace e tranquillità interiore che non provava da lungo tempo. Furono i pochi istanti di tregua prima di rendersi conto di trovarsi nuovamente in quel luogo. Il respiro divenne irregolare e affannoso ed il panico risaliva dai meandri oscuri della mente. Tutto era uguale a come lo aveva lasciato, la stanza con egli al centro e quei veli grigi che contornavano il tutto. Rivolse subito lo sguardo verso quella parete oscura da cui aveva sentito pervenire qualcosa.

- Ma porca puttana dove cazzo sono..?-

Sentire cosi nitidamente la sua voce e liberare il suo stato d'animo fece scaricare l'adrenalina che irrorava il suo corpo, subito incalzata da una voce che lo fece sobbalzare.

- Calma.. -

- Calma un par de palle..chi siete e cosa volete da me..?- Rispose a quella voce che appariva umana e pacata.

- Non hai nulla da temere. -

L'istinto di replicare con un'imprecazione fu repressa a stento e dopo aver inspirato un paio di volte. - Se pensate di ottenere qualcosa da me..con questo..questa specie di rapimento vi sbagliate..e se cercate del denaro avete preso una vera cantonata. -

Udi dall'altra parte una sorta di risatina, e questo lo distese quel tanto che bastava per riguardare quella sorta di pigiama che indossava e muovere timidamente qualche passo. - Se..se..questo é uno scherzo, io non mi diverto affatto..- disse con piu decisione, attendendo un risposta che non arrivò.

- ..Sapete che é vietato entrare nella mente degli altri senza autorizzazione..? - Continuo tendendo l'udito, non ottenendo da quell'oscuro grigiore alcuna risposta.

- È meglio che mi lasciate andare..e sappiate che i miei avvocati vi toglieranno persino..- Si fermo a guardare il suo abbigliamento - ...questa sorta di disgustoso abito da fornaio che mi avete infilato e vi manderanno in rovina dopo avervi messo all'asta questo aborto di locale. -

La stanza immediatamente divenne oscura e buia e la temperatura del pavimento discese improvvisamente e istintivamente l'artigiano ritrattò. - Senza offesa, per questo luogo..che..che..ha un suo fascino..e..che mette subito a suo agio chi vi abita..- le piante dei suoi piedi sentirono nuovamente il tepore ed uno stato di benessere generale lo avvolse e visti i repentini cambiamenti aggiunse, - ..posso anche affermare che io vi abiterei tranquillamente e che le tinte donano una solare vivacità e pace interiore.-

- Ma che cazzo sto dicendo? - Pensò, spaziando fra quelle eteree mura che miracolosamente mutarono di colore dal grigio evanescente a un bell'azzurro mare mentre il pavimento divenne soffice e avvolgente.

Enrico si sentì rinascere, e la paura mutò in un cauto timore.

- Impari in fretta. -La voce si era fatta suadente e con una punta d'ironia, che sdrammatizzava la situazione.

- Io..io..non voglio imparare..desidero soltanto ritornare a sognare come una volta..- Mentre parlava l'artigiano si avvicinò a quello strato azzurro che lo separava da quella voce, spinto da un'atavica curiosità.

Infilò la mano in quel vapore azzurro e il suo corpo lo seguì, il respiro si fermò e persino il tempo parve prendere una pausa.

Realtà

Spalancò la bocca inalando avidamente a pieni polmoni, rizzandosi di scatto a sedere sul divano. - ..Questo non é un incubo, é un vero delirio..una una catastrofe mentale! -

Commentò alzandosi in piedi e dirigendosi barcollando verso il bagno. La fermata davanti allo specchio era ormai un appuntamento obbligato. -..Sto diventando pazzo e il peggio é che ne sono consapevole..! -

Si sistemò la camicia ed i pantaloni ed uscì infilandosi la giacca, evitando l'ascensore e precipitandosi sulle scale verso l'uscita, raggiungendo la metro immerso in quei pensieri.

Tutto troppo reale in quel sogno e la cosa stava monopolizzando le sue notti e parte della sua veglia. Era combattuto fra la curiosità di sapere chi o cosa fosse quella voce oltre la cortina azzurra e il timore di scoprirlo. Per la prima volta si era aggiunto un certo interesse per la cosa e non aveva piu dubbi che non fosse casuale o soltanto il frutto di una cattiva digestione. Ed era necessario confidarlo a qualcuno e aquisire il suo parere.

Arrivò davanti a quella porta senza neppure accorgersene arrivandovi con la mente impegnata da tutt'altra parte.

Colpì il portone della villetta indipendente con due forti battiti che risuonarono nell'isolato.

Ci volle un po prima che aprissero la porta. - ..Enrico..cosa..-

-..Posso entrare ? -

Amedeo era single e si beava di quella condizione senza nasconderlo. - Mi hai fatto prendere un accidente..entra e ti rammento che da tempo posseggo anche un campanello con cui garbatamente farsi annunciare. -

- Non ho tempo..devo assolutamente parlarti. - Enrico penetrò all'interno con la speranza che fosse solo e non in compagnia di una occasionale compagna. Accertatosi che l'amico non avesse impegni, si sdraio sul divano mentre Amedeo lo raggiunse spalancando le braccia. - Ma che fai ? -

- Sono pronto. -

- Per cosa ? -

- Per essere analizzato..forza prendi carta e penna . -

- Ma questa é la mia casa non il mio studio, e non puoi irrompere in questo modo..ti aspettavo questa mattina. -

Enrico, non si mosse. - E cosa vuoi che cambi ? Forza! Che con quello che ho da dirti potrai scriverci un saggio da premio oscar. -

Amedeo si rassegno lasciandosi cadere sulla poltrona vicino al suo amico. - Forse intendevi il Nobel..avanti! Cosa é successo.-

- Non prendi appunti ? -

- No! non prendo appunti perché il tuo é il più banale caso di sindrome ansioso depressiva da calo affettivo di tutta la storia della moderna psicologia..e ora parlami ti prego! Cosi che possa cenare e andare a letto. - sentenziò lo psicologo con un liberatorio respiro.

- Perché che ore sono ? - Replico l'artigiano rendendosi conto di aver smarrito la cognizione del tempo.

- Le ventitrè, meridiano di Greenwich ora locale. -

- Sarò conciso..- Enrico cominciò dal principio raccontando dettagliatamente i fatti senza essere interrotto. Era un fiume in piena e lo sommerse con una valanga di parole e sensazioni, liberandosi da quella morsa angosciante. Amedeo pazientemente lo lasciò parlare senza interromperlo.

- ...E mentre stavo per attraversare mi son ritrovato ansimante sul divano..é stata l'esperienza più scioccante che abbia mai provato. -

- Peccato che sia soltanto il frutto della tua fantasia! - Sentenziò Amedeo.

- Ma allora non mi hai ascoltato..era tutto vero! -

- Hai preso i medicinali come ti avevo detto ? -

Enrico scattò seduto puntando il dito. - ah ah! é qui che ti volevo, ero certo che me lo avresti chiesto. -

- Allora ? -

- Si l'ho presa ! -

- L'hai presa..é un identificativo di quantità ? -

L'artigiano smorzo l'entusiasmo. - Un sonnifero..perché ? -

Il medico si alzò in piedi. - Perché sei ridicolo..io ti ho prescritto una cura completa la cui efficacia e gli effetti benefici si vedono dopo qualche giorno..e soltanto nelle dosi prescritte! - Poi abbassò i toni - e sopratutto non per una singola capsula di un blando sonnifero. -

- Questo non cambia la sostanza. - obbiettò Enrico.

- Ascoltami e per una volta fidati di me, io incontro tutti i giorni pazienti che mi raccontano le stesse cose e che vivono la tua stessa condizione immaginaria. Un trauma, una malattia o la perdita di una persona cara possono causare sogni cosi vividi da sembrare veri..ma solo nella mente! -

Il battilastra si alzò in piedi sconsolato. - Eppure, ti giuro che era tutto vero..il caldo il freddo, come nella realtà. -

- Questo é vero, ma se ci rifletti, sono sensazioni che elabora il nostro cervello e nulla gli vieta di farlo inconsciamente e in situazioni di stress emotivo..- poi si avvicinò ad Enrico posando una mano sulla spalla accompagnadolo verso l'uscita - ..E' soltanto una situazione momentanea e col tempo riaquisterai la tua tranquillità, devi aver pazienza e fiducia in quella cura che tu ostinatamente continui a rifiutare. -

Arrivarono al portoncino d'entrata e una volta spalancato Amedeo disse. - Se hai bisogno di me, vieni negli orari di ufficio! - Enrico sollevò lo sguardo. - Posso dormire con te ? -

- Certo! Non appena ti cresceranno le tette e ti cadrà il pisello, e fino ad allora rimarrà anche questo un sogno irrealizzabile. - Rispose con un sorriso sarcastico.

- Allora Buona notte..e scusa per..-

- Lascia perdere! Mi rifarò non appeni riapri la carrozzeria..la Morgan ha bisogno di una rinfrescata. -

Enrico annuì senza ribattere e si allontanò a piedi con le idee più confuse di quando vi era arrivato. Già la Morgan, era stato un restauro impegnativo e meticoloso ma Amedeo fu entusiasta del risultato e i premi d'eleganza vinti ai concorsi lo confermarono. Non ebbe il coraggio di rivelargli l'abbandono dell'attività e la messa in vendita della carrozzeria, ma si ripromise di mettere al corrente il suo amico a tempo debito.

Ora, oltre la catastrofica situazione economica doveva in qualche modo affrontare con atteggiamento diverso i suoi riposi e mutare l'approccio con il divano.

Se Amedeo avesse ragione - pensò - me la sono fatta sotto per un mucchio di stronzate o peggio ancora per un film dell'orrore di quart'ordine..anche se la trama non era poi male.

Arrivò davanti alla fermata della metro rendendosi conto che il servizio era già chiuso. Prese a camminare sulle vie di Roma, tirando su il bavero della giacca e infilando le mani in tasca.

Quante volte lo aveva fatto con Angela e gli si strinse il cuore nel perpetuare quel ricordo in completa solitudine. Lei gli teneva il braccio attorno al suo, posando il mento sulla spalla prima di baciarlo. Roma li aveva cullati in quegli anni e loro avevano ricambiato con affetto reputandolala la loro città dei sogni.

Rivedeva ad ogni angolo il suo sorriso e in ogni statua un luogo dove perpetuare fatidici baci. Quella città ora lo tormentava di ricordi e lo costringeva a rivedere momenti felici accompagnato da un dolore profondo. Non riusciva a darsi pace e ritrovare la necessaria serenità un impresa. Angela era un pezzo della sua vita che non riusciva a staccare e non averla al suo fianco un vuoto incolmabile. Affranto, solo, senza un lavoro e senza uno scopo per continuare a vivere.

Non lo aveva ancora toccato, ma il fondo era ormai vicino, contrassegnato da un percorso già imboccato e in apparenza senza vie di fuga.

Castel Sant'Angelo svettava alla fine di quel ponte attraversato dal Tevere e adornato da magnifiche statue, si fermò a guardare le acque scure e limacciose per un istante.

Improvvisamente sentiì lo stridio delle gomme di un'auto che frenava e uno sportello che si apriva. - Vie quà tu! -

La voce arrivò come una coltellata, giusto il tempo di voltarsi prima che una mano gli afferrasse il braccio, risucchiandolo dentro l'auto.

- Aho, guarda un po chi se rivede! - la puzza d'alcool gli arrivò fino alla gola e quel viso flaccido e gonfio lo spinse fino alla nausea. L'accento romano e stentato designavano le origini di Armando e il medaglione d'oro e le dita anellate tombavano il tutto. Una grande bocca ripiena di denti larghi e affollati, dipinti di un giallo ocra, merito dei sigari cubani e un codino dove ripiegare i rossici e ormai canuti capelli, completavano il quadro.

Il suo guardaspalle e factotum Otello, si voltò lasciando per un attimo la guida. - Anvedi questo Arma! nun ce saluta nemmeno.
-

Lo strozzino passò una mano sulla spalla di Enrico, - Ah Ote, nun é cattivo é soltanto stronzo! -

Risero di gusto e sboccatamente prima che Armando gli indicasse lo sportello della Mercedes Cls ancora aperto. - A coso! Me chiudi quer cazzo de sportello, nun vedi che me sto a caga dar freddo ? -

Otello sghignazzò mentre l'artigiano eseguiva forzatamente ed in silenzio quell'ordine.

Armando si rimise in bocca il coiba facendo cenno di ripartire. - Te o regordi questo Ote? -

- Eccome no! E' quelo che je avemo fatto a machina er giorno der funerale de quella mummia de su moje! - rispose coinvolgendo, il suo capo in un altra risata.

Enrico strinse i pugni, mentre Armando si voltò e disse. - Nun te sarai offeso ! Anche se sei annato a piedi a casa dar cimitero, oggi c'e stamo a rifà.. te ce portamo noi a casa. -

Enrico non fiatava ascoltando in silenzio. - .. Io in sta machina ce porto solo i amici..ma quegli veri quegli che so reconoscenti e che sanno quanto ce costa annà in giro co sto bolide. -

Armando lo strinse a sè con forza. - ..E tu sè amigo mio nun je vero ? -

- Si, un grande amico. - rispose con velato sarcasmo.

- Tu me devi portà rispetto, e quanno dico rispetto, nun je poi sputà in faccia! giusto ? - Riprese Armando sollevando la voce e tintinnando i medaglioni che portava al collo sotto i lampioni romani.

- Giusto.. - ripeté Enrico.

Seguì un silenzio velato dal pavé dei sanpietrini solcati dalle gomme della Mercedes. Poi improvvisamente lo strozzino gli strinse il collo alzando la voce. - E pe quale cazzo de motivo nun me saldi le 40 piotte che me devi ? -

Poi abbassò i toni. - ..Perché se nu me dai li sordi me costringi a rompe l'amicizia e l'ossa. -

Enrico provò a obbiettare, - ma ..non erano trentamila..? -

Lo strozzino, si tolse il sigaro dalla bocca, - Na vorta ! Te rinfresco a memoria..er mese che fai passà te se aggiungono deci piotte de interessi.. Aaoh! Che te credi che io so babbo natale ? -

L'artigiano a mani giunte e a voce bassa ribadì, - ..E la macchina che vi siete presi ? -

Armando allungo la mano verso il suo autista. - Ma questo che fa! Ce prenne pe er culo ? ..A Ote, provace te a faie capì! -

Otello guardò nello specchietto, mostrando il volto spigoloso con due occhi piccoli e infossati, - A bello! Stamme a sentì, quer cesso co e ruote ce o semo preso per fatte capì er rispetto che ce devi, e pe nun fatte rompe er grugno...ma nu famme incazzà e dace li sordi o pe magnà te servirà a cannuccia. -

Enrico non si scompose a quelle minacce. - ..Avrete i vostri soldi..vendo l'attività.-

Armando si voltò con un mezzo sorriso, - Amigo mio te devi dà na mossa er tempo strigne, venni, affitta, fa come cazzo te pare, ma a settimana prossima me devi da er gruzzolo!..Ote accosta! -

Lo scagnozzo inchiodò sulle strisce pedonali, scese dalla macchina e aperta la portiera posteriore, attese che Armando terminasse. - A Enri, nun fa cazzate!..Roma pe tè é troppo piccola e te trovo quanno voio, ce semo capiti ? -

Enrico annuì e scese lentamente dall'auto e fece per allontanarsi, ma Otello gli sferrò un destro alla bocca dello stomaco. Si accasciò al suolo percependo il fiato di chi lo aveva colpito. - Cosi te impari a nu dimme grazie der passaggio! -

Un passante fece per avvicinarsi, ma Otello intervenne mentre chiudeva la portiera. - Fatti li cazzi tua, nun vedi che sta a dormi! -

L'uomo deviò immediatamente e gli strozzini ripartirono lasciando Enrico sul selciato.

Il bruciore si attenuò lentamente, riprese a respirare con regolarità ponendosi a sedere sul selciato.

Il freddo si era impossessato del suo corpo e iniziò a tremare visibilmente, mentre tentava di capire dove fosse stato scaricato. Riconobbe la statua sotto il lampione e il ristorante cinese all'angolo. Non era lontano dalla sua abitazione ma quei duecento metri potevano essere decisamente faticosi e lunghi.

Arrivò sofferente a casa e con lo stomaco rivoltato come un calzino. Si tolse la camicia, notando che le nocche di Otello avevano lasciato un impronta visibile e che sarebbe rimasta indelebile per qualche giorno.

Entrò nella doccia per scrollarsi di dosso quella giornata fosca e interminabile.

Con i piedi umidi e l'accappatoio stretto in vita, ritornò in soggiorno fermandosi davanti al divano. Angela non gli avrebbe mai permesso di camminare scalzo per casa e lasciare le impronte sul pavimento, ma il suo pensiero era occupato da altro. Guardava il divano con sospetto e non trovando altra spiegazione a quello stato anomalo dei suoi sogni, attribuì la colpa a quell'arredo come possibile causa.

Ritornò sui suoi passi, fermandosi davanti alla camera da letto. Dal giorno della scomparsa di Angela non era stata più usata, troppi ricordi e la paura di cercarla ancora con la mano durante la notte, un'insopportabile tormento.

Ma non vi erano alternative, dosava equamente lo sguardo fra il divano ed il letto a due piazze, senza trovare il coraggio di fare un passo e una scelta.

L'orologio segnava l'una del mattino e malgrado il riposo serale, aveva la necessità di distendersi.

Ritornò in bagno, riempì la vasca d'acqua bollente e vi si immerse. E' una situazione momentanea, pensò giusto il tempo di rilassare il corpo e la mente... .

Sogno

Sfregò la mano sul petto trovando subito refrigerio e dopo qualche istante quell'oppressione alla bocca dello stomaco scomparve assieme al ricordo di Otello .

Si sfregò gli occhi come un risveglio mattutino in seguito ad una rigenerante dormita e distese le braccia per stiracchiare le membra. - Finalmente libero da quell'..Oh Gesu! -

Si trovava esattamente nello stesso punto, attorniato dal medesino ambiente. Soltanto i colori erano cambiati, non più quel grigio Londra ma un azzurro mare dei riflessi blu.

Fece per imprecare, ma si trattenne, rammentando la suscettibilità di quel luogo e anche pe il piacevole massaggio che il pavimento esercitava sotto le palme dei piedi. Ebbe la netta sensazione che tutto fosse realmente vivo e con una propria identità e personale automomia.

- Bentornato!..- Disse quella misteriosa voce proveniente dal lato opposto della cortina azzurra.

Il forte desiderio di mandarlo a quel paese fu represso dal ricordo delle parole di Amedeo. Ma si.. - pensò - é tutto un sogno, un finzione, devo soltanto rilassarmi e lasciare che il tempo scorra, prima o poi passerà.

- Posso non condividere il tuo pensiero ? - Rispose sarcasticamente, Enrico.

- Perché?! Non ti senti a tuo agio ? - Replicò la voce proveniente
da un punto ben preciso.

- Esatto! - Interloquì riuscendo ad esprimersi con una certa tranquillità - ..sono in questo luogo e parlo con una voce misteriosa,
invece di sognare beatamente le mie auto d'epoca..e tu sei il
frutto di una sindrome ansioso depressiva, chiaro ?!. -

Seguì, un lasso di tempo sufficiente per avvicinarsi al punto da
cui proveniva quella voce, che disse. - Vieni avanti..-

Enrico sosteneva un'apparente tranquillità, ponendo in rilievo
nella mente le parole del suo amico psicologo, ed in forza di
queste stette al gioco. Fu come passare attraverso una sauna,
umida e calda contornata da un azzurro profondissimo. La
mano risalì immediatamente alla bocca per soffocare l'impulso
irrefrenabile di una fragorosa risata.

- Non farlo.. - Gli disse l'essere che si ritrovò davanti comodamente sospeso al centro di una stanza molto simile alla prima
ma di un raggiante verde fosforescente.

Un omino di un metro e mezzo, con la testa incassata su esili
spalle e un viso tondo come una palla da bowling, da cui spazia-
vano due orecchie talmente larghe e appuntite da apparire
come due parabole orientate ai due poli. Due baffetti sottilis-
simi sovrastavano due labbra da bambola poste appena sopra il
mento. diviso da una leggera fossetta. Il corpo era tondeggiante
come il volto e i capelli lisci e cadenti sulla fronte ampia, spez-
zata da una vistosa riga al centro

Nell'insieme aveva un aspetto bizzarro e irresistibilmente ironico, con l'unica eccezione degli occhi, grandi e tristemente ma-
linconici.

Enrico non seppe resistere al desiderio di esternare la sua opinione su quella visione. - Tu sei la conferma che questo è un
sogno, infatti il maestro Yoda della famosa serie guerre stellari,
di cui sei il più vicino parente, era un pupazzo frutto della fer-
vida fantasia di George Lucas e degli studios. -

L'essere non battè ciglio e incrociando le dita rispose. - Patetico! Questa é talmente banale che non riesce a smuovere di un micron la mia suscettibilità..potevi essere più originale. -

- Scusami..ma che diavolo adesso chiedo scusa ad un pupazzo frutto della mia mente deviata. - rispose aquistando la necessaria scioltezza e liberandosi dei freni inibitori che lo avevano finora imbrigliato.

- Beh, sarebbe un modo per iniziare col piede giusto il nostro rapporto! - Esternò l'omino discendendo lentamente da quello stato di sospensione e posando i minuscoli piedi su quel soffice strato di materia vivente.

Enrico, lo osservava con il sorriso sulla bocca, reprimendo l'istinto di rideci sopra. - Ma di che parli, io non avrò nessun rapporto con te e appena sveglio tu svanirai fra le sinapsi della mia mente. -

Le sue orecchie erano più grandi di quella mano. tesa in avanti che l'essere gli porgeva dal basso della sua altezza. - Gennaro Coppola..ed ora è meglio che tu vada. -

L'artigiano sollevò per un attimo il volto per poi riportarlo in basso, - Devo aver battuto la testa quando mi ha colpito Otello, ok yoda ..io sono Enrico Pellecchia e dove dovrei andare ? -

Il contatto con la mano di quello stranissimo essere lo rese di nuovo inquieto e gli spense quel sorriso come una doccia. Freddo, ecco cosa sentivì improvvisamente in tutto il corpo e poi tutto svanì.

Realtà.

Il freddo era così intenso che le sue membra sobbalzavano nell'acqua in modo convulso. L'umidità era ormai penetrata fin nelle ossa e la temperatura, discesa ormai al di sotto della sopportabilità umana. I denti battevano assieme ad un corpo in pieno spasmo e senza controllo. Riuscì a scivolare fuori dalla vasca adagiandosi sul pavimento, e guardando le dita aggrenzite e muffe, tutto tornò alla mente. Si trascinò verso il lavabo agguantando un asciugamano, liberando il viso dalle gocce ormai fredde. Il rischio ipotermia era reale e doveva necessariamente riscaldarsi o a breve sarebbe stato sopraffatto dalle convulsioni. Trascinò il suo corpo attraverso il corridoio, passando davanti alla camera da letto, inquadrando il divano nel soggiorno posto ad una distanza decisamente impegnativa. Quella camera era inviolabile, ma le forze cedevano il passo al dolore e il rischio di non arrivare al divano fece accettare il compromesso.

A carponi raggiunse il letto aggrappandosi alla trapunta e con sforzo si issò sopra il materasso avvolgendosi con le coperte. Rimase un silenzio scandito dall'ansimante respiro, raggomitolato su se stesso e scosso dai fremiti di un corpo ghiacciato.

I pensieri cominciarono a ritemprarsi e prese a considerare quanto fosse stato stupido addormentarsi sulla vasca da bagno, oltre che dannatamente pericoloso. Le idee si accavallarono mentre il tremore si attenuava, riscaldato dalle coperte che offrivano un primo tepore a quel corpo raffreddato. Sbirciò fra le fessure dell'avvolgibile dove filtrava un leggero chiarore e i primi segni di una imminente alba. Si rese conto di essere stato quattro ore in ammollo sommandovi il rischio di morire annegato.

Improvvisamente un nome venne catapultato in bocca ..Germano ..Gennaro.. Coppa..no.. Coppola...Gennaro Coppola! - Un sorriso spuntò fra le pieghe del tremito labiale, nell' immaginare quell'essere. Si quell'omino dal viso sproporzionatamente grande, le orecchie smisurate e lo sguardo perso chissà dove. Un sogno strano ma meno angosciante e senza patemi come i precedenti, anche se incredibilmente reale e vivido. E l'interloquire come se già si conoscessero, con il leggero risentimento per averlo chiamato Yoda, considerando che la mente a volte crea delle situazioni che rasentano la realtà. E come se non bastasse si è anche presentato con tanto di nome e cognome, e per finire ha anche suggerito di andar via.

Gli occhi si dilatarono per un istante pronunciando - Oh cazzo! ..Lui sapeva..- . Il terrore si ripresentò come una valanga e questa volta il tremore riprese, ma non piu per il freddo. Provò a dare una spiegazione razionale a quei fatti ma accantonarli come una semplice concomitanza non lo trovava convincente. Immaginava il suo amico Amedeo rifirargli una spigazione analitica, ma il suo istinto ormai seguiva un altra via e tutto il saccentismo medico non riusciva a rinchiudere in un contesto scientifico quella fantastica realtà.

Decise comunque di riparlarne con lui a tempo debito, e sopratutto dopo aver superato quella crisi ipotermica ancora latente.

Ci volle un'altra ora per lasciare quelle coperte e mostrarsi nudo allo specchio. Vide uno stoccafisso dopo essere stato immerso in salamoia per due giorni, tutto raggrinzito e flaccido con la pelle di un pallore cereo, tranne le estremità, gli arti che mostravano ancora dei riflessi bluastri.

Uscì di casa un ora dopo ,con le ossa che scricchiolavano e infreddolito fin nell' animo. Si catapultò dentro il bar di Mario che lo accolse con il consueto sorriso. - Sembri uscito dalla centrifuga della lavatrice. -

Enrico si sedette su uno degli sgabelli posti accanto al bancone. - Ci sei andato vicino -

Mario, incrociò le braccia, - Che ti è successo ? -

- Storia lunga...mi fai un tè caldo ? -

- Faccio una tacca sulla macchina! - Commentò Mario - E' la prima volta da quando ti conosco che non prendi un caffè. -

- Se tu fossi stato per quattro ore dentro una vasca da bagno lo prenderesti, credimi. - Replicò l'artigiano sfregandosi le mani.

Il barman sorrise di gusto posando lo strofinaccio sopra la robusta spalla. - Avrebbero dovuto legarmi ed imbavagliarmi..non ti facevo un patito dell'idromassaggio. -

- Non lo sono. Mi ci sono addormentato e buonanotte...questo tè ? -

- Arriva..e prima del diluvio cosa é successo ? - Argomentò con la coda dell'occhio mentre apriva la valvola del vapore con una argentea sbuffata.

Conosceva bene quel barman e quando lanciava una freccia il bersaglio era giò stato colpito ed il riferimento alla coppia di strozzini palese. - Un incontro spiacevole..-

- Ci ho messo del miele..- disse porgendo l'infuso sul banco e aggiungendovi un cornetto - ..fa ancora male ? -

Enrico sollevò il viso convinto ormai che sapesse. - Ma sei un barista o una spia del mossad ? -

- Uno che non si é mai fatto pigliare a cazzotti nello stomaco! ..cosa volevano ? - Chiese mentre un altro cliente sollevava il braccio chiedendo un caffè a tavolino. - Non ti muovere, e pensa ad una risposta convincente torno subito. -

Mario preparò il caffè macchiato e mezza minerale portando il tutto in fondo al locale dal cliente. Ripassò dietro il bancone pronto ad ascoltare Enrico ma il seggiolino era vuoto, al suo posto sul banco vi era una bancanota da cento euro. Il barista prese il denaro accartocciandolo nel pugno per poi scaraventarlo dentro il registratore di cassa.

Il presagio che quella giornata sarebbe stata un vero schifo lo ebbe dal momento che decise di andare in banca. Avrebbe preferito un altro incontro con Armando lo strozzino, piuttosto che trattare con le sanguisughe del Banco commerciale di Roma. Uno sbaglio di proporzioni immani accettare quel finanziamento servito con un sorriso e avallato con la propria abitazione. Cinquantamila Euro per estinguere il mutuo per i macchinari dell'officina, una cifra iniqua che qualche anno addietro avrebbe guadagnato in sei mesi e che fra interessi di mora e affini lo aveva mandato in bancarotta. E questa era un'inezia, paragonata ai trecentomila euro volatilizzati in azioni di borsa, consigliate dal medesimo solerte impiegato del banco commerciale. Volatilità del mercato, le aveva definite il dottor Filiberto Demarco,, esperto di prodotti finanziari e affini, con disarmante superficialità, gettando nel cestino le sue azioni diventate a suo dire carta straccia, per una rararissima e imprevedibile contrazione del mercato asiatico.

Se si trattava di raddrizzare una lamiera, valutare un auto d'epoca o la possibilità di un eventuale restauro, Enrico non aveva rivali, ma il mercato azionario e bancario in generale, era pura astrazione. Era Angela ad occuparsi della gestione economica e le uniche due volte che si era recato senza di lei in filiale, aveva causato danni incalcolabili, apponendo la firma sotto incomprensibili clausole, fidandosi del sorriso plastificato del dottor Demarco.

Senza la compianta consorte, sopravvivere era difficile sotto tutti i punti di vista e quelli che avrebbero dovuto essere amici fidati, si erano dileguati ai primi sentori di difficoltà. I parenti erano lontani sia geograficamente sia per gli inesistenti rapporti che da tempo immemorabile non coltivava.

Era rimasto solo, con un barista a fargli da chioccia e uno psicologo che con amichevole superficialità riconduceva tutti I suoi mali ad una mera depressione da decuius post mortem, a questi, ora, si erano aggiunti i sogni che lo tormentavano con puntualità disarmante.

Raggiunse la filiale del Banco commerciale prima ancora di aver terminato di far arrovellare la mente. Una delle porte di sicurezza girevoli si aprì, accogliendolo in concomitanza ad uno stato repulsivo e claustrofobico. La banca lo metteva a disagio e un opprimente senso di rigetto spontaneamente lo colse. Li reputava dei ladri dal colletto bianco e il dott. Demarco un lestofante presuntuoso arricchito dai sudati risparmi della povera gente di cui Enrico si sentiva parte integrante.

Intravvide la sagoma di Filiberto attraverso le vetrate del suo ufficio ed il suo ventre inizio a borbottare, per l'insorgere di una accentuata acidità nel suo stomaco. Gli sguardi si incrociarono ed il consulente gli fece un cenno per avvicinarsi, mostrando una palese insofferenza per quella visita.

- Entri signor Pellecchia a cosa debbo questa..avevamo fissato un appuntamento? - Esordì Demarco senza sollevare lo sguardo dalle carte posate sulla scrivania.

- No, ma avevo urgenza di parlarle e a dire il vero non sapevo fosse necessario un appuntamento. - R,ispose sentendo su di sè un'ostilità mai percepita prima.

- Il lavoro non si improvvisa, ma si programma..comunque visto che é qua, dica.. -

Enrico avrebbe voluto fargli rimangiare quelle parole sillaba

per sillaba rammentandogli quando al loro arrivo srotolavano il tappeto rosso alla presenza della Famiglia Pellecchia. - Volevo rinegoziare quel prestito che mi avete erogato, attualmente ho qualche difficolta ma a breve sarò in grado di saldare il debito. -
Un sorrisetto sarcastico spuntò sul viso appuntito e sulle labbra sottili del Demarco. - Rinegoziare ? Lo sa che la sua pratica é andata in protesto per insolvenza ? E su quali credenziali la dovremo rinegoziare? -
Si accorse che era ancora in piedi e l'invito ad accomodarsi non sarebbe arrivato. - Ecco.. sono in trattativa per la vendita della mia officina. -
Il consulente sorrise. - Sono contento per lei, non appena avra concluso mi contatti e riapriremo la sua pratica. -
- Ma nel frattempo mi avranno portato via la casa! -
Demarco si tolse gli occhiali dalla sottilissima montatura - Allora faccia in fretta io sono qua tutti i giorni ! -
- Visto i trascorsi della mia famiglia come azionista pensavo che..- Si limitò a chiedere provando a mantenere saldi, i nervi.
- Si guardi attorno Signor Pellecchia questa é una banca, non la cariras..buona giornata. - Concluse Demarco riponendo gli occhiali sul naso e lo sguardo sulle carte.
Osservava malinconicamente l'imponenza e la maestosità del Colosseo seduto su una panchina. Si sentiva ai margini di quel ring che era divenuta la sua vita, con i pugni chiusi davanti al volto per proteggersi dalle bordate che arrivavano da ogni dove e senza una via di fuga da quelle corde.
La fame era ormai un impedimento al trascorrere del tempo ed un'impellenza necessaria soltanto per sorreggersi in piedi. La buona cucina Romana non riusciva a solleticare i suoi appetiti e quel languore, bollato come una petulante richiesta di un organismo impaziente.
Forse era veramente giunto il momento di ascoltare Amedeo e prendere quelle pillole tanto raccomandate.
Batti e ribatti gli ripeteva suo padre prima o poi si alliscia, ed ora sentiva l'esigenza di un martello e qualcosa su cui battere, per sfogare quel livore che traspariva da tutti i pori.

Tornare nella carrozzeria comprendeva sempre una fitta al cuore e vedere quello stato di abbandono uno strazio per la vista.

Si tolse la giacca e rimboccò le maniche, con poca convinzione. Impugnò il mazzuolo stondato e senza infilare i guanti afferrò uno dei pezzi di lamiera contorta addossati alla pressa. Era un vecchio passaruota di una Lancia Aurelia B20 reduce da una botta che lo aveva reso deforme. Lo trascinò fino all'incudine e ve lo sdraiò sopra, sollevando l'attrezzo da lavoro e lo lasciò in sospeso in aria per qualche istante. Lo depose sopra con delicatezza abbandonando il suoi propositi e dopo aver spolverato le mani, riabbassò le maniche della camicia con un ultimo frustante sguardo e infilata la giacca lascio la carrozzeria con quel motto di famiglia sulla bocca.

Rientrare a casa ormai era alienante e paragonabile alla richiesta di un prestito al banco commerciale, o insopportabile come la polvere della sua officina.

Aveva ancora duecento euro in tasca e, visto che nutrirsi non era più una priorità, fece le scale evitando l'ascensore di casa per fermarsi in quello della Signora Birardi, portiera e factotum del palazzo.

Premette il campanello in attesa di vedere il viso acerbo e imbronciato della sessantenne padrona di casa.

Il colorito ambrato e dolcissimo di quel volto lo lascio senza parole. - Bon..gionno..-

La frase stentata e maldestramente dizionata era passata inosservata, merito della sensualissima voce con cui era stata emessa. Una folta capigliatura inestricabilmente arricciata, contornava due occhi profondi e neri come la notte.

- Cercavo la signora..-

- Non in casa..é fuori io posso aiutare ? -

Enrico la fissò per un attimo e quando stava per abbandonare.

- Avrei il mio appartamento da rimettere a posto...da ripulire..una pulizia a fondo insomma. -

La donna mostrò una dentatura candida e ben allineata. - A fondo ? -

- Si una bella sgrossata..é da un po di tempo che la mano di una donna non mette piede..si insomma volevo dire..-

Lo fermò sollevando il palmo della mano e inclinando il volto. - Capire tutto..e io sgrassare. -

Il battilastra dopo due mesi riuscì a partorire un timido sorriso.

- Si anche sgrassare...quando potresti venire ? -

La ragazza mise un dito fra le labbra carnose. - Domani alla mattina ? -

- Ti aspetto..io mi chiamo Enrico. - Si presentò allungando la mano.

Lei la strinse con delicatezza. - Yasmine. -

Quel contatto fu cosi piacevole che avrebbe voluto sostenerlo più a lungo. Era la prima involontaria carezza dopo mesi di platonici ceffoni. Malvolentieri, fece scivolare la sua mano ma tenne impresso il suo sorriso, con cui fece le ultime rampe di scale che portavano al suo appartamento.

Una volta entrato, si ripresentò il dilemma su dove depositare il suo corpo. Il divano era una forte tentazione, purtroppo macchiata da tormentati sogni. Il bagno aveva gia mostrato le glaciali implicazioni e al solo pensiero un brivido ripercorse il suo corpo. La camera da letto restava un eskimo ancora da superare e poco altro restava in quella polverosa dimora. Ripiegò in cucina come avrebbe fatto un generale durante una ritirata strategica, lasciandosi andare su una sedia e posando un braccio sul tavolo. Sentì la stanchezza prendere il sopravvento, ma decise di resistere a quell'ineluttabile epilogo che inevitabilmente si sarebbe concluso con un improcastinabile sonno.

Si alzò, aprendo il pensile delle spezie, afferrando il barattolo del caffè. Tolse il tappo infilandovi il naso, costatando che l'aroma era tramontato da tempo e una leggera patina di muffa si era formata in superficie.

- Non sarà come quello di Mario, ma servirà a tenermi sveglio...-

Tolta la parte superficiale fece il carico alla caffettiera e la mise sul fornello elettrico, in quanto il gas gli era stato tagliato dalla settimana precedente. Si sedette posando il mento sul palmo della mano e con l'immagine del sorriso di Yasmine stampata davanti a lui, sorrise sarcasticamente per alcuni istanti, poi il buio.

Sogno

Quello davanti a lui non era Yasmine, sopratutto aveva i baffi e le orecchie spropositatamente larghe.

- ..Yoda..!- gli sfuggì spontaneamente guardandolo negli occhi .

- Gennaro prego. - rispose l'entità che fluttuava nello spazio della stanza con le mani a sorreggere la nuca come se fosse sdraiato su un'amaca.

Il sentirlo parlare alleggerì la tensione che montava, anche se quel luogo regalava una sensazione di benessere e di pace. - Oddio, ma quando finirà questo tormento! -

- Perché ti lamenti, cosa non ti va di questo luogo ? - Rispose Gennaro avvicinandosi lentamente.

Enrico osservò le pareti di un azzurro vivido e sfavillante, con leggeri chiarori in profondità, per poi cadere in quella specie di pigiama che indossava. - Se posso essere sincero questa sorta di casacca Maoista é disgustosa. -

L'indumento cambiò immediatamente colore mutando in un nero opaco e la consistenza divenne ruvida e fredda.

- Pensavo avessi capito come funziona e dove ti trovi. - lo redarguì il piccolo uomo, posando i piedi su quello che sembrava essere un pavimento.

L' artigiano carezzò l'indumento, rammentando cosa accadde in precedenza per le pareti della stanza. - Abbiate pazienza é stato solo lo sfogo di..insomma pensadoci bene devo ammettere che é confortevole e ..e la qualità é indiscutibile!..-

Avvertì il cambiamento sulla pelle con un tepore sparso che si diffondeva sul suo corpo, - ..e se posso aggiungere lo si indossa benissimo in modo disinvolto...è firmato ? -

Gennaro sorrise mostrando una dentatura spaziosa quanto il suo viso. - Sì, da un certo Enrico Pellecchia. -

- Cosa vuoi dire con questo ? - Chiese Enrico costatando che ora il pigiama era attillato e di taglio decisamente attuale con una tonalità rosso porpora.

- In questo luogo tutto é in funzione di quello che si dice e si pensa. -

- Certo che questo sogno é davvero strano, il mio corpo percepisce tutti i sensi, con pareti e abiti che mutano, un mestro Jedi che mi parla e risponde alle mie domande..insomma come se fosse tutto ve..- le parole si arrestarono sulla gola perché impegnata a deglutire.

- Gia! - Aggiunse Gennaro sollevando il dito.

- Ma non dire cazzate..se questo non è un sogno cosa sarebbe il..? -

- Gia! - rispose sollevando il dito e puntandolo verso Ìalto.

Il panico lo colse per un attimo, poi sorrise forzatamente. - Ti sei fregato, non può essere perché io non sono morto..o almeno credo. -

- Se non fosse per il mio intervento lo saresti già, ed è gia la seconda volta..- Disse l'entità posando le dita sui baffetti e allisciandoli.

Enrico pose le mani sui fianchi. - Questo è tutto da dimostrare e guarda che non mi incanti, frutto del mio emisfero sinistro..o destro. -

Un sorrisetto sarcastico comparve sul viso paffuto e tondeggiante di Gennaro. - Saresti affogato sulla vasca se non ti avessi rispedito indietro..e la caffettiera sarebbe esplosa se io non l'avessi spenta. -

Rimase di sasso, con lo sguardo perso nel vuoto e un attacco di panico che faceva capolino, per poi balbettare - Ma..ma..tu.. come..dove sono ? -

- Non é il paradiso se é questo che intendi, ma una sorta di stadio intermedio dove noi possiamo coesistere e interloquire. -

Enrico rimase basito e con un filo di voce disse, - ..e su cosa dovremmo..interloquire ? -

Gennaro lo invitò a sedersi comodamente nel vuoto della stanza, disegnando con la mano un ipotetica poltrona. - Rilassati e fà come se fossi a casa tua -

Lui fissò l'etereo pavimento provando a immagginare una sedia,

adagiandosi su di essa, costatando che il suo corpo era velluta-
tamente sorretto come su un morbido sofà. - Mi credi se ti confesso che incontro qualche difficoltà ? -

- Ti assicuro che in questo luogo tu non corri alcun pericolo. -
ribadì Gennaro allargando la braccine.

Enrico, dopo il primo impatto riprese padronanza di sè. - Am-
messo e non concesso che io non stia sognando e tu sia Gennaro
e non il maestro yoda..- si fermò un attimo per lanciare uno
sguardo furtivo alle sensibili pareti - .. E questo luogo meraviglioso, non sia una castrazione mentale..che senso ha tutto
questo ? -

Vi fu un attimo di pausa in cui quella piccola entità sembrava
sul punto di liberarsi di qualcosa. - Ho bisogno del tuo aiuto. -

Questa volta fu Enrico a passare le mani dietro la nuca e sdraiarsi su un'ipotetica sedia a sdraio. - Ecco perché questo non
puo essere che un sogno, tu che vivi in una sorta di paradiso vir-
tuale con suppellettili intelligenti e con una pace interiore invi-
diabile, chiedi aiuto a me che sono nella mer..in gravi difficoltà e
fra un pò senza una dimora con Armando alle calcagna e con una
spina nel cuore ? ..Lassa perde Genna! -

- Te lo spigherò la prossima volta..ora bussano alla porta . - Disse
l'entità.

Enrico si guardò attorno - Quale porta ? -

Realtà

La bava ricopriva una parte del tavolo, percolata dalla bocca
spalancata e cosparsa accanto al braccio. La pelle del viso in-
collata sul tavolo, pareva dovesse staccarsi dal volto, quando si
mosse per riportarsi in posizione eretta. Sentì in quel momento
il campanello squillare, percepito come campane a morto.

-.. e adesso chi glielo racconta ad Amedeo...- Bofonchiò con un
filo di voce.

Barcollando, si diresse verso il portoncino d'ingresso, con la
camicia slabbrata e i capelli appiccicati da un lato e sparati
nell'altro.

- Yasmine..-

Si rammentava di averla appena lasciata e si chiedeva per quanto avesse dormito.

- Sì signore Enrico..ora di pulizie. - rispose la donna che riusciva a mascherare molto bene la sua età, che fluttuava fra i trentacinque e quaranta.

- Di già ?! Ma che ore sono ? - Eccepì lui guardando l'orologio che segnava cinque minuti alle nove.

- Ma quanto ho dormito ? - Gli scappò spontaneamente, estraniandosi dal contesto.

Lei mise una mano sulla bocca per reprimere una sommessa risata. - Sembrare per molto tempo...se volere io tornare più tardi..-

- Oh no no, iniziare subito..prego! - La fece entrare, soffermandosi nel soggiorno e invitandola ad accomodarsi .

- Ti avrei offerto volentieri un caffè ma..un momento..scusa devo controllare una cosa. - Si precipitò in cucina, osservando la piastra dove vi aveva lasciato la caffettiera prima di addormentarsi. Era ancora li come l'aveva posata e premuto il pulsante di accensione si rese conto che era spenta.

Eppure ricordava di averla accesa, rammentando di seguito le parole di quel buffo ometto nei suoi tormentati sogni e presupponendo il suo intervento.

- Tutto bene signore ? -

- Si tutto bene..cioè no..ma non importa e chiamami Enrico.
- rispose, continuando a sostenere quel dubbio feroce che azzannava come una belva.

- Potere iniziare Enrico ? - Disse lei con un sorriso suadente.

Lui era distratto, ma quel volto richiamò la sua attenzione. - Sì .sì..certo, in fondo c'è lo sgabuzzino con i prodotti e tutto quel che può servire.-

Poi passò davanti allo specchio, rendendosi conto delle sue condizioni. - Ma che diav... devi scusarmi vado darmi una sistemata..-

Si chiuse in bagno confrontandosi nuovamente con colui che non mente mai, lo specchio. - Spaventoso! - Commentò - ...e dentro la mia testa la situazione é anche peggiore. -

Si armò di spazzolino e cominciò ad armeggiare dentro la bocca, mentre ripensava a quella notte.

Troppe concomitanze, e quella che sembrava pura follia cominciava a delinearsi come una lucida e disarmante interazione.

Quei sogni invadevano la realtà, relazionandosi inspiegabilmente con essa senza una plausibile spiegazione.

Sputò il dentifricio nel lavandino e spogliatosi penetrò nella doccia assieme ad altre considerazioni. L'acqua inizio a cadere sul volto scivolando sul resto del corpo.

Cosa era quel luogo e in che modo poteva essere utile a quel nano con un pallone da basket al posto della testa?

Tutto questo lo preoccupava e lo incuriosiva in egual modo e quello che finora era stato un incubo lentamente si tramutava in una sorta di appuntamento con l'ignoto.

Si rivestì, ripresentandosi a Yasmine che nel frattempo aveva iniziato a ripulire la cucina. - Oh, ora va melio..molto melio. - commentò la donna nel vedere il cambiamento d'aspetto dell'uomo.

- Grazie...io ora devo uscire ci vediamo più tardi -.

Si ritrovò davanti al bar di Mario con l'immagine di Yasmine ancora presente e una fame che toglieva il fiato.

Il barista era dietro al banco gremito di clienti e visto che non vi era uno spazio libero cui infilarsi decise di accomodarsi in un tavolino.

Mario gli lanciò uno sguardo e dopo un pò lo raggiunse sedendoglisi accanto. - Mi sono perso qualcosa? -

- Te ne sei perso parecchie...due tramezzini, un cornetto e un cappuccio doppio. -

Mario lo guardò per qualche secondo. - Ti sei fatto la barba e dato una ripulita, raggiungendo un aspetto piu umano..e mi hai anche pagato, cosa c'è sotto? -

- C'è che ho una fame terribile e...quando hai un minuto ti racconto. - rispose allargando i palmi delle mani. -

Nel locale in quel momento entrarono due balordi, giovani e tatuati fino al midollo. Lo fecero sbattendo la porta e con la prepotenza di chi non rispetta neppure se stesso.

Si fecero largo sul bancone in modo facinoroso e brusco, costringendo i clienti ad abbandonare la tazzina del caffè prima del dovuto.

- Abbi pazienza per qualche minuto. - gli disse Mario alzandosi dalla sedia con lo sguardo da lupo ferito.

Enrico sapeva gia come sarebbe andata e malgrado la fame pregustava la scena che si prospettava.

Il barman si piazzò davanti al loro dietro il banco, poggiando i palmi delle mani sul piano. - Lo fate da soli o vi devo aiutare ? -

Il più sveglio dei due intuì che non si trattava di un invito ad accomodarsi e nonostante tutto sottovalutava il tarchiato barman dallo sguardo bonario. - Voi dì che ce voi imboccà, nonnetto ? -

Il secondo rise sboccatamente, battendo una mano sul bancone e Mario vi pose sopra la sua premendola sul piano di dura quercia. - A coso, é meglio che uscite da dove siete entrati finchè potete. -

Il giovinastro tentava di sotrarre la mano posta sotto quella del barman, strattonando senza riuscirvi e sotto lo sguardo attonito del suo amico che perse la tracotanza iniziale. Con meno enfasi disse. -.. Altrimenti.. ? -

Il barista con la mano libera fece scivolare la mazza da baseball sopra il bancone. - Vi do una lisciata che per un mese il cappuccio lo prendete con la flebo ! -

Lo sguardo deciso di Mario non fece eccepire repliche e mentre il primo si allontanò verso l'uscita il secondo attese che gli venisse liberata la mano, mentre Mario aggiunse, - È meio che te o segni...er bar cor numero der 118! -

Il giovane annuì e liberato il polso si precipitò verso l'uscita raggiungendo il compare e scomparendo insieme nella via. I clienti sorrisero soddisfatti e Mario ripose la mazza sotto il bancone sempre pronta ad ogni evenienza.

Non era la prima volta che Enrico assisteva a queste scene e tutte le volte nessuno si era fatto del male, quell'uomo sapeva mostrare bene i denti, evitando di azzannare.

Mario arrivò con il vassoio colmo di cibarie e un boccale colmo di schiume di latte e caffè, posandola sul tavolino . - Stavi dicendo ? -

Enrico infilò il primo tramezzino sulla bocca, - Non ci crederai, faccio strani sogni. -

- Sai che novità... - rispose l'amico dando uno sguardo al bancone che si andava svuotando dalle colazioni.

- Questo é diverso e non prendermi per il culo se te lo racconto - disse dopo aver ingoiato una lunga sorsata di cappuccio.

Mario mise una mano sul petto. - Me possino..-

L'artigiano fece un resoconto degli ultimi fatti, soffermandosi sulle coincidenze. - ..e ti giuro che quella piastra io l'avevo accesa. -

Mario aveva ascoltato in religioso silenzio. - Se devo dirtela tutta a me pare na cazzata, e non mi preoccuperei più di tanto..ma quel nome..il nome di quel nano come lo hai chiamato ? -

- Gennaro..Gennaro Coppola. -

- Si quello, io l'ho già sentito ma vatti a ricordare. - Confermò il barista portando il palmo della mano nella fronte per poi strisciare sulla calva testa.

Enrico smise di masticare cercando lo sguardo del suo interlocutore. - Sul serio ?! Sai chi era ? -

- Vallo a sapè..ma di sicuro se mi é rimasto impresso, era qualcuno. -

Il battilastra riprese a masticare commentando. - Io l'ho sempre detto che tu eri sprecato come gestore di un locale pubblico, sopratutto con una così promettente carriera da filosofo. -

- Perché non ti cerchi un bel negretto e te lo fai mett.. ? -

Enrico sollevò la mano interrompendo la battuta. - Scusa..a proposito sai dirmi qualcosa di quella ragazza di colore che sta nella casa della signora Birardi ? -

Un sorriso malizioso spuntò nel volto del barman - Ma guarda un pò dove ti é caduto lo sguardo, intendi la ricciuta dal sorriso fatale ? -

- Adesso sei tu che sogni, mi ripulisce l'appartamento e volevo sapere chi era, tutto qua. - Replicò addentando l'ultimo cornetto del vassoio.

Mario dimezzò il sorriso e mantenne uno sguardo sospettoso. - La bella mora sta li da un mesetto e passa ogni tanto a prendere un tè con la signora. -

- Tutto qua ? -

- Oh, io faccio il barista mica il ruffiano del quartiere. - Disse l'uomo ponendo tutto sul vassoio per tornare al lavoro.

- Ed io penso ancora ad Angela, se questo può sgombrare il campo da facili allusioni. - Replicò Enrico accompagnandolo fino alla cassa e sfoderando il portafoglio.

- Guarda che è tutto a posto e ne avrai ancora per un bel pò. - lo redarguì Mario, facendo capire che era a credito.

- Ti conviene approfittarne adesso!. -

Il barman si protese in avanti. - Vuoi levarti dalle scatole o devo prendere la mazza anche per te ? ...E ricorda che uno di questi giorni io e te, dobbiamo terminare un discorso. -

Enrico sapeva bene a cosa si riferiva e la parte ancora indolenzita dal pugno ricevuto, parve risvegliarsi, richiamata da quella frase.

Non si era mai trovato nella condizione di infilare le mani in tasca alle dieci del mattino e il desiderio di ritornare in officina non era ancora cosi forte da riprendere a frequentarla. Non la sentiva più sua e quell'anticipo di soli trecentocinquanta euro lo allontanava dal labile desiderio di muovere le braccia.

Il cellulare vibrò nel taschino della giacca, - ..pronto..d'accordo fra un'ora. -

La metro era un luogo che invitava a meditare, e sufficientemente veloce da occupare la mente.

Cinque stazioni, altrettante considerazioni su sogni, debiti, vendite, strozzini e ultimamente Yasmine, che aveva conquistato una stazione. Ma la prima fermata era sempre per Angela, e per quanto facesse non riusciva a farsene una ragione nè dimenticarla, pensare a lei era prioritario su qualunque cosa.

Ogni volta che inseriva la chiave nella saracinesca della carrozzeria una parte di sè riacquistava lo spirito di una volta, subito spento da quel silenzio che sapeva di abbandono e disfatta.

Un sospiro sulla soglia e un rammarico per ogni passo, fermandosi davanti a quel martello lasciato sopra quel parafango arrugginito.

La puntualità di Andrea era disarmante e quelle undici del mattino non potevano essere più spaccate di quelle. - Buon giorno Enrico! -

Quel sorriso mostrato dal ragazzo era sempre di circostanza, ma misurato rispetto alla volta precedente e lui lo colse ampiamente. - Sono appena arrivato, giorno a te! -

Il giovane affarista lanciò uno sguardo verso quel martello e il metallo contorto sotto di esso. - Qualche rammarico o solo un vezzo mattutino? -

- Una conferma serale sul fatto che nulla é cambiato, e tu pittosto ? -

- Ho un cliente che vorrebbe dare un occhiata, sembra interessato..-

Enrico infilò le mani nelle tasche dei pantaloni. - Ai locali ? -

- No, alle attrezzature, mi ha contattato ieri sera dopo aver visto l'annuncio. - Rispose mentre dava uno sguardo a quella pressa con la bocca spalancata come se stesse sbadigliando.

Quella risposta colse di sorpresa l'artigiano, - Avevi detto che sarebbe stato difficile piazzarle. -

- Lo confermo, ha preso in contropiede anche me..- lo disse mentre coglieva sul volto di Enrico una improvvisa serietà - ..certo che, è un vero peccato, potresti ancora dare molto a questa professione, posso chiederti il motivo... ? -

Trovò strano che un asettico venditore potesse essere interessato al suo passato e si sentì invogliato a parlarne - Questo lavoro richiede metodo, applicazione e passione..lo devi sentire dentro o quello che fai precipita nella più scadente mediocrità e sopratutto motivarlo con uno scopo, denaro, ambizione, o una persona cara..-

Andrea si avvicinò ancora mentre lui terminava, - ..ed io non ho più..-

- Capisco..nel mio mestiere assisto quasi quotidianamente a

persone che cedono, cambiano o semplicemente vendono la loro attività, ma ho visto cosa riesce a fare con le sue mani ed é un vero peccato che se ne separi. -

- Ormai ho deciso.. - rispose Enrico guardandosi attorno -... tutto questo per me é il passato. -

Andrea sorrise posando una mano sulla spalla. - Allora mi farò vivo con l'acquirente fra qualche giorno! -

Enrico non rispose e lasciò che il giovane dai modi gentili, si allontanasse in silenzio.

Il viaggio di ritorno verso casa fu altrettanto oscuro e turbato quanto l'andata, unico mutamento la sua opinione su quel giovane intermediario che aveva subito un positivo orientamento. L'ascensore lo lasciò davanti al suo appartamento e vi infilò la chiave aprendo la porta. Si chiese se non avesse sbagliato piano nel percepire un profumo intenso di lavanda, sprigionato dal suo interno. Era il suo, ma l'aspetto era decisamente diverso, Yasmine aveva reso vivibile quel locale, l'odore di stantìo era scomparso e arredi e suppellettili non rilasciavano più quel senso di repulsione alla vista ed al tatto. In camera da letto vi era stata una vera svolta, la donna aveva cambiato persino lenzuola e coperte, la cucina e il bagno avevano subìto il medesimo trattamento. - mi costerà un patrimonio ma ne è valsa la pena e sono certo che ne sarebbe rimasta soddisfatta anche Ange..-

Tacque come se avesse bestemmiato, rendendosi conto che per la prima volta metteva in discussione l'operato di sua moglie.

Si tolse la giacca, sdraiandosi sul divano, ripensando a quell'inutile mattinata, escudendo l'operato di Yasmine che peraltro non aveva ancora saldato.

Sbadigliò un paio di volte, lasciandosi andare, - ..fanculo Yoda!..-.

Sogno

- Ti ho appena mandato a quel paese! - esordì ritrovando le medesime condizioni dell'ultima volta, mentre guardava

Gennaro impegnato a far lievitare delle bolle di sapone.

- Ho sentito e ti comprendo, ma i miei sentimenti sono irrisestibili e non posso lasciarti andare. -

Enrico in perfetta sintonia con il luogo, fluttuava sospeso a qualche palmo dal suolo, ma quella frase lo mise talmente a disagio che cadde morbidamente. - Voglio che sia ben chiara una cosa, in qualsiasi sogno, dimensione, stato immaginario, visione o delirio, io sono e sarò attratto unicamente da una donna!
-

Per la prima volta fu Gennaro a interromperlo, facendo sparire le bolle e ponendosi all'attenzione del suo ospite. - Ne sono convinto e neppure a me interessi, io amo un altra! -

- Ne sono sollevato, non che abbia niente in contrario, ma ero a disagio...piuttosto ho alcune perplessita da appurare, sai c'e stato un momento che ho pensato che questo luogo fosse esistito veramente e sono curioso. -

L'omino sospirò quasi rassegnato. - Pensavo fosse piu semplice, sottovalutando il vostro attaccamento a quel pianeta, e convincerti che questo non é affatto un sogno sarà piu complicato del previsto. -

Enrico nel frattempo si beava di quella condizione di pace e serenità che quel luogo elargiva con sfumature di azzurro e luci velate. - Rassegnati come ho fatto io del resto, in fondo qua si sta bene e non mi spiace passarci un pò del mio tempo..che differenza fa che io ci creda o meno? -

Gennaro cambiò atteggiamento e con fare deciso disse. - Eh no! Ho fatto un miracolo..per portarti qui e mi ritrovo con la persona piu scettica del pianeta? -

- Siamo quasi sette miliardi..- replicò l'artigiano senza scomporsi - ..Se acchiappi un altro al mio posto, non mi offendo, di creduloni ne è pieno il mondo.-

- E tu credi che non lo sappia?.. Ma é di te che che ho bisogno! -

Enrico carpì la sincerita nel tondeggiante volto dell'omino. - E la seconda volta che lo dici, sono qua, avanti coraggio. -

Gennaro abbassò i grandi occhi velandoli di un palese disagio. - Questo è un punto dolente, non so come dirtelo. -

- Guarda che se si tratta di un restauro siamo un pò carenti ad attrezzi..- poi dette uno sguardo alle stupefacenti pareti - ..per la verniciatura credo non ci siano problemi. -
- Non si tratta di un restauro ma di..-
Enrico avvicinò il volto.- Cosa ci potrà essere di cosi tremendo da farti arrossire mi chiedo..forza dai! -
L'entità esitò, ponendo le mani dietro la schiena e dondolando un pò. - Devi aiutarmi a conquistare una persona. -
- Aspetta aspetta..vuoi dire che tu..ed io dovrei aiutarti a..-
scoppiò a ridere con tale enfasi che tutto l'ambiente ne fu coinvolto. il pavimento vibrò piacevolmente, l'aria divenne calda e avvolgente e le pareti assunsero una tonalita' verde fosforescente, ed in quel contesto solo Gennaro rimase impassibile, assorto in un malinconico silenzio.
L'artigiano si sentì un leone, da tempo non riusciva a liberarsi in tal modo e lasciarsi andare. Ci volle un pò, prima di riprendere padronanza di sè. - Oddio questo sogno é un vero spasso..quindi se ho ben capito dovrei aiutarti a conquistare una Gennarina che ti sta' a cuore ? -
L'omino riacquistò una certa sicurezza. - Non scherzare, la faccenda é seria ed io sono follemente innamorato. -
- Beh, io non ci trovo niente di male, amare é un pò come sognare e qui ci sono tutti gli ingredienti, quello che mi chiedo é perche non scegliere Rodolfo Valentino, piuttosto che Paul Newman, peraltro non so dove tu abbia attinto le informazioni a mio riguardo, ma ti hanno informato male. -
Gennaro prese a lievitare raggiungendo il soave soffitto. - Ti sbagli e ne riparleremo, ora devi andare, Yasmine ti aspetta. -
- Yasmine ?! E tu che ne..-

Realtá

Si risvegliò con il sorriso, associato ad un piacevole stato di benessere e rilassatezza. Quel sogno era stato divertente, malgrado restassero alcune perplessitá in quella frase riferita a Yasmine. Li accantonò come reflui della sua mente anche se la caffettiera spenta restava ancora un mistero per il quale non trovava ancora una spiegazione logica.

Un certo appetito era ora il problema piu impellente ed una cena soddisfacente il modo per soddisfarlo.

Scese le scale fino al piano della signora Birardi, bussando alla sua porta. il muso ingrignito della donna non era cio che si aspettava . - Ah, è lei signor Pellecchia ! -

- Sembra, dovrei saldare le pulizie del mio appartamento. -

La donna tese la mano, - Puo dare anche a me! -

La sfacciata proposta della dispotica signora non colse impreparato Enrico che continuò a tenere le mani nelle tasche. - Non si offenda ma desidero parlare con Yasmine. -

La delusione fu palese e scalfita nello sguardo della donna che ritrasse la mano come un'ombra abbandonata dal sole. - Come vuole..Yasmine! -

Il volto solare della cubana apparve poco dopo, anche se il suo sorriso appariva un po forzato. Raggiunse i due ponendosi al loro fianco - Oh signore Enrico..-

La signora Birardi non demorse, sfacciatamente decisa a presenziare al colloquio senza essere invitata, finchè l'artigiano: - Ci può scusare signora ? -

La donna fece una smorfia, mostrando la sua insofferenza e senza aggiungere altro, li lasciò apparentemente soli, ma intenzionata ad origliare appena svoltato l'andito.

Rimasero apparentemente soli, mentre Enrico portando il dito indice davanti al naso, invitò ad abbassare i toni. -..E meglio non farci sentire. -

Yasmine annuì aggiungendovi un piccante sorriso. - Si..melio è una picciona..-

Il battilastra capì il significato, trovando quel modo di esprimersi cosi ilare e morbidamente stropicciato, da essere divertente.- Gia..sono venuto per l'onorario..-

Yasmine rimase stupita. - Cosa essere onoraro ? -

Enrico cambiò terimine passando ad un modello internazionale, sfregando il pollice e l'indice. - Capire adesso ? -

- Ah si..- rispose aggiungendovi un sorriso appagante.

- ..cinquanta andare bene ? -

Era molto al di sotto delle aspettative e l'onestà della donna non fece che accrescere la già alta opinione nei suoi confronti. Bella, simpatica, pulita e anche onesta, pensò prima di rispondere. - Credo che ti sia debitore...- e consegnando il denaro gli venne un'idea - ...e anche se non ci conosciamo pensavo..visto che non ho cenato..ti andrebbe una pizza ? -

Presa alla sprovvista la ragazza smorzò l'entusismo iniziale. - ..pizza, non sapere..avere altro da fare..-

Si chiese piu volte cosa lo spinse ad insistere e cosa quella donna dalla pelle ambrata e gli occhi a mandorla lo stimolasse a farlo. - È solo un pò di pasta cotta al forno con pomodoro e della mozzarella, ma ti posso assicurare che é strepitosa... e ti prometto non parlerò della nazionale di calcio. -

Yasmine incrociò le braccia e in tono serio aggiunse. - Io donna seria e non uscire con uomo sposato..-

Enrico corrugò la fronte. - Chi dire che io sposato ?! .Cioè chi ti ha detto questo ?..Insomma desideravo solo mangiare assieme niente di più . -

La donna volse lo sguardo verso la signora Birardi occultata dalla parete per poi riportare l'attenzione su di lui. - Tu sposato ? -

L'artigiano era rapito da quei occhi grandi e scuri che lo scrutavano. - Si..cioè no..insomma lo ero, sono solo adesso..vedovo. -

- Vedovo..cosa essere vedovo ? - chiese lei incuriosita.

Si risvegliò come da un sogno, e il ricordo di Angela si presentò come un macigno spegnendo tutto. - ..Non importa, sarà per un altra volta -

La lasciò sull'uscio senza aggiungere altro e risalì le scale rientrando nel suo appartamento.

Fare la la doccia in un box pulito, mitigò quel senso di colpa che lo aveva colpito poco prima. Inconsciamente aveva invitato una donna ad uscire con lui, mettendo da parte per la prima volta il ricordo di Angela.

L'acqua fumante dilatava i pori e distendeva la mente, cancellando ogni rancore verso se stesso. Il languore era tramutato in

fame e non importava se quel senso di solitudine fosse demotivante, quella necessità andava soddisfatta quanto prima, e per un
attimo le parole di Gennaro risuonarono dentro di lui..Yasmine
ti Aspetta. Coincidenze, gli avrebbe detto Amedeo associand-
ovi una casistica inconfutabile, e mentre infilava i pantaloni la
fece sua.

Mise il portafogli in tasca con le rimanenti 100 euro e discese le
scale che portavano al portone d'ingresso.

Riconobbe subito quei capelli ricci e la sagoma snella e sinuosa
che si profilava accanto al portone. Definire l'eta di quella donna
non era affatto semplice, accomunata da diverse contraddiz-
ioni che la rendevano molto opinabile, al di là di questo la trovava graziosa e accattivante.

Gli passò di fianco salutandola con l'intento di passare oltre, ma
lei lo fermò. - Cambiato idea.. volere mangiare pezza insieme ?-
Sorrise trascurando l'errore e convinto che quella sera con
sommo piacere ne avrebbe sentito parecchie e intuendo che una
persona fra le altre che correggesse il suo lessico non lo avrebbe
gradito. - Volere con piacere ! -

Si incamminarono intavolando un anomalo quanto stuzzicante
dialogo, dove i confini dovuti alla scarsa conoscenza della
lingua erano compensati dalle esplicative espressioni del viso.

Si ritrovarono davanti ad un piatto semivuoto dove lentamente anche i contorni della pizza andavano sparendo uno ad
uno. - ..Le tue origini..da dove vieni Yasmine ? -

- Cuba..Havana..- rispose lei con un velo di malinconia.

- Ti manca molto ? -

- Come aria per respiro..ma contenta di essere qua ! -

Enrico volle approfondire. - Hai lasciato qualcuno ? -

Lei abbassò il viso . - No..avevo marito ma ..regime portato via. -

Si accorse in ritardo di aver toccato una nota dolente. - Scusa..-

- Non importare..- Sorrise delicatamente -..essere passato, ora io
vivere nuova vita..tua storia ? -

Si sentì in dovere di ricambiare con sincerità. - Io avere ferite ancora fresche..mia moglie..-

Lei mise una mano sulla bocca. - Dispiacere tanto..-

- Non importare..passerà..-

Cambiarono argomento e la serata trascorse piacevolmente, dimenticando solo in quel breve frangente, le angosce della loro vita.

Si salutarono dove si erano incontrati e con la convinzione che quella pizza contenesse un considerevole valore aggiunto.

Il rientro a casa non fu così angosciante come in precedenza ed era pervaso da una certa leggerezza nell'animo. Restavano i grossi problemi finanziari a tormentarlo e solo cinquanta euro in tasca per risolverli.

Poteva soltanto dormirci sopra e ritornare nelle mani dello gnomo dai sottili baffetti e lo sguardo allampanato. Era disarmante essere a conoscenza di cio che avrebbe sognato, come guardare in tv una partita in differita di cui é certo l'esito. E come un uragano declassato a ciclone dopo aver devastato uno stato, quei sogni erano stati ridimensionati da incubi terrificanti a incontri ravvicinati con l'ignoto.

Non aveva più timore di addormentarsi ma il desiderio di ritornare alla normalità era sempre forte. Permaneva la convinzione che fosse tutto inimbroglio della sua testa, ma ora stava al gioco e desiderava assecondarne i desideri. Unico punto a favore la crescente curiosità sulle richieste di Gennaro con quella strana proposta e sulle conseguenze che ne sarebbero derivate. Era giunto il momento di soddisfare la doppia esigenza, riposare e veleggiare con la mente.

Fu piacevole sdraiarsi in un divano senza acari e che profumava di lavanda. E per l'occasione si tolse le scarpe, la giacca ed i pantaloni, riponendoli con una certa cura, prima di sdraiarsi e ricoprirsi con un morbido plaid.

Sogno

- Come era la pizza ? -

- Se pensi di stupirmi con queste frasi da chiaroveggente..beh ti sbagli é chiaro che se sai tutto quello che so io, sai anche che sapore aveva. -

Gennaro, volteggiava fra le verdi e cangianti pareti che illuminavano persino l'anima. - Io avrei scelto un bel calzone ai quattro formaggi. -

- Beh tu non sei me..ma fai parte di me..anche se sai di me..perché sono io che genero te... insomma a me piacciono i frutti di mare, punto! - Rispose Enrico dirigendosi verso una delle pareti e immergendovi le mani dentro. La sensazione era piacevole e calda e senza timore vi passò attraverso, con l'unico risultato di riapparire nella stessa stanza, ma dal lato opposto.

- Ti é concesso soltanto questo luogo e per un tempo limitato. - Chiarì Gennaro posando i piedi sul pavimento.

- Devo ammettere che sono un pò deluso...che vi costava ? - Replicò l'artigiano, provando a volteggiare nella stanza ed imitando l'omino.

Gennaro parve spazientirsi e dopo aver messo le mani sui fianchi disse. - Ok parliamo! Ti ho già detto che devi aiutarmi..Ehi! Potrei avere la tua attenzione ? -

Enrico dopo un paio di piroette si fermò a mezz'aria, - È fantastico..oh, scusami dimmi pure, ti ascolto. -

- Allora, la prima condizione è che tu sia pienamente cosciente che non si tratta di un sogno..e la seconda che tu mi aiuti a infatuare una persona. -

Il battilastra si grattò la fronte. - Quello che non capisco è perché diav..mai, hai scelto me per un compito cosi delicato e da esperto amatore quale io non sono. Ho avuto una moglie per una ventina d'anni e prima di lei tabula rasa, caro Coppola.-

- Un problema alla volta, cosa potrebbe indurti a credere che questo non sia un sogno ? - Chiese l'omino con fare speranzoso.

Lui ci pensò un attimo poi un sorriso malizioso spunto sul suo volto. - Beh, una cosa ci sarebbe..-

Gennaro protese in avanti il capo spalancando i grossi occhi. - Davvero?! Parla allora! -

Enrico farfugliò qualcosa di incomprensibile a bassa voce.

- Potresti parlare piu forte ? -

- Una..........to. - ripeté l'artigiano controllando che nessuno da quelle pareti potesse udire.

Gennaro continuò a non capire.- Siamo soli qua dentro, vuoi parlare più forte ? -

Dopo essersi assicurato che nessuno orogliasse alle spalle disse ad alta voce. - Un bel sei al superenalotto ! -

- Ah no! Niente modifiche patrimoniali ci è assolutamente vietato! - Rispose ponendo il palmo della mano avanti.

- Beh, allora hai perso la tua occasione, sogno sei e sogno resterai. - Concluse riprendendo a caprioleggiare nell'aria, come un bimbo col suo primo pallone.

L'entità mise le mani sul mento cercando una soluzione. - D'accordo una vincita al lotto per l'estrazione di domani sera. -

- Davvero ? Ma è stupendo. - commentò Enrico riprendendo la posizione eretta.

- Non farti illusioni, un ambo sulla ruota di Cagliari..nessuno dovrebbe accorgersene - precisò meditando su quell'impegno.

- Capirai un ambo! Non vorrei che ti si strozzasse l'ernia per lo sforzo. -

-..18..e..24..giocali domani mattina sulla ruota di Cagliari. - precisò Íomino con sicurezza.

- Diciotto, ventiquattro..e.. ? Almeno un terno, ho qualche problemino da risolvere. - Chiese, Enrico nel tentativo di allargare la richiesta.

- Ai tuoi problemi ci penseremo dopo, ora gioca l'ambo e convertiti, il tempo stringe. - Concluse Gennaro schioccando le dita.

Realtà

Mise l'orologio davanti al volto - ..nove ore filate..- era da tempo che non dormiva cosi profondamente e fu confortante svegliarsi soltanto con il mal di schiena e non con la solita ansia post-riposo.

- ..18..24..18..24..18..e 24 cazzate. - liquidò quei numeri e quel sogno, sbadigliando con gusto e liberandosi del resto dopo aver sollevato la tavoletta del water.

L'aria del mattino era ancora fresca e pregustava il tepore accogliente del bar di Mario. Infilò la porta senza pensarci trovando il suo amico immerso nel vapore della macchina con la testa lucida e calva, oscillante fra una manopola e l'altra. - Ti sei alzato tardi questa mattina. -

- Ti hanno piazzato una video camera dietro le orecchie ? Rispose Enrico fermandosi davanti al banco, cavalcando uno degli alti sgabelli.

- Non ho necessità di vederli per riconoscere i miei piccioni. - chiarì voltandosi e posando davanti all'amico un cappuccio appena schiumato.

- Adesso hai anche doti di preveggenza ? -

- Non ancora, lo avevo preparato per me, ma visto che sono in debito per almeno un'altra decina di colazioni...-

Il battilastra prese la zuccheriera versandone due cucchiaini nella tazza e rigirandolo un paio di volte. - Non riuscirai a farmi sentire in colpa e sul piatto manca un bel cornetto, se vuoi fare il mago sei sulla strada buona ma devi consultare meglio la sfera. -

Mario prese lo strofinaccio dalla spalla. - La mia sfera funziona benissimo, ammaliatore di belle cubane...come era la pizza ? -

La bevanda andò di traverso, tossendo abbondantemente mentre al barman scappò una risata. - ..Diavolo di un barista, saprò prima o poi chi fa la spia..-

- E non é tutto, oggi ti stupirò con effetti speciali! -

Enrico sollevò lo sguardo mentre si asciugava le labbra. - Di cosa parli ? -

Mario incrociò le braccia con aria tronfia. - Rammenti quel Gennaro Coppola di cui mi hai parlato ? -

L'arigiano perse lo smalto abbandonando l'amichevole sarcasmo. - Cioè ? -

- Ti avevo detto che lo avevo già sentito no ? -

- E allora ? -

- Lo sai che metto da parte i quotidiani che compro ogni mattina e sono andato a spulciare fra le copie di sei mesi fa e precisamente il Tempo del 12 novembre.. e che ci trovo ? -

- Che ci trovi ?.. - ripeté, con un ansia crescente.

Mario cacciò fuori da sotto il banco una copia ripiegata del Tempo, porgendogliela. - Toh! guarda tu stesso! -

Lasciò il cornetto sul piattino e timidamente prese il giornale e lentamente lo dispiegò. La pagina di cronaca era gremita di articoli ma uno foto lo colpì immediatamente. Il mezzobusto di un uomo con baffetti e occhi espressivi, supportati da due generose orecchie poste ai lati di un viso tondeggiante.

Sbiancò ancor prima di leggere l'articolo sottostante. " Trovato il cadavere dell'amministratore delegato del SINA, una delle più quotate società di intermediazione finanziaria. -

- Eh sì..- disse Mario - ..quel tizio era scomparso durante una scalata al Cervino, e lo hanno ritrovato dopo un mese dentro un crepaccio -

- Cazzo! Sembra lui..- apostrofò Enrico.

- Lui chi ? - Chiese l'amico posando lo sguardo sul giornale.

- Se gli gonfi la faccia e tiri le orecchie..una segata alle gambe, é lui! - continuò l'artigiano scorrendo l'intero l'articolo.

- Ma di chi diamine stai parlando ? - Chiese spazientito il barista.

- Ma di Yoda no !? -

- Yoda ?! -

- Il nano del sogno, lo gnomo, Gennaro o come diavolo si fa chiamare...é spiccicato, toh guarda. - disse indicando la figura nell'articolo.

- A me sembra un tizio più che normale, con tutte le cose a posto come me e te, soltanto che è morto. -

- Da vivo! Nel sogno lui ha una fisionomia diversa ma non i caratteri, quelli sono rimasti tali! E' lui credimi! -

Mario prese il giornale e lo ripiegò, ponendolo sotto il braccio. - Io penso che non dovevo fartelo vedere, questo é piu morto del pisello di Berlusconi, oltretutto di Gennaro Coppola in Italia ve ne sono una valanga. -

Enrico si alzò con aria di sfida. - Scommetti che stasera faccio un ambo sulla ruota di Cagliari ? -

- E questo che c'entra ? - Disse il barista allargando le braccia e facendo cascare il quotidiano.

- Rammenta questi numeri, 18 e 24! -

Mario si chinò a raccogliere il giornale, ripetendo - ..diciotto e ventiquattro ? -

Una volta in piedi Enrico era sparito, lasciando soltanto un pezzo di cornetto accanto ad una tazza fumante semivuota . - É andato! ..in tutti i sensi .-

La ricevitoria era gestita da un anziano signore con gli occhiali sostenuti sulla punta del naso e attendeva con le dita poggiate sui tasti il via, come lo start ad una gara di formula uno.

- Cinquanta euro, 18 e 24 sulla ruota di Cagliari..perdente. -

L'uomo dai radi capelli argentei sollevò lo sguardo al di sopra delle lenti. - Ne ho sentite dietro questo banco, ma questa le supera tutte. -

Era il sottile filo a cui erano appese le speranze di Enrico. Se avesse vinto, quello stato di grazia sarebbe finito e sapere che quel luogo non era un sogno, lo rimetteva in agitazione.

Prese la ricevuta sotto lo sguardo disgustato del gestore e uscì ficcandola nel portafoglio.

Prevenire è meglio che curare, pensò subito dopo impugnando il cellulare. - ...Pronto ? ..ti avverto, non accetto rinvii..-

Le ultime cinquanta euro erano state impegnate e una lunga scarpinata avrebbe avuto l'effetto di scaricare l'adrenalina accumulata, per cui la fece volentieri.

L'assistente lo fece entrare nella sala d'attesa molto sobria e asettica, con una litografia di Mirò appesa alla parete.

La signora seduta di fronte a lui mostrava un aspetto peggiore del suo e stringeva a sè la borsetta come se da un momento all'altro dovessero scipparla. La guardò per un istante e poi tentò di ignorarla per il resto del tempo ma inutilmente, la donna continuava a fissarlo insistentemente con occhi spalancati, finché dopo un pò disse. - Lei deve fidarsi! -

L'artigiano preso alla sprovvista non seppe dire altro. - Prego ? -

La signore tenne con una mano la borsetta e con l'altra punto l'indice. - Lei deve fidarsi ! -

- Prenderò nota signora. - rispose, senza dilungarsi.

Amedeo con un impeccabile gessato spuntò ancor prima che la giovane assistente potesse invitare la paziente ad entrare.

Dette un'occhiata ad Enrico indicandogli di avere pazienza e richiudendosi nello studio con la signora.

Non voleva riflettere durante l'attesa su quelle ultime rivelazioni, ma consegnarle come un pacco del corriere al suo amico, in modo che venissero debitamente smontati ed etichettati come coincidenze, e infoltire quelle miriadi di statistiche mediche che Amedeo sciorinava.

Era assolutamente vitale consolidare la tesi del sogno e perdere i cinquanta euro al lotto.

Si rese conto che una parte di sè inconsciamente credeva nelle parole di Gennaro, e i cinquanta euro giocati rafforzavano questa tesi. E la debordante razionalità di cui era cementato pian piano si sgretolava, come un terreno franoso sotto un lungo temporale.

Era lì per un lavoro di ristrutturazione e rinforzo mentale, e chi meglio di uno psicologo era in grado di farlo? Quei sogni iniziavano ad essere accettati e per certi versi lo divertivano, ma potevano risultare inquietanti se fossero stati catalogati diversamente.

Quel mistero doveva rimanere tale con tutti i suoi perché, comprensivo di tutte quelle domande esistenziali che avvolgono l'umanita e di cui voleva rimanere parte integrante.

Si chiese quante persone bramassero o dato chissà cosa per poter conoscere l'arcano. Ma il fato aveva scelto lui, che di quel privilegio non sapeva che farsene.

Cercava un senso a quell'assurda storia, di uno gnomo che chiede aiuto per una presunta storia d'amore ad un pragmatico artigiano che nella capitale d'Italia era di certo il meno adatto.

La porta dello studio si aprì con la paziente apparentemente soddisfatta della seduta ma con la borsetta costantemente stretta fra le mani.

L'assistente era giovane e di bell'aspetto, con la tracotanza di chi sa di essere ammirata e la presunzione che sia la dote più importante.

- Signor Pellecchia ha un appuntamento ? -

Enrico in quei due mesi non aveva perso soltanto la moglie e i suoi beni, ma anche la tolleranza a tutto ciò che non era, a suo giudizio, verbalmente onesto. - Questo doveva chiedermelo quando ho varcato quella porta. -

Il sorriso della ragazza si spense mentre lanciava uno sguardo all'entrata. - Glielo ho chiesto adesso. -

- Troppo tardi. - rispose secco.

La ragazza mostrò visibimente la sua irritazione. - Non credo che il dottore possa riceverla senza un appuntamento. -

- Perché glielo ha già chiesto ? -

- Non è necessario, mi occupo io degli appuntamenti. - ribattè con cipiglio la ragazza, decisa ad accompagnarlo alla porta.

Amedeo spuntò dalla porta accostata. - Vieni dentro. -

Enrico si alzò dalla sedia concedendosi un fastidiosissimo sorriso che irritò ulteriormente l'assistente, che. voltate le spalle, si allontanò.

- Quanto é sciroccata la tua paziente ? - Esordì, il battilastra accomodondosi nella poltrona.

Amedeo lo raggiunse sedendovisi di fronte. - Abbastanza, perché ? -

- Avevo solo l'imbarazzo della scelta, se polemizzare con la tua avvenente collaboratrice o subire i moniti della tua cliente. -

- A cosa ti riferisci ? -

- Pare che sia un malfidato, imponendomi una questione di fiducia. - espose lui allargando le braccia.

- Non farci caso, pensa di essere un medium in contatto con l'aldila..allora come stai? - Rispose prendendo in mano la sua cartella.

Sentire parlare dell'adilà ripropose il suo dilemma ed un altra coincidenza pareva sommarsi alle altre.

- Premetto che le mie condizioni sono nettamente migliorate..-

- Saggiamente hai seguito i miei consigli e iniziato la terapia ? - Anticipò lo psicologo.

- Non proprio!- Disse cautamente Enrico, mentre Amedeo si infilava gli occhiali e lo fissava - ..vorrei per una volta che indossassi i panni dell'amico e con una visione più miope e meno scientifica. -

Trasse un sospiro chiudendo la cartella. - D'accordo ma non chiedermi di esimermi dall'essere scettico.

Enrico espose con calma e con minuziosa particolarità gli ultimi eventi, senza lasciarsi trascinare dall'emotivita e con un certo distacco. -...E questa é la ricevuta con cui poco fa ho giocato le mie ultime cinquanta cucuzze. -

Seguì un silenzio che pareva un eternità finché Amedeo lo spezzò. - Una storia affascinate, ma incorri in un grave pericolo o trappola psicologica, dove le conseguenze non sono quantificabili. Stai legando la tua razionalità ad un articolo sul giornale e una vincita al lotto..e per quanto ne sappia azzeccare un ambo non é poi cosi difficile..-

-..E' quello che ho pensato anche io..- aggiunse Enrico - .. Presi singolarmente questi avvenimenti possono essere condotti a semplici casualità, ma nell'insieme iniziano ad essere rilevanti per non essere considerati altrimenti. -

Amedeo si avvicinò alla scrivania. - Quello che posso dirti e che noto un netto miglioramento sia nell'umore che nel tuo stato fisico, senza alcuna terapia ..e questo sì, che lo trovo fuori dall'ordinario. Prendi con leggerezza tutta la storia, senza farti coinvolgere e se questi sogni migliorano le tue condizioni psicofisiche a questo punto ben vengano. -

-..Ben vengano ?..In che senso ?- Chiese dopo quella disarmante risposta.

- Beh! Sembra non ci sia traccia di fenomeni ansiosi o depressivi e se il sonno ha effetti terapeutici e risolutivi, dormici sopra! -

- Mi stai infilando nella bocca del leone ! -

- Affatto! Sei tu che riferisci di uno stato di benessere ed estasi con quel Gennaro e non importa se sia trascendente o meno..il dato importante é che tu stai meglio e non vi é dubbio che le vie della medicina sono a volte come quelle del gelato...variegato! -

Enrico sollevò la ricevuta. - E di questa che ne devo fare ? -

- Rimetterla nel portafogli fino a stasera e se vinci intasca la vincita senza alcuna considerazione. -

Il battilastra la rimise nel portafoglio. ma pose un ultimo quesito. - .. se questa storia fosse realmente vera ? -

Amedeo sorrise, - Non fa alcuna differenza, vero o falso l'import-
ante è che tu stia bene, per il resto sai come la penso. -
- E vissero felici e contenti.. ero meno confuso prima di questa
seduta, per cui non conteggiarla nel tuo onorario! -
- E perché mai ? - Chiese Amedeo inarcando le sopracciclia.
- Tu eri l'ultimo appiglio di un sano e scientifico scetticismo a
cui potermi aggrappare, invece mi ritrovo con un filosofo in ges-
sato che mi invita a danzare con il maestro Yoda. -
- Ti ho mai detto che sei il mio peggior cliente ? -
- Perché metto alla prova le tue doti analitiche ? - Rispose sarcas-
ticamente Enrico.
- La mia pazienza più che altro! -
Vi fu un attimo di pausa, necessario al Battilastra per non infuo-
care la discussione. - Quella puoi metterla in conto! -
- Posso mandarti affanculo ? -
- E' una nuova terapia ? -
Un'altra pausa, poi discesero in una sonora e coinvolgente risata
che distese gli animi.
Enrico si alzo dalla poltrona con il sorriso sulla bocca. - Ricord-
ami di invitarti a cena, sei un vero amico. -
Amedeo lo seguì fino alla porta, - Con piacere e tu ricorda di
tenermi informato sul tuo caso é davvero interessante e se hai
necessità chiamami! -
Uscì con le idee più confuse di quando vi era entrato e la sensazione che la scienza non avesse spiegazioni convincenti per
quello stato di cose. Amedeo però su una cosa aveva ragione, la
sua salute era in netto miglioramento e quello stato di acuta depressione aveva subito un netto cambiamento.
Camminare per le strade di Roma era una piacevole riscoperta
e respirare l'aria della capitale era sicuramente meno deleteria
delle polveri respirate all'interno della sua carrozzeria.
Liberò la mente da tutti i pensieri, compreso Angela, at-
tenuando lentamente l'opprimente assenza. La solitudine é un
male profondo con cui si può convivere, ma è arduo compens-
arlo, e per Enrico quella via era ancora tortuosa e scoscesa.
Lentamente qualcosa si muoveva e anche se indirettamente

quei sogni lo avevano distratto da quel tormentato lascito della sua assente metà.

Leggerezza era la sensazione che provava in quel momento e oltre la speranza, cesceva una inaspettata sicurezza e un nuovo punto di partenza da cui ricominciare.

Arrivò nell'andito della palazzina dove abitava senza ricordare la strada che aveva percorso fino a quel punto. Nel primo gradino delle scale condominiali vi era posato un secchio e a meta della prima rampa una donna che le lavava.

Riconobbe subito quei riccioli neri. - Ciao Yasmine..-

Lei si voltò, alzandosi in piedi e posando lo straccio. Quel sorriso illuminava a giorno quel banale andito che colmava un desiderio recondito. - Oh..signore Enrico!.-

- .. Signore ? Non lo sono mai stato, ti andrebbe un caffe ? - Era la seconda volta che spontaneamente le chideva di fargli compagnia.

- Ora non potere...terminare lavoro. - Rispose in tono dispiaciuto.

- E quando terminare ? -

Yasmine sollevò una mano e dopo aver fatto I conti sulle dita disse. - Prima lavare scale, poi stirare biancheria, fare spesa e sugo per signora.. poi bere caffè. -

- Praticamente a cena!.. - Commentò, mettendo la punte delle dita sotto il palmo della mano - ..Timeout, tu ora fare pausa caffè come previsto da contratto nazionale. -

La donna rimase perplessa, mentre lui la invitava ad uscire porgendole la mano. - Non potere, Signora Birardi mandare via me..-

- Risolviamo subito! - E detto questò busso alla porta della Birardi che dopo qualche istante mostrò il suo muso.

Ah é lei..cosa vuole ?

- Yasmine viene a prendere un caffè con me, ci sono problemi ? -

L'attempata donna incrociò le braccia. - Il caffè vada a prenderselo da solo, lei rimane a pulire le scale! -

- Sarebbe un idea, ma sono certo che mi scapperebbe una telefonata all'ispettorato del lavoro, perché Yasmine non é assicurata vero ? -

La donna si accese come un fiammifero e non apri bocca, lasciando che Enrico continuasse. -..Senza considerare che lei perderebbe il suo posto in portineria, e quindi anche la casa! -

Uno sguardo raggelante, rotto dalla voce della signora Birardi . -

Vai pure Yasmine ! -

- Arguta decisione! - disse con soddisfazione Enrico e presa per un braccio Yasmine la accompagno fuori dal condominio.

- Quella donna è odiosa! - Commentò il battilastra, notando che la ragazza non appariva serena.

- Signora Birardi, donna molto cattiva..-

- Gli passerà vedrai.-

Yasmine lo seguiva, ma non sembrava convinta. - Io avere soltanto questo lavoro e non volere perdere per uno caffè. -

Enrico si fermò, guardandola in volto. - Stai scherzando, nessuno perderà il lavoro e..mi spiace che tu lo stia pensando -

Ma la preoccupazione era palpabile . - Forse melio che io torni indietro..non sicura di questo .-

Enrico si sentì a disagio e non volle insistere. - D'accordo, sarà per un'altra volta allora. -

La donna sorrise leggermente. - Quando io libera prendere caffè..ciao Enrico. -

Il battilastra ricambiò con un sorriso seguendola con lo sguardo mentre si allontanava-..se non altro non mi ha chiamato signore. -

Far scorrere il tempo era un problema che si aggiungeva agli altri, in quanto gli permetteva di pensare a lungo.

La carrozzeria era il luogo dove la sofferenza si attenuava o meglio si concentrava su una sola ferita. Ripercorse gli stessi passi che poneva ogni mattina prima di accendere i macchinari. Apri lo spogliatoio e mise la giacca nell'appendiabiti, senza indossare la tuta da lavoro. Entrò nell'officina con le mani in tasca, fermandosi davanti al parafango con il mazzuolo posato sopra.

Batti e ribatti che prima o poi si allìscia, risuonava stridulo come un ingranaggio non ben oliato e impugnare ancora una volta quell'arnese non era sufficiente per fornire una motivante spinta all'azione.

Lo sollevò sopra il parafango della Aurelia, come se lo stesse minacciando poi lo lanciò con forza lontano da sè.

Repulsione era ciò che sentiva e quel senso di colpa si ripresentò forte e pungente. Aveva riparato, restaurato e riportato in vita ciò che era morto e sepolto, ma non era riuscito a salvare Angela, e questo rendeva vana ogni altra considerazione.

Recuperò il mazzuolo che aveva appena scaraventato sulla parete, raccogliendolo con garbo. Tornò sui suoi passi riponendolo sopra il pezzo di lamiera con una sensazione di sconfitta e di rabbia.

Richiuse la carrozzeria, lasciandovi dentro una parte di sè, persa in quei meandri e che presto avrebbe venduto senza sovraprezzo.

Rientrò a casa dopo aver introdotto un panino nello stomaco, per un'esigenza prettamente fisica. La tv era stato un mezzo per capire se la nazione in cui viveva era sempre l'Italia, tutto il resto era passato inosservato o visto di sfuggita soltanto perché Angela la teneva accesa. Infilò la spina nella presa di quel tubo catodico rimasto unico superstite dei pochi ancora funzion anti nella capitale e lo schermo ultra piatto, per Enrico era una piastra d'alluminio divenuta sottilissima dopo essere passata sotto la pressa. Attese pazientemente che entrasse in temperatura e l'immagine comparve poco dopo sullo schermo.

Non l'accendeva da mesi eppure nulla era cambiato e la pubblicità imperava adesso come allora. Tolse il portafoglio, estraendo la ricevuta del lotto con quei due numeri giocati per cancellare definitivamente quel dilemma.

La bionda presentatrice prese la parola enunciando i numeri estratti sulle relative ruote.

Venezia, Bari, Roma, Genova..furono enunciate asetticamente e in modo cantilenante finché non arrivò alla ruota di Cagliari.

Sollevò la scheda osservando i due numeri impressi ad inchiostro, come se dovessero scomparire da un momento all'altro.

La presentatrice terminò la sua prestazione ed Enrico rimase con lo sguardo incollato su quel pezzo di carta. -..Ma porca puttana miseria ladra!..Ho vinto!.. -

Sbottò sollevando gli occhi al cielo e adagiandosi sul divano. Poi si alzò in piedi di scatto. - ..Se pensa di infinocchiarmi con questa storia si sbaglia.. -

Prese carta e penna scrivendo una serie di quesiti e domande a cui Germano avrebbe dovuto rispondere, in modo da cadere in contraddizione e sfatando definitivamente la sua veridicità. - ..sei un sogno e tale dovrai restare..-

Non era per niente facile imbrogliare la propria mente, escogitando un modo per chiedere a se stesso ciò che ignorava. Se quel folletto era reale, avrebbe dovuto dimostrarlo in modo ineccepibile.

Si fermò dopo aver scritto il quinto quesito fissandolo nella memoria e considerando se fossero sufficienti per sfatare la veridicità di Coppola e farlo rientrare imprescindibilmente nei panni del maestro Yoda.

Poi si tolse i vestiti si sdraiò sul divano, avvolgendosi nell'immancabile plaid.

Sogno

Non aprì subito le palpebre, ma rimase fermo a gustare quella appagante forma di benessere che invadeva il suo corpo. Le piante dei piedi trasmettevano ciò che permeava dal pavimento se tale si poteva definire ed era come se il corpo andasse in vacanza in uno stato di piacevole sospensione dove qualcos'altro si occupava di sostenere il suo organismo.

- Ne hai ancora per molto ? -

Enrico aprì gli occhi, mentre Gennaro con un voluminoso libro era sospeso a pochi centimetri dal terreno in una fantomatica cattedra. - Che fretta c'è ? .. Io avrei qualche domandina..-

E prima che potesse dire altro l'omino iniziò a leggere. - La circonferenza della terra é di 820563 km.. Jhon Fitzgerald Kennedy é stato il quindicesimo presidente degli Stati Uniti..Maradona ha segnato 625 reti in carriera, il punto di fusione del ferro é di 1253 gradi, e il Titanic giace a 3475 metri di profondità! -

Ammutolì. mentre Gennaro chiudeva il volume guardandolo in volto. -- Bene e con questo spero di averti chiarito il punto. -

Erano le risposte esatte ai quesiti che aveva intenzione di porgli e il sospetto che controllare se quei dati fossero esatti, una raccapricciante formalità. - Ma come diav...-

- Il tempo stringe, il diavolo lasciamolo dov'é e veniamo a noi! - Disse l'entità allargando le braccia.

Enrico appariva moralmente reduce da una catastrofica disfatta e puntando l'indice chiese. - Sei tu il Coppola finito nel crepaccio al Cervino ? -

- Presente..ma non sono finito nel crepaccio, é stata una slavina che mi ha travolto e sono morto dal freddo. -

- E come?- Il battilastra incespicò sulla lingua, considerando inappropriata la domanda.

- Vuoi sapere cosa si prova ?..Un gran freddo seguito da un gran sonno! -

- Tutto qua ? -

L'omino piegò la testa allisciando i baffetti. - Cosa ti aspettavi ? Ora credo tu abbia una miriade di domande su come quando e perché, ma posso dirti soltanto quello che mi è concesso..ben poco. -

Enrico sollevò gli occhi verso l'alto. - Allora esiste..-

- Questa è una di quelle, per cui dovrai attendere. -

- Quanto ? - Chiese ingenuamente.

- Fino alla fine dei tuoi giorni!...Ritirata la vincita ? -

L'artigiano sbuffò. - Un ambo non é una vincita bensì un premio di consolazione. -

- Accontentati e ora veniamo al punto, sei convinto che questo non é un sogno ? -

Chinò il capo in segno di resa. - Al momento non vedo alternative.. -

Gennaro sorrise, librandosi in aria volteggiando un paio di volte mentre le pareti mutavano aspetto in un rosa appariscente.

- Sono felice! ..Ora veniamo a noi e al secondo punto. -

Enrico appariva rassegnato ma moderatamente contento che quel luogo non fosse un illusione. - Quando finiranno le sorprese ? -

- Questa sarà l'ultima e anche la più tosta. - Riferì Gennaro, ridimensionando l'entusiasmo iniziale.

- Niente punizioni corporli o prove del tipo carboni ardenti o mi rivolgero al sindacato ruffiani e..-

L' entita mise le mani avanti. - No niente del genere..devi soltanto..-

Enrico si avvicinò portandosi avanti. - Devo soltanto ....? -

Era la prima volta che vedeva quell'essere in difficolta e questo accrebbe la sua curiosità.

- Insomma, devi accettare che io corteggi una persona. -

- Tutto qua !? - Rispose l'artigiano - Per quel che mi riguarda puoi corteggiare la nipote del conte Dracula! -

- Beh se non fosse per i denti...- rispose sommessamente Coppola.

- Ma allora esiste davvero! - Proruppe Enrico spalacando la bocca.

Gennaro scoppiò a ridere. - Ha ha ha, prima non credevi a te stesso, ora berresti di tutto. -

- Maestro Yoda ti ci ho mai rimandato nel lato oscuro ? - Rispose risentito.

- D'accordo smettiamola, lei é una donna..e che donna! -

Un sorriso malizioso naque sulla bocca di Enrico. - Hai capito il novello casanova...e come è, cioè lei è piu o meno..-

Gennaro parve in difficoltà ritornando serio e compunto, dando una lisciatina ai capelli - Cosa intendi ?! Io non sarò bello ma sono un tipo e da queste parti riscuoto un certo successo. -

- Davvero ? - Commentò incuriosito ponendo due dita nel mento.

- Non abbiamo un corpo in senso stretto ma..abbiamo sempre un'anima no ? - Specificò l'omino toccandosi il petto.

- Per fortuna...comunque stavi parlando di lei. -

Un mieloso sguardo affiorò sul volto di Gennaro che lentamente prese a lievitare. - Già lei..mi é bastato uno sguardo per capire che era fatta per me.. dolce, sensuale, colta..irresistibile. Da quando è arrivata..-

- Trapassata volevi dire ! - Specificò Enrico.
- Questo è un dettaglio irrilevante! - Rispose asciutto - ..E sei ancora troppo terreno per capire. -

Enrico strinse gli attributi trovandoli al loro posto. - E preferirei rimanerci ancora per un po..un bel po...piuttosto non sai dirmi quando...? -
- Lascia perdere certe cose é meglio non saperle e poi non travisare stavamo parlando di lei. - Ribadi l'omino.
- Ah gia scusa..dolce sensuale e poi.. ? -
La voce di Gennaro ritornò suadente. - ..Un vero angelo, capelli lunghi neri e viso appuntito ma non eccessivamente e poi quel corpo, vita stretta ...mi spiace non posso dire altro...-
- Perché? Stavi andando cosi bene, anzi direi che iniziava ad essere interessante. - Precisò l'artigiano allargando la braccia.
Gennaro ripose i piedi sul pavimento senza piu sorridere. - Il problema é che non mi degna neppure di uno sguardo. -
- E te credo ma te sei vi..!- Gli sfuggì spontaneamente, per poi ridimensionare le parole -..cioè..insomma le donne a volte sono un po difficili, lo sai no ? ..-
Gennaro abbassò il volto. -... No, hai ragione tu, io sono solo la brutta copia del maestro Yoda, un rospo inguardabile. -
Enrico si sentì in colpa e si avvicinò all'entità, - Ma no! Io lo dicevo per scherzo..si é vero non sei proprio un Delon ma come dici tu sei un tipo e poi hai altre qualità, eri un uomo importante, un amministratore delegato. -
Gennaro parve riprendersi e puntando il dito su di lui disse. - Sono certo che con il tuo aiuto posso farcela. -
Enrico mostro le sue perplessità. - Beh ecco...a questo proposito mi chiedo ancora perché diamine sei propenso ad avvalerti delle mie inesistenti qualità di ammaliatore. -
- Lo so benissimo che come amatore non vali una cippa! - Aggiunse l'omino voltandosi di fianco.
Enrico portò le mani avanti. - E perché caz..- si fermò per guerdare se le pareti dopo quella mezza affermazione, stessero mutando riprese -.. .Spiterina e aggiungerei anche mannaggia a li pescetti fritti!..mi ci hai portato ? - Coppola lo guardò in silen-

zio poi lentamente e in tono dimesso e incrociando le dita delle mani disse. - Perché..perché tu quella donna la conosci. -

Realtà

-... Io la conosco !? - disse mentre scostava la coperta per mettersi seduto seguito da un lungo sospiro - ..é tutto così paurosamente vero..-

Non riuscì a darsi altre spiegazioni nè volle adottarne altre, dentro quella doccia che ancora conservava un alone di pulito. Fece una mnemonica cernita fra le persone che aveva conosciuto alla ricerca di una probabile candidata per Yoda e che corrispondesse a quei requisiti.

- ..Snella, capelli scuri, viso appuntito..chi potrà mai essere..- la scelta ricadde su una sua cliente conosciuta qualche anno prima, ma avrebbe dovuto essere ancora in vita.

Le altre erano tutte troppo giovani o troppo vecchie e altresi bionde. -..anche se la tintura da quelle parti è semplice..basta pensarla..- Commentò, mentre si radeva.

Lasciò il rasoio a mezzaria. - ..E poi che consiglio potrei dargli se pure la conoscessi..mah! -

Poi guardandosi allo specchio notò che il suo l'aspetto era nettamente migliorato, le borse sotto gli occhi erano rientrate e la pelle appariva più tonica ed elastica. Fisicamente si sentiva in forma e quella debilitante fiacca ormai cronica era tramutata in una moderata forza. - ..Sarà una follia, ma mi fa sentire meglio, ben venga Yoda e tutta la flotta stellare. -

Terminò di radersi ed uscì con una leggerezza d'animo mai provata, penetrando nel bar di Mario con ritrovato entusiasmo.

Erano le sei del mattino e il profumo di cornetti caldi rendeva fragrante l'aria. Il barman canticchiava un motivo di Mina, storpiandolo alquanto e quando Enrico prese posto nello sgabello davanti al lui lo accolse con un sorriso -..18 e 24..- .

Stupito, il battilastra spalancò la bocca. - Non dirmi che..-

Mario annuì, mostrando un'espressione felice. - Già, e ringrazia

Yoda da parte mia, oggi la colazione la offre la direzione. -

- Ci mancava soltanto questo!.- Disse l'artigiano passando una mano sul capo.

- Che cosa ? -

- Che Coppola avesse dei fan.-

Mario mise le mani sui fianchi puntando il dito. - Stammi a sentire, non dovresti parlare di Gennaro in quel modo, ti..ci ha passato un ambo vincente e viene a trovarti tutte le notti come se fossi suo figlio, dovresti ringraziarlo! -

Poi lo guardò da capo a piedi. -..E poi ti sei visto ? Dieci giorni fa ti avrei usato come strofinaccio per pulire il banco e oggi sembri rinato!...- Avvicinò il volto -..Se fossi in te me lo terrei stretto...a proposito ti ha suggerito qualcos'altro ? -

- Si! Una nutriente colazione! - Replicò posando i gomiti sul banco.

Mario si volto verso la macchina, caricando il caffe sul dosatore.

- Allora che ti ha detto ? -

Enrico ancora assonnato riferì gli avvenimenti della notte, senza enfasi, -... A suo dire io l'avrei conosciuta. -

Il barman pose il cappuccino sul bancone. - Quindi è quel Coppola della cronaca. -

- Parrebbe di sì, ma io non ricordo nessuno che rassomigli alla sua spasimante. -

Mario tolse due cornetti ancora caldi dal forno e li adagiò sul piattino accanto al cappuccino. - Sono pienamente d'accordo, tu frequenti solo formose cubane. -

- ..E un barista spiritoso! - Aggiunse, intingendo la pasta nella crema della bevanda.

- Scusa, ma che ti costa ? Dagli tutti i consigli che vuole e che la bella brunetta caschi nelle sue braccia, e per gratitudine ti..ci rifila qualche terno. -

- Sai, il problema non è Yoda.- disse Enrico terminando la colazione e passando un fazzoletto sulla bocca.

- Ah si ?! e quale sarebbe ? - Rispose Mario.

- Ho uno psicologo che dovrebbe fare il barman e un barista con le idee di Freud. -

il Battilastra fece per uscire e Mario replicò prima che la porta si chiudesse. - Noi dobbiamo ancora terminare quel discorso! -

- Si..si..come no!.-

Era piacevole riassaporare quel retrogusto di caffè, senza essere macchiato da quel peso che ora si era scrollato. Era presto per uscire e rientrare a casa, una soluzione forzata ma inevitabile e fece la prima rampa di scale fermandosi di scatto.

Yasmine era seduta sulle scale con una voluminosa valigia al suo fianco, le lacrime agli occhi e uno stato di desolante abbandono era il quadro che si trovava davanti.

Nascose il volto fra le mani quando Enrico vi si avvicinò. - Hei..ma che succede?..Che ci fai seduta qua ? -.

Seguirono alcuni singhiozzi, seguiti da un silenzio imbarazzante. Lui si chinò cercando il suo volto. - Posso sapere il motivo di queste lacrime ? -

Lei trasse un sospiro sollevando il viso. - No preocupa, non riguardare te..-

- Invece ho il timore che mi riguardi! Si tratta della signora del piano di sopra ? - Chiese, con la certezza che fosse successo ciò che temeva.

- Lei donna molto cattiva, non perdonare caffè altro giorno. - Espose con una voce rotta dal pianto.

- Stronza! Questa carognata non la passa liscia, hai un posto dove andare ? - Chiese, anche se la risposta appariva scontata.

- No, pensare a dormitorio pubblico o Caritas...-

- Senti, il mio appartamento é abbastanza grande per ospitarti e questo é il minimo che possa fare per sdebitarmi. -

Yasmine si asciugo le lacrime, - Non potere accettare, tu uomo solo e io donna sola , questo non andare bene. -

Enrico si chinò verso di lei, - Permettimi di dissentire, ho una camera da letto che ti cedo molto volentieri e per quanto possa valere, credo di essere un gentiluomo. -

La donna rimase dubbiosa e restìa di fronte a quella proposta. - Io ringraziare ma..uomo e donna non potere stare sotto stesso tetto. -

- Beh il tetto é condominiale e lo abbiamo già condiviso e poi

non potrei lasciarti andare ho un senso di colpa insostenibile. -
Lei sollevò la mano puntando il dito indice. - Io donna povera
ma molto seria, se solo sentire idea sbagliata io andare via ! -
- Pienamente d'accordo. - Aggiunse Enrico impugnando la
maniglia della valigia e invitando la donna a seguirlo.
Permettere ad una donna di varcare l'uscio di casa suscitò un
certo effetto, ma senza alcun risentimento. convinto che Angela avrebbe approvato quel gesto di umana solidarietà.
- L'appartamento lo conosci già e non porti dei limiti sul suo
utilizzo, a me questo fa soltanto piacere. - Enunciò, deposi-
tando la valigia nella camera da letto e tolta la chiave dalla serratura gliela porse aggiunendo,- Non sarebbe servita, ma sono
certo che potrà darti la necessaria tranquillità. -
La prese ancora intimidita da quella inaspettata situazione, ma
sollevata da una difficile situazione. - Grazie..io rimanere fino a
trovare nuova sistemazione. -
Lui si allontanò ruotando nel soggiorno su se stesso. - Questa
casa è vuota, senza figli, moglie, parenti o amici, non avere pre-
mura . -
- Io non potere pagare te, per questo. -
- Nè io volere denaro..vuol dire che ogni tanto darai una sis-
tematina a questa casa, d'accordo ? - Propose, cercando un modo
per cancellare l'imbarazzo di un debito.
Un timido sorriso comparve sulla bocca della donna. - Io pulire
tutta casa e sistemare ...d'accordo. -
- Bene ora io ho qualcosa da sbrigare e..- dopo aver messo la
mano in tasca tolse un mazzo di chiavi - ..Queste sono le chiavi
del portoncino e dell'ingresso, io dovrei averne un altra copia,
ok ? -
- Ok..- rispose lei prendendole con la punta delle dita.
Si guardarono per un istante poi lui uscì, chiudendo la porta alle
sue spalle.
Si sentiva pienamente responsabile per quello che era successo,
e il sangue ribolliva per la cattiveria dimostrata dalla signora
Birardi. Reputava quel gesto riprorevolmente disgustoso e ri-
parare con un momemtaneo asilo per quella donna, spontaneo e

provvidenziale.

La ricevuta era un po' spiegazzata e quando il vecchio gestore lo guardò in volto lo riconobbe subito. - Perdente eh ? -

- Lo avrei preferito! - rispose, sovrappensiero.

L'anziano gestore infilò la ricevuta nel lettore. - Può sempre rifiutare la vincita. -

Quelle parole lo destarono del tutto. - La darò in beneficenza! -

Ripose la ricevuta fra le vincenti, e aprì il cassetto dei contanti. - Tenga e non giochi se non vuole vincere. -

Lui li prese. - La gente dà buoni consigli se non può dare cattivo esempio! -

Non vi su replica, fu sufficiente lo sguardo indignato del gestore a comprendere il suo stato d'animo.

Mise nel portafogli i 250 euro vinti con la complicità di Yoda e senza indugi prese la metro che portava alla periferia della città.

Quel luogo la mattina era trafficato come un mercato e la gente molto più silenziosa e compunta.

Aquistò due mazzi di fiori penetrando all'interno del camposanto senza indugi e con impresso il percorso che doveva seguire.

Si fermò un attimo dietro una monumentale tomba, dietro la quale era disposta una fila di cappelle piu modeste. Passò le dita fra i capelli e diede un riassetto generale all'abbigliamento prima di presentarsi nella tomba di famiglia.

Uno sguardo e una prece a tutti i parenti, prima di depositare il primo mazzo di fiori davanti ad una foto di una donna sorridente. - Angela..-

Portò la mano in avanti toccando la foto con le dita e ripensando a quei sogni sorse il sospetto che lei sapesse. Non era più un dolore opprimente ma quel tenace sentimento tardava a sopirsi in una fatua mancanza.

Quel percorso era accidentato e tortuoso, ma il cammino era ormai intrapreso, e trascurando il fattore tempo era certo che sarebbe sopravvissuto.

Cercava una preghiera distaccata e formale, ma scaturivano solo frasi tenere e passionali che riportavano quel nodo alla gola che solo ultimamente era riuscito ad allentare. Lasciò con tristezza quella cappella, alla ricerca di un addetto che potesse dargli qualche informazione e non fu semplice trovarlo ne avere le indicazioni che servivano.

Proseguì seguendo il percorso in quell'intricato labirinto, come una città nella citta. e finalmente una tomba si distinse dalle altre per fattura e pregio. Rivesita in marmo rosa con rifiniture molto accurate, rispetto alle altre, senza eufemismi poteva definirsi vistosa ed eccentrica.

Vi si fermò davanti osservando con attenzione la foto e l'ultimo dubbio fu sciolto all'istante. Inconfondibile, i baffetti molto curati e lo sguardo allampanato non lasciavano spazi a eccezioni, era lui.

" AVV. GENNARO COPPOLA "

Sotto il nome un epitaffio fece sorridere Enrico. " Lascio, ma non del tutto "

Per quanto poco lo avesse frequentato quella frase gli si addiceva, chiedendosi chi l'avesse fatta incidere sulla lapide.

Vi depose i fiori con un leggero sorriso come se all'interno non vi fosse sepolto nessuno e la sensazione che fosse tutto uno scherzo. Un mazzo di fiori in cambio di un ambo era un gesto dovuto per quel simpatico omino che frequentava i suoi sogni.

Volente o meno, Gennaro era riuscito a scuotere il suo stato depressivo e riportarlo alla realtà, una conseguenza che si stava rivelando preziosa.

Amedeo aveva ragione, rassegnarsi a questa situazione era stata taumaturgica e per certi versi anche divertente. La sensazione che Gennaro sapesse già di quella visita lo tenne sotto assedio fino alle soglie del camposanto.

Lo stomaco brontolava, lanciando messaggi di impazienza e decise di invitare Yasmine a pranzo per sdebitarsi ulteriormente, ma in realtà desiderava vederla. Una volta nei pressi dell'appartamento infilò il supermercato più vicino trovandosi davanti ad un dilemma.

Finché si trattava di accontentare se stesso il problema non si poneva ma preparare per un ospite lo prese in contropiede.

Quei fornelli erano stati accesi soltanto da Angela, escluso il caffè e poche altre cose. Il carrello continuava ad essere vuoto e le corsie una pista da percorrere senza cambio gomme.

Si chiedeva perché fosse tutto così complicato quando aveva a che fare con una donna, più intricato che restaurare un relitto e allo stesso tempo frivolmente stuzzicante.

Fece incetta di cibi assolutamente incompatibili fra loro e di dubbio gusto, due mesi di alienante disappetenza condizionavano in senso negativo i suoi gusti.

Persino la commessa si rese conto della confusione che regnava in quel carrello. l'artigiano fece buon viso a cattivo gioco e pagò senza batter ciglio, incamminandosi verso casa.

Prese l'ascensore e una volta posate le borse della spesa davanti all'uscio di casa, infilò la chiave nella serratura.

Malgrado il disinteresse per il cibo e trascurando il caffè e i fragranti cornetti di Mario, il profumo di ragù risvegliò positivamente i suoi sensi. Rapito li seguì fino in cucina senza riuscire a posare il carico della spesa che sosteneva con le mani.

La cucina aveva ripreso le sembianze di una volta, pentole sotto i fuochi, tavola imbandita e del pane fresco fra i piatti. Era tutto come quando tornava dal lavoro, Angela l'aspettava con le mani strofinate nel grembiule prima di baciarlo e cenare insieme. Quel grembiule ora lo indossava Yasmine e l'effetto fu diverso ma ugualmente appagante. Lo accolse con quel dolce sorriso che lo aveva carpito sin dalla prima volta e una lieve malinconia per lo stato d'animo non sereno.

- Bene tornato..io pensato tu avere appetito, mangiare insieme ?

- Disse nascondendo un leggero disagio.

Enrico sollevò le buste. - Avevo pensato la stessa cosa e colto d'anticipo! -

La pasta era squisita, e gustarla in compagnia aveva un sapore decisamente diverso. Un altra dote si aggiungeva alle già ottime referenze. - Questo sugo é fantastico..ricetta cubana ? -

Lei ripulì le labbra. - ..italiana, copiata da Web . -

- Davvero ? Non lo avrei mai detto. -

- Tu oggi essere contento..buone notizie ? - Chiese lei rigirando la forchetta negli spaghetti.

- É cosi evidente ? -

- Avere viso meno serio e più disteso. -

- In primis, da due mesi non assaggiavo un piatto fatto in casa e poi ho vinto un ambo al lotto. - espose lui servendosi un altra porzione di pasta.

- Oh complimento..fortunato ? -

- Niente di che, pochi euro con un piccolo aiuto da un amico notturno. - Disse Enrico passando il tovagliolo sul muso.

- Amico notte..non capire. -

- Storia lunga e complicata, sopratutto difficile da credere. Piuttosto a te come andata ? -

Lei ridivenne seria. - Essere nel buio..chiamare telefono tante persone, nessuno bisogno badante..sperare domani.-

Lui le sorrise. - Avere coraggio, non disperare hai una camera dove dormire e poi...anche da mangiare. -

Riuscì a strapparle un sorriso e questo fu sufficiente a stemperare il clima che discendeva pericolosamente.

- Ora io lavare piatti e pulire..-

Enrico le disse prima che si alzasse. - Non sentirti obbligata, per me sei un ospite gradito. -

- Io fare volentieri e non piacere stare seduta..-

Riavere un dialogo in quella casa era un po come ritrovare se stessi e Yasmine lo rendeva partecipe di un nuovo inizio. Angela era ancora presente ma non trovava disdicevole che un altra donna usasse la sua spugnetta per lavare i piatti ed il suo grembiule.

Yasmine era una donna attraente ma ancora non riusciva a vederla come un antagonista della moglie, piuttosto una presenza femminile che dava un senso a quella casa. Anche nel lavare i piatti mostrava quel sorriso divenuto contagioso che richiamava spontaneamente il suo.

Il battilastra volle comunque dare il suo contributo sparecchiando il tavolo e ripigando la tovaglia. Non desiderava usare quella presenza come una sorta di baratto per l'ospitalità concessa, era suo preciso interesse rendere il meno formale quella convivenza.

Una volta terminato Yasmine, si chiuse in camera e lui si sedette sul divano a riflettere su quella situazione.

La condizione era controversa e trovava strano concedere asilo quando fra qualche settimana lo sfratto avrebbe determinato una situazione molto simile alla sua ospite. Per il momento quella casa era sua e il desiderio che lo restasse fece breccia.

Sogno

- Grazie per i fiori..-

- Un atto dovuto e complimenti per la tomba! -

Gennaro volteggiava a braccia aperte imitando un aereoplano, in attesa che la torre di controllo lo facesse atterrare fra quelle eteree mura di un verde smeraldo. - Se fosse di Andy Warol! Quel rosa é un vero sconcio, sicuramente opera del consiglio d'amministrazione della mia società o per il fatto che non mi sono mai sposato. -

Enrico preso contatto con quella dimensione adattandosi subito, cambiando colore e forma al suo abbigliamento. Una elegante giacca da camera con tanto di foulard al collo e pantaloni rigati con pantofole in seta rossa. - Alla faccia dell'iva..com'è che eri single? -

- Non è stata una scelta, ho dedicato la mia esistenza alla carriera, senza rendermi conto di ciò che mi circondava e solo ora mi rendo conto di cosa ho perso. - rispose l'omino sospirando e toccando il morbido suolo con i piedini.

- Sei in fase di recupero, come va con la topona ? - Chiese Enrico sdraiandosi nella morbida gravità e posizionendo le mani dietro la nuca.

- La topona ? -

- Si insomma la donna dei tuoi sogni...a proposito non credo di conoscere nessuno che corrisponda a quella descrizione, sei certo che la conosco. ? -

Gennaro abbassò lo sguardo come se fosse in imbarazzo. - Senza alcun dubbio..-

- Beh allora che aspetti ? Fammi sapere chi é, sono pronto a darti una mano e farla cadere ardentemente fra le tue braccia. - disse ironicamente l'artigiano con una leggera risata.

Gennaro esitava. - Non ti arrabbierai vero ? -

- E perche mai ?! Su, coraggio non essere timido hai fatto il diavolo a quatt..- si fermò osservando se qualcosa mutava attorno a lui - ..un miracolo a portarmi qui e adesso per quest'inezia..forza dai chi è questa fatalona? -

Enrico sorrideva divertito, mentre Gennaro fatti due passi indietro pronunciò a bassa voce - ..Angela.. -

- Finalmente.. Angela ?! Che coincidenza come mia moglie e ...- l'entusiasmo scemò inprovvisamente mentre il sorriso di Enrico si spense stralciato da un atroce sospetto.

- Aspetta un momento, non é come penso vero ? - Chiese sollevandosi di scatto.

Gennaro prese le distanze, sollevandosi in volo. -..Io l'amo. -

Le pareti diventarono nere come il carbone e raggelarono come il ghiaccio. - La ami !? Tu infido Yoda, insidi mia moglie con l'inganno vuoi che ti aiuti a cornificarmi?! Ma io ti strangolo! -

Inviperito si lanciò all'inseguimento dell'omino che svolazzava in alto e in modo goffo tentò di imitarlo gettandosi all'inseguimento.

Gennaro lo guardava con occhi spalancati, sfuggendo davanti alla furia omicida del compagno di stanza.

- Vieni qua razza di serpente travestito da gnomo, se provi soltanto a sfiorarla io..io..ti uccido. -

- Beh non puoi..sono già morto. - Rispose Coppola, riuscendo a schivare un attacco aereo.

- Allora piscerò sulla tua tomba dopo aver disperso le tue ceneri! - Urlò sfogando tutta la sua rabbia.

Improvvisamente si udì un tuono e l'addensarsi di nubi che fecero improvvisamente tacere Enrico, seguito da una scrosciante a pioggia. - ...Che succede ? -

- Succede che ci prenderemo un malanno. - Rispose l'entita fermandosi sotto una nuvoletta nera che scaricava una bordata d'acqua.

- Ma che cazzo dici, sei morto!..E se non lo sei lo sarai fra poco. - Replicò sollevando una mano nella sua direzione.

- Non é comunque piacevole stare sotto un temporale..dai calmati!-

- Per quanto mi riguarda se sfiori mia mia moglie preparati al diluvio universale. - Rispose sputando dalla bocca traboccante d'acqua.

- Ma Angela è defunta, non è più tua moglie..finché morte non vi separi rammenti ? Disse Coppola allargando le mani leggermente.

- Vaffanculo non mi incanti! Angela sarà mia moglie fino al giorno del giudizio e anche oltre. - Replicò battendo le mani nella giacca completamente zuppa.

- Ma lei ti ha dimenticato..non..- Gli sfuggi ponendo una mano sulla bocca.

Ci fu un silenzio interrotto solo dalla pioggia scrosciante. - Stammi a sentire maestro Yoda io sono buono e caro ma se mi prendi per culo io divento peggio di Darth Fener! Cosa vuol dire che mi ha dimenticato ? -

Gennaro si fermò a mezz'aria, - Qua é diverso, lei vive un altra condizione ed é normale che voglia rifarsi una vita. -

- Rifarsi una vita ?! Ma di cosa stiamo parlando? Voi siete morti, defunti, non piu vivi e per come intendo io le cose, non ero cornuto dalle mie parti e non intendo esserlo da queste! -

Realta

Si svegliò agitato e sudato, come se avesse combattuto sul ring con Tyson e imprecò nel riconsiderare quella paradossale situazione, mentre sentiva qualcosa posarsi sulla fronte. Sollevò lo sguardo incrociando quello di Yasmine che sosteneva sulla mano una pezza umida. - Oh come stare?..tu molto agitato! -

- Perché cosa ho fatto ? - Chiese lui mettendosi a sedere.

- Urlare e dimenare come demonio..tu avuto brutto sogno ?

- ..Oh se lo era..é.una lunga storia, ma questa le supera tutte.- rispose, sospirando.
- Calmare ora passato...cosa spaventare te? Provò le donna ad attenuare quello stato di agitazione e sedendosi accanto.
- Sono certo che mi prenderesti per pazzo e non avresti torto. -
Lei sorrise. - Tu non pazzo, solo spaventato. -
Si tolse la pezza dalla fronte, restituendola a Yasmine. - Grazie per avermi soccorso..-
- Solo straccio su fronte...volere raccontare sogno ? .Io essere curiosa. -
- Ad una condizione! - Rispose lui in maniera risoluta.
- Quale essere ? -
- Dovrai credermi e ...sopratutto non ridere. -
Yasmine si dispose ad ascoltare sistemandosi sul divano. - Io non ridere e avere grande fiducia. -
Enrico guardò per un attimo il volto luminoso e sereno di lei.
- D'accordo ma spero che il tuo senso dell'umorismo e l'umana comprensione possano esserti d'aiuto...tutto ebbe inizio circa un mese fa..-
Sviscerò ancora una volta quel fardello, nutrendo quella storia con gli ultimi avvenimenti, fino ad arrivare al sogno appena vissuto. - ..e mi ribolle ancora il sangue nel sentire quel nano dire che la ama..-
Yasmine riuscì a trattenersi ancora per qualche istante, poi iniziò a ridere di gusto con tale enfasi che Enrico ne rimase turbato. La donna non riusciva a fermarsi e le lacrime si aggiunsero ai rigurgiti e alle braccia cinte sul ventre per contenere gli spasmi. Ad un certo punto pensò che potesse sentirsi male nel vederla persistere chinandosi su se stessa con i riccioli neri cadenti sulle ginocchia.
Era indeciso se ritenersi offeso o preoccuparsi, basito davanti a tale irruenta esplosione di ilarita. Ad un certo punto lei prese un lungo respiro asciugando gli occhi con le dita. - Oh Dio se continuare io morire..-
E dopo un altro paio di risate più lievi disse. - Scusare tanto...io ho provato a resistere ma non riuscire. -

- Ho notato..avevo detto senso dell'umor, non smascellarsi dalle risate. - rispose sarcasticamente.

La donne ripresa padronanza di sè e mise avanti le mani, - Éssere storia incredibile e io ora capire perché tu infuriato..ma. -

- Ma cosa ? - chiese lui desideroso di conoscere la sua opinione.

- Se come dire tu essere tutto vero..Genaro..-

- Gennaro. - la corresse lui.

- Si quello..non avere torto, lei non essere piu con te e lasciare libera cosa importare. -

Lui si alzò in piedi. - Come lasciare libera ? ..Quel coso flirta con mia moglie e io dovrei dargli una mano? -

Yasmine si trattenne dal ridere nuovamente. - Cosa potere offrire a lei ? non vedere, non parlare, non toccare, se volere ancora bene Angela dimenticare lei e fare modo di essere felice lassù. -

- Questo perche non si tratta di tuo marito! -

- Io accettare sua scomparsa, e sentire libera . -

Non seppe replicare a quel discorso senza fessure dove poter far leva. - Ho bisogno di prendere aria, ci vediamo più tardi! -

Lei rimase a mani giunte conscia del dramma che tormentava quell'uomo, e dopo aver indossato la giacca lo vide sparire dietro il portone.

Sembrava che tutto iniziasse e finisse da quell'angolo del palazzo dove le decisioni erano sempre prese da quel momento in poi.

Il caffè la risposta a quel momento, seguito dal rammarico di aver interrotto il dialogo con Yasmine in modo così brusco.

Attraversò la strada raggiungendo il GranCaffe', il nome che Mario aveva assegnato al suo locale. Era sempre presente, statuario, un granitico pilastro nella sua esistenza sin dal giorno che aveva varcato l'ingresso di quel bar.

- Che io ricordi, non sei mancato un solo giorno.-

Mario smise di sistemare i tramezzini nell'umidificatore, per passare una mano fra le gambe. - Non ti dispiace vero se continuo a esserci ? -

Enrico prese posto nel solito panchetto davanti al banco, volgendo un fugace sguardo agli altri clienti seduti ai tavoli. - Era solo una considerazione .. penso che sei il perno su cui ruota una parte della mia esistenza. -

- Toccante..- rispose incrociando le braccia - ..ma non sei il mio tipo! -

- Ok d'accordo, fai conto che sono appena arrivato ..un caffe! - Riprese Enrico posando i gomiti nel bancone ed il mento sul palmo delle mani.

- Cominciavo a preoccuparmi, non ti reggo senza il tuo sarcasmo...allora racconta! - chiese caricando la macchina e premendo il tasto del vapore.

- Preferisci Biancaneve o Pinocchio? -

Mario gli pose la tazzina davanti, guardandolo torvo. - Preferisco le storie delle isole sudamericane.-

L'artigiano mise le labbra sulla tazzina passandovi attraverso il caffè tutto d'un fiato. - Ah..la notizia è volata..la Birardi l'ha cacciata e gli ho offerto ospitalità fino a quando non trova un altra sistemazione..-

- Ma guarda che anima pia.- intervenne il barman con un sorrisetto al pepe.

- ..E senza secondi fini, - Rimarcò Enrico-

- E fin qua c'ero arrivato anche io, e poi ? -

- E poi niente di niente.-

Mario lasciò cadere il sarcasmo. - Guarda che un pò di svago ti farebbe bene e visto che lei é libera ... -

- Mi spiace deluderti, ma nè io, nè Yasmine abbiamo queste intenzioni. - lo disse senza convinzione mentre un cliente richiamava l'attenzione di Mario.

- Non ti muovere, non ho finito! -

- Neanche io! - Rispose attendendo pazientemente che tornasse. Tornò poco dopo, riprendendo la sua posizione. - Ieri é ti é venuto a cercare lo strozzino, ho visto la sua macchina ferma davanti al tuo stabile. -

Il battilastra non si scompose, ma dentro di sè era in tumulto. - Grazie per avermi avvertito. -

- Grazie un par de..quello non scherza!-

Enrico sapeva dove voleva arrivare ma non intendeva coinvolgerlo e cambiò discorso, - Me ne occupo io, lo sai che ieri notte Yoda si è sbragato ? -

- Chi ? -

- Gennaro! -

In quel momento altri due clienti entrarono accomodandosi in fondo alla sala. - Non ti muovere torno subito. - Disse allontanandosi per prendere le ordinazioni. Dopo qualche istante fece ritorno trovando lo sgabello vuoto. - La prossima volta ci metto la colla su quella sedia! -

I nodi tornano al pettine e malgrado Mario fosse calvo era un vero asso a pescarli tutti anche quelli degli altri. Enrico ne era consapevole e avrebbe dovuto accettare il suo aiuto ma i suoi problemi erano di sua pertinenza e non avrebbe avuto pace se avesse in qualche modo coinvolto il suo amico.

Il telefono vibrò nel taschino con la suoneria soffocata dalla stoffa. - ..Pronto!..-

- ..Non ti sei fatto più vivo..tutto bene ? - Risposero dall'altra parte del microfono.

- Decisamente meglio..-

- Sono in studio ho una cosa da farti vedere..sei libero ? -

- Ho appena terminato con il consiglio d'amministrazione... certo che vengo, magari mi vien voglia di raccontarti qualcosa...- concluse Enrico.

- ..Aspetta vengo a prenderti..sei a casa ? -

- ..Vieni a prendermi ?!..Si sono a casa. -

Richiuse con un punto di domanda vasto come un campo sportivo. Amedeo stava per venire a prenderlo e rifece i pochi passi che lo separavano dalla sua palazzina, chiedendosi quale fosse lo scopo di quell'incontro. Attese il resto del tempo davanti all'ingresso, promettendo a se stesso di non fare alcun cenno su Yasmine o almeno non adesso.

Roma quel giorno sembrava essersi fermata e Amedeo ci mise una vita ad arrivare mentre quelle mani infilate nelle tasche iniziavano ad ammuffire.

La lexus sbucò nella via, fermandosi davanti a lui. Vi salì

chiudendo la portiera. - Un altro po e divento un altro monumento della capitale. -

- Oggi non si può circolare e comunque potevi attendere dentro casa. - Rispose dando gas e riportando la berlina in movimento.

- Non importa, pittosto fammi partecipe di questa sorpresa. - Chiese allacciando la cintura.

- Certo..ti trovo bene, vuoi aggiungere qualche cosa all'ultima seduta ? - Amedeo lo disse come se fosse ancora in studio.

Enrico passò la mano sul mento. - Cosa sarebbe, una sorta di seduta motorizzata ?.. Quanto tempo abbiamo ? -

- Andiamo fuori cittá, per cui... -

Raccontare ad Amedeo risultava difficile e decifrare lo scetticismo sul suo volto demotivante.- Cosa vuoi sentire in primis le notizie mediocri o le pessime ? -

- Vai con le buone ! - Disse immettendosi sulla Cassia.

- Mi sento bene, Gennaro Coppola esiste ed é esistito, e ho vinto al lotto! -

Amedeo si voltò sorpreso, - Come fai ad esserne certo ? -

- Mi sono recato alla sua tomba ! -

- Scommetto che in quel cimitero ne trovo almeno un altro paio. - Disse Amedeo con l'intento di smontare quella tesi.

- Probabile, ma solo un avvocato a capo della piu grande società di intermediazione é
morto sul Cervino. -

- E tu come lo sai ? -

- C'è scritto sul giornale! E se non bastasse i connotati corrispondono..-

Lo psicologo perse la sua baldanza. - Ok atteniamoci ai fatti e le cattive ? -

- Yoda è un lestofante! -

- Ne parli come se ti avesse fatto uno sgarro ! - argomentò Amedeo.

- Rammenti che fu lui chiedere il mio aiuto ? -

- Si, ricordo qualcosa del genere..e vorresti ancora convincermi che esite l'aldila ? -

Enrico sollevò un dito in alto. - A questo ci ho rinunciato da tempo...voleva che lo aiutassi a sedurre una donna. -

Amedeo sorrise. - Già questo sarebbe sufficiente a dimostrare che è un sogno!..Io non ti ci vedo nei panni di un pericoloso seduttore. -

- Neppure io, se non fosse per un piccolo particolare...-

- Quale ? -

- Lui corteggia Angela..mia Moglie! -

Si attendeva una scenata ilare e smodata, invece il suo amico mantenne un comportamento pacato. - Se é uno scherzo, lo trovo di cattivo gusto. -

- Non avrei neppure sfiorato il suo nome, se questi non fossero i fatti. -

- La verita é un punto di vista, come hai vissuto questa situazione ? Disse il medico indossando la professione.

- Nel momento lo avrei messo volentieri nella pressa, ma ora sinceramente non so che fare e vorrei soltanto che Angela stesse bene. -

- Cosa ti fa pensare che lei stia male ? -

- Vorrei solo sapere se sono impazzito ed un consiglio..considera per ipotesi che questa storia sia vera. - Disse Enrico aprendo leggermente il finestrino.

- Se tu fossi pazzo saremo tutti in terapia...ciò che trovo anomalo è la conseguzio del sogno, una nemesi cosi prolungata è rara, per non dire unica. -

- Amedeo, quel che mi serve è un consiglio, cosa devo fare? -

Lo psicologo inserì la sesta marcia prendendo tempo. - Irrilevante, é la richiesta di una ipotetica anima che ti chiede aiuto affinché Angela si conceda a lui...quello che voglio dirti é che tua moglie é convolata ad altri lidi e qualsiasi strada tu intraprenda non cambierai la realtà delle cose. -

Enrico mormorò leggermente. - ... Esattamente cio che mi ha detto Yasmine..-

- Chi ? -

- Nessuno, pensavo a voce alta. -

Amedeo si voltò intuendo che non fosse solo un pensiero. - Qualunque cosa tu faccia o dica, l'importante é che rifletta un beneficio. -

- Bene! Ora puoi anche mettermi al corrente su questa gita fuori porta. -

L'amico diede vita ad un dialogo senza formalità. - É una sorpresa! -

- Per me o per te ? - chiese Enrico lasciandosi andare.

- Credo per entrambi! -

L'auto prese una via secondaria inoltrandosi nella campagna Romana, costeggiata da piccoli centri abitati e villette.

Non ebbero il tempo di discutere ancora, in quanto Amedeo infilò il viale di un cascinale alberato che portava ad una antica costruzione di recente ristrutturazione e lussuosamente adibita ad abitazione con annessa piscina e diverse depandances attigue.

- In questo luogo non manca il denaro. - Preciso il battilastra, osservando la struttura.

- Appartiene ad un mio cliente..effettivamente é un facoltoso imprenditore, ma é anche modesto e affabile. - Chiarì, senza svelare il motivo della loro presenza in quel luogo.

Roberto Mastandrea, uscì dalla porta principale andando incontro alla Lexus che si fermò nell'ampio piazzale di fronte al casolare. Un uomo tutto d'un pezzo, anche se aveva superato i settanta. Trascurando i capelli incaniti, manteneva un bell'aspetto e un abbigliamento giovanile, con jeans e camicia dalle maniche rivoltate fino ai gomiti.

Amedeo scese per primo, stringendo la mano all'imprenditore. - Ciao Roberto eccoci qua! -

- Benvenuti! E lui la persona di cui mi hai parlato ? - Esordì il padrone di casa, attendendo che Enrico li raggiungesse.

- Piacere.. le ha parlato di me ? - Chiese l'artigiano porgendo la destra.

Roberto gliela strinse, con una presa decisa. - Non le ha detto niente ? -

Amedeo intervenne. - É all'oscuro di tutto! -

- Già, gradirei un pò di luce a questo punto. - Disse Enrico guardando Amedeo con impazienza.

- Sveliamo l'arcano, da questa parte prego. - Rispose, indicando con la mano un vialetto che portava al retro della casa.

Lo seguirono, certo che Amedeo avesse già percorso quella strada, il quale sosteneva ancora uno sguardo malizioso.

Arrivarono nel retro del casolare dove si intravvidero due rimesse contornate da un rigoglioso rampicante.

Enrico a quel punto intui di cosa si trattasse, mentre Roberto premendo il tasto del telecomando attivò la porta basculante.

Il battilastra la conosceva molto bene e nelle sue mani ne erano passate diverse. Vi si avvicinò passandole di fianco e dandole il primo sguardo sotto l'attenzione degli altri due.

Lasciarono che Enrico la ispezionasse in silenzio e nei minimi particolari, fin dove l'occhio esperto scova l'inganno. Si tolse la giacca lasciandola nelle mani di Amedeo, e rimboccate le maniche si chinò ad osservare il sottoscocca dai quattro angoli. Con maestria, tirò a sè le occultate leve lasciando che lei mostrasse gli interni e le parti più intime. Infilò le dita in ogni angolo e anfratto, strofinandolo con il pollice e avvicinandole alle narici, e fiutarle come un segugio. Carezzava e toccava, batteva e strofinava, controllando con l'udito il suono emesso e di riflesso la sua eco, finchè non si ritenne soddisfatto.

- E allora, che ne pensi ? - Chiese Amedeo, restituendogli la giacca dopo aversi ripulito le mani in un piccolo lavandino posto in un angolo della rimessa., come un chirurgo dopo l'intervento.

- Quindi era questa che mi volevi far vedere ? - Chiese sistemando i polsini della camicia.

- Certo, e allora ? -

- Sarebbe questa la sorpresa ? - Aggiunse infilando la giacca.

- Non ti stuzzica ? - Insistette il suo amico allargando le braccia.

- Beh se ci fosse Diabolik allora si! -

Ci fu una pausa imbarazzante, poi Enrico sorrise stemperando il clima. - Certo che mi piace, ma dovevo in qualche modo rifarmi sulla tua sorpresa. -

- Per un momento ho pensato che fosse veramente tutto uno scherzo! - Intervenne Roberto aggiungendovi il suo sorriso. - Attendiamo il suo responso..e da come ne ha parlato il suo amico lei é un luminare in materia. -

Enrico riprese a guardare l'auto. - Jaguar E Type roadster del 1963 prima serie Flat Floor chiamata cosi per il particolare fondo piatto, dodici cilindri 4200. La carrozzeria é da riprendere ma fortunatamente fondo e montanti non sembrano perforati, la meccanica é completa, ma da revisionare gli interni sono da riprendere, ma il pellame sembra conservato e forse si puo salvare, la capote invece é vetrificata e va sostituita, il motore é fermo da almeno dieci anni e nella migliore delle ipotesi va smontato e revisionato in ogni sua parte. I dischi vanno sostituiti e le pinze sanno di essere alla frutta. Le cromature vanno rifatte, compresi i cerchi a raggi della borrani. Gli scarichi sono andati ma i collettori sembrano recuperabili e non voglio considerare quell'osceno specchietto laterale destro di un Morgan al posto dell'originale. La strumentazione é completa ma funzionera ? Il pomello del cambio non é il suo, come l'intermittenza destra che appartengono ad una serie successiva. Il numero identificativo del motore sembra corrisponda a quello del telaio e se confermato siamo di fronte ad un Machine number, il che ne accrescerebbe il valore. Anche gli abbinamenti del rosso esterno con il nero degli interni confermano l'annata, la guida a destra dimostra che l'auto é stata importata e non è detto che provenga da Coventry come luogo di produzione, ma escludo gli States...questo naturalmente ad uno sguardo superficiale. -

Ci fu un attimo di silenzio, poi Roberto disse. - Superficiale?! Ne sa più lei di me che la posseggo da venti anni. -

Amedeo arrivò al dunque. - Quanto puo valere ? -

Enrico passò la mano sul collo. - Non piu di trenta..trentacinque, ed altrettanto per il recupero. -

- Pensavo onestamente di concludere a quaranta.- confido l'imprenditore con palese ma leggera delusione.

- Questo é quanto ti posso offrire! - intervenne Amedeo.

Enrico si voltò di scatto. - Che ?! La compri ? -

- Siamo qui per questo! - Rispose il medico tendendo la mano a

Roberto.

L'imprenditore tentennò un istante poi gliela strinse. - Ho come la sensazione che tu abbia fatto un affare, comunque d'accordo per trentacinque. -

Si strinsero la mano sotto lo sguardo ancora perplesso del battilastra, che avrebbe voluto fare un controllo più approfondito sull'auto.

Salutarono Roberto accordandosi per la consegna dell'auto e le formalità burocratiche, inbucando la via del ritorno.

- Congratulazioni, ora devi soltanto offrirmi da bere e cercare qualcuno che la sistemi ! - Esordì Enrico indossando la cintura.

- Io avrei un idea !- rispose Amedeo.

- Io quell'idea la scarterei ! Però potrei consigliarti qualcuno. -

- Ho già chi la sistema, un serio artigiano che sta attraversando un periodo di transizione e che farebbe un favore a se stesso se riprendesse a lavorare. - Riprese l'amico mentre penetrava nel raccordo di Roma.

- Vorrei evidenziare un piccolo particolare, l'auto l'hai acquistata tu. - precisò Enrico con l'intenzione di sbarazzarsi di quell'incombenza.

Amedeo si voltò verso di lui. - É qua che ti sbagli, quell'auto é anche tua! -

L'artigiano mandò la testa all'indietro. - Cosa?! Guarda, se mi metti a testa in giù non vedrai cadere un euro! -

- Questo non é un problema..- Chiarì il medico con soddisfazione -..io la compro e tu ti occupi del restauro. -

Enrico non aveva ncora messo al corrente il suo amico che l'officina era stata messa in vendita e anche se apprezzava il tentativo di Amedeo di rimetterlo in auge non possedeva gli stimoli ne le possibilità per svolgere quel compito. - Ti ringrazio..veramente ma con rammarico non posso accettare. -

- Ma é un occasione unica, un E type che triplicherà il suo valore e se non la venderemo potremo usarla quando ci va. - Insistette Amedeo con enfasi.

- Non posso accettare! - Espose in tono dimesso e serio.

- Questo non è da te, e non voglio credere che hai dimenticato la tua passione per le auto oltre che una professione. -

- Allora fattene una ragione, io non sono più un battilastra! -

La discussione non ebbe seguito e Amedeo lasciò il suo amico dove l'aveva preso, ma al medico restarono alcuni perplessità che desiderava dipanare quanto prima.

Lasciò che Enrico sparisse dentro la palazzina e spinse l'auto poche decine di metri più avanti parcheggiando in doppia fila.

Scese dirigendosi verso il gran Caffè, con la speranza di poter parlare a quel Mario che aveva incontrato qualche volta e che forse era a conoscenza di informazioni che lui al momento ignorava.

Mario lo inravvide subito salutandolo con un cenno del capo e un mezzo sorriso di benvenuto. Si sedette ad un tavolo in attesa che il barman lo raggiungesse, il che successe poco dopo.

Mario gli allungò la mano . - Ciao Amedeo era da un po che non passavi. -

- Più o meno da quando la povera Angela ci ha lasciati..se hai un po di tempo vorrei parlarti. -

Mario assenti. - Mi hai preceduto, anche io volevo chiederti qualcosa, dammi un istante! -

Servì alcuni clienti, poi si avvicinò con un caffè appena fatto, porgendolo ad Amedeo e accomodandosi di fronte. - Gradisci qualcosaltro ? -

- Un caffè va benissimo..volevo parlarti di Enrico. -

- Anche io! - rispose Mario accendendo il discorso.

- Bene sarò franco e so che posso contare sul tuo riserbo...dopo la scomparsa di Angela ha avuto un crollo che ritengo rientri nella normalità dopo un lutto improvviso, e priodicamente visita il mio studio, più come confidente che come paziente..-

Mario ascoltava con attenzione senza interromperlo, - ..ultimamente sembrava essersi ripreso e avevo l'impressione che avesse pienamente recuperato tanto che questa sera gli ho proposto un un affare a mezzi, che implicava il restauro di un auto d'epoca, ma inspiegabilmente ha rifiutato! -

Il barman fece una domanda. - Avrebbe dovuto utilizzare la sua officina ? -

- Certo, il restauro è sempre stata la sua passione e non capisco come possa aver cambiato idea. sei a conoscenza di cosa o chi gli abbia fatto cambiare idea ? - espose il medico gesticolando con le mani.

Mario si guardò attorno. - Anche io sono certo di poter contare sul tuo di riserbo...Enrico é sommerso dai debiti, dopo la morte della moglie non é riuscito a gestire il suo patrimonio. -

- Sapevo che era in difficoltà..-

Il barman lo anticipò, - ..E' finito nelle mani di un losco individuo che gli ha prestato del denaro a strozzo, ed ora lo ricatta. -

- Dio Santo, non pensavo che fosse in questo stato! -

- E non è tutto..ha messo in vendita la carrozzeria con tutto quello che c'é dentro. - Aggiunse Mario posando i pugni sul tavolino.

- Ecco perché non ha accettato la mia proposta! - commentò Amedeo.

- Certo, e insiste nel tenersi tutto dentro. -

- Orgoglio e un disinteresse generale, un riflesso dopo la perdita di un affetto cosi caro! -

- Allora dottore é anche colpa nostra! -

- Questo no, ma potevamo stare piu attenti a ciò che gli accadeva e possiamo ancora dargli una mano. -

Mario passò una mano sul mento. - Io avrei un idea e pensavo di metterla in atto. -

- Se mi fai partecipe posso darti una mano, di cosa si tratta ? - Chiese Amedeo con interesse.

- Non ora, possiamo vederci questo pomeriggio ? - Propose il barman.

- Certo, questo é il mio biglietto da visita con il mio numero, hai qualcos'altro da chiedermi ? -

- Si..- rispose Mario avvicinando il volto- ..ti ha per caso parlato di un certo Gennaro Coppola ? -

Amedeo si trattenne per non sorridere. - Siamo sul valico del segreto professionale, ma quella vicenda la conosco anche io. -

- Allora sai anche dell'ambo! -

Mario non riuscì a terminare, - ..sì e anche che il presunto

Gennaro é invaghito di Angela..- espose, convinto che il barman ne fosse a conoscenza.

- Come, come ?! Yoda, come lo chiama lui é...oh cazzo questa storia é un vero calvario. - Mario non riuscì a trattenere una risata soffocata.

- Pensavo lo sapessi. -

Il barman riusci a ricomporsi. - No! sapevo che doveva aiutarlo a ...ma non che fosse Angela. -

- Ho l'impressione che tu pensi che questa storia abbia qualche fondamento. - volle chiarire lo psicologo.

Mario espose la sua opinione, - Mah che posso dirti, quel tizio é esistito realmente, la vincita al lotto..pensi che Enrico sia..-.

- Pazzo ? No! é soltanto emotivamente coinvolto in questo sogno, un giorno di questi si sveglierà dimenticando tutto..- disse il medico con sicurezza e alzandosi in piedi -..aspetto la tua chiamata Mario. -

- Quanto prima dottore ! -

Amedeo lasciò il locale accompagnato dallo sguardo del Barman, - Un sogno ?.Forse..-

Enrico fece le scale senza guardarle, dispiaciuto per aver deluso il suo amico e per avergli fatto sfumare quell'affare. Infilò la chiave con l'intenzione di rifarsi l'umore con il sorriso di Yasmine.

Nessun odore, nessun rumore, nessuna Yasmine. Soltanto il profumo del detersivo rilasciato dai pavimenti lavati sicuramente quel pomeriggio.

Il divano lo attirò verso di sè, come se la gravità convergesse da quel suppellettile e tutto il suo corpo era attratto in quella direzione, ma non voleva ancora incontrare Gennaro o almeno non con quella confusione in testa.

Non rimaneva che mettersi ai fornelli e preparare qualcosa che fosse degno di essere masticato e gradevole al palato anche per Yasmine.

Quando lei ritornò a casa Enrico era ancora alle prese con qualcosa che era un mix fra un cous- cous, un risotto e uno stufato e il suo aspetto era oscuro come il suo umore. Quando vide la donna con due pizze da asporto in mano, spense i fornelli con sommo sollievo.

- Bonasera Enrico, io pensato di comprare pizze..oh, ma tu cucinare. - Disse la donna sulla porta della cucina.

- Questo ? No, é un impacco per i reumatismi! - Rispose liberandosi del mestolo e ponendo un coperchio tombale su quel cibo.

- Odore essere bono però..-

- È quello delle pizze credimi, per cui andiamo sul sicuro! - rispose Enrico posando la tovaglia sul tavolo.

Si sedettero l'uno di fronte all'altro, con al centro una bottiglia d'acqua frizzante e fu lei ad intavolare il discorso. - Questa sera parlato con amica e lei forse potere ospitare me. -

- Ah bene...- la notizia non gli era affatto piaciuta e si chiese il motivo.

- Sistemare camera di amica, poi ancora qualche giorno e andare via. - disse lei rivoltando la margherita sul piatto.

- Fai con calma Yasmine, la tua presenza é gradita. -

La donna sorrise. - Ringraziare te, ma non potere rimanere ancora..- manifestando chiaramente il suo imbarazzo per quella convivenza. - ..Tu ora più tranquillo ? -

Enrico addento il primo trancio di pizza. - Ci ho pensato e forse credo che tu abbia ragione..-

- Su cosa ? - Chiese lei imitandolo.

- ..Sul fatto di essere ancora..mia moglie insomma..-

- Avere preso decisione ? -

- Non è facile, prima o poi dovro abituarmi. - rispose malinconicamente.

- Essere bono inizio, presto stare meglio e tornare a vivere come prima. - Disse lei con uno sguardo dolce e rassicurate.

- Me lo auguro..hai mai pensato di rifarti una vita ? Sei ancora giovane..- avrebbe voluto aggiungere altro ma si fermò non volendo invadere la sfera personale.

Inaspettatamente lei non parve in difficoltà. - Io pensato, ma non trovato persona giusta..e ora cercare lavoro, non omo. -

- Sono certo che troverai entrambi, Yasmine. - ricambiando con un sorriso la sua sincerità.

Terminarono il pasto e dopo aver sparecchiato lui si ritrovò solo con il divano, dove repulsione e attrazione erano ripartiti equamente.

Non avendo alternative si abbandonò con rassegnazione a quell'ineluttabilità.

Sogno

Le condizioni erano le medesime di come le aveva lasciate, un soffitto uggioso e scuro , un ambiente freddo con pareti grigie e nebulose. Come se quel luogo mantenesse una memoria storica degli eventi accaduti e rispecchiasse ancora il suo stato d'animo. Si sentiva responsabile per quella situazione e avrebbe volentieri fatto ammenda mentre guardava quella stanza che dipingeva il suo rancore. Mise le mani dietro la schiena muovendo i primi passi su quel pavimento che pareva ricoperto di fradicio muschio. Volse lo sguardo verso l'alto intravedendo la figura tondeggiante e paciosa di Gennaro fermo a debita distanza e semimmerso fra le nebbiose nuvolette.

Lo guardò in cagnesco sentendo ribollire il sangue per quell'interlocutore follemente innamorato della moglie. Ma fu di breve durata, considerando che Angela non averebbe accettato di condividere dei sentimenti con quella a dir poco insolita figura.

- Quali sono le tue intenzioni ? - Chiese Gennaro timidamente.

- Perche ? -

- Ho portato un ombrello, e te lo cedo volentieri, se non lo userai come arma. -

Enrico accantonò le ostilità. - Scendi pure, il desiderio di gonfiarti come una zampogna é tramontato..ma non provocare. -

Lentamente la piccola entità discese aggrappato ad un piccolo ombrellino. - Mi spiace veramente e..non so cosa dire. -

Enrico lo guardò con interesse. - Potresti dirmi come sta.. tanto per cominciare. -

Coppola prese coraggio, distendendo le sue tondeggianti forme.

- Oh, lei sta bene, anzi benissimo, é raggiante ed in splendida forma. -

- Non intendevo esteriormente. - Precisò l'artigiano con un gesto di stizza.

- Pardon. a parte i primi giorni si é inserita molto bene comunica con tutti, sorride , scherza, gioca ed é molto solare. - Espose, navigando con la mente e beatamente raffigurato sul suo volto.

Enrico si sentì un idiota nell' aver compianto sua moglie con truce sofferenza.- Gioca ?! -

- Beh si..si diverte e coltiva molto interessi e frequenta mol..- Gennaro lasciò cadere il discorso ma senza successo.

- Aspetta un attimo..- chiese il vedovo sollevando l'indice - ..Che significa frequenta molti..molti cosa ? -

- Tu non puoi capire, qua é tutto diverso.. -

- Ma davvero ?! Guarda un pò, é tutto diverso ma chiedi a me di.. tu parla vedrò di sforzarmi! - replicò ponendo le mani sui fianchi.

- Lei..Angela, é molto espansiva e solare..insomma dialoga con molte persone..e..-

- Ehhh? continua non ti fermare. - Spronò ansiosamente l'artigiano, sempre piu stupito.

- Insomma..é circondata da molte anime che pendono dalle sue parole e dai suoi favori. - esplicò L'entita con termini che faticosamente cercava nel suo frasario.

Enrico per qualche istante si mise a riflettere su quelle frasi girando su se stesso per poi ritornare al punto di partenza.

- ..Parole..favori..frequenta molte anime... na Zoccola! -

- Ma no!.- Rispose in tono accomodante - ..come ogni bella anima ha un certo numero di corteggiatori e non ci vedo niente di male. -

- Ma l'anima de li mortacci ..ed io non ho più lacrime neppure per sbucciare le cipolle!.. Sono andato in rovina per compiangerla e santificato il nostro letto per rispettarne persino il ricordo.

- commentò, cadendo in uno stato di prostrazione e accasciandosi al suolo.

Gennaro discese lentamente posandosi al suo fianco, con una mano tesa sulla spalla per consolarlo. - Non devi prenderla così, dovresti gioire della sua felicità e per la sua nuova vita. >

Senza sollevare lo sguardo biascicó. - E alla mia di vita chi ci pensa ?..Solo, senza lavoro, soldi e fra un pò senza una casa..e lei gioca! -

- A questo non ci devi pensare ti aiutero io! -

Il luogo iniziò ad intiepidirsi, mentre le nuvole si diradavano lasciando il posto ad un evanescente verde speranza, mentre lentamente l'artigiano si rialzava mestamente.- E quanti...insomma con chi sta adesso ? -

Gennaro lo aiutò a rialzarsi. - Uno, nessuno e centomila..che importanza può avere a questo punto ? -

- Centomila ?!..Certo che hai una dote innata per consolare le persone. Voglio solo chiederti una cosa! - Disse Enrico in tono supplichevole guardandolo in volto.

- Ha detto qualcosa nei miei confronti ? -

L'omino ci pensò un istante, - Mmmh...ah sì, una volta ha detto che eri noioso! -

Enrico non riuscì a replicare, crollandoo definitivamente e chiudendosi in un muto sconforto.

- Su non fare così, non sono stato sposato ma tu sì e dovresti conoscere le donne, sono volubili e a volte incomprensibili. -

Flebilmente e con un filo di voce rispose - ..Pensavo di conoscere la mia metà, e invece ..che onta. -

- Ormai é acqua passata é tempo di dimenticare... allora mi aiuterai ? - Disse Gennaro con occhi speranzosi e mostruosamente dilatati.

Enrico lo fissò languidamente - A questo punto... -

Realtà

L'aroma di caffè fresco lo colpì ancor prima di aprire gli occhi, e rimase qualche minuto ad assaporare quel momento assieme ad una liberatoria malinconia che non arrecava dolore.

Lanciò il plaid sullo schienale del divano posando i piedi sul pavimento alla ricerca delle pantofole e rivolgendo un languido sguardo verso la cucina.

Incrociò lo sguardo di Yasmine che lo distolse per non creare imbarazzo. Rigettò la coperta scoprendo gli slip e le antiestetiche calze, precipitandosi in bagno dove un accappatoio profumato e due candide asiugamani lo attendevano. Era confortante avere una presenza femminile in casa e lo si percepiva sotto diversi aspetti. Quella notte aveva portato mutamenti radicali nei suoi propositi e mentre lavava i denti gettò nel lavandino i ricordi di quella notte assieme ai residui del dentifricio.

Quando arrivò in cucina, Yasmine aveva gia imbandito la tavola con calde brioche, latte, caffè e tè verde al miele.

- Buon Giorno Yasmine! -

- Bona giorno a te Enrico, avere sognato bene ? - Rispose mentre lo invitava ad accomodarsi.

- Diciamo che non finirò mai di stupirmi, ma qualche lato positivo c'è stato. -

Yasmine sorrise mostrando la dentatura perfetta e candida. - Tu oggi essere diverso..più tranquillo. -

- Trovi ? -

- Si, meno stanco e preoccupato. - Aggiunse lei sorseggiando una tazza di tè.

- Merito di questo ottimo caffé e..- avrebbe voluto aggiungere un complimento personale ma non vi riuscì.

Lei lo invitò a continuare. - Perche fermare ? Dire, prego. -

- ..Il tuo sorriso, é strepitosamente contagioso. -

Yasmine parve gradire, ma non disse nulla limitandosi a cambiare discorso. - Io ora pulire casa e poi andare mia amica. -

- Anche io andare, devo chiarire alcune cose. - Aggiunse Enrico alzandosi e salutandola con un certo impaccio.

Un dubbio lo arrovellava dopo quella notte e vi era soltanto un modo per chiarirlo. Il profumo di caffè era ugualmente gradevole, ma miscelato a quello delle paste, risultava meno invitante di quello appena lasciato.

Prese posto nello sgabello come sul trespolo di un pappagallo, in attesa che il suo amico lo raggiungesse.

Mario vi arrivò poco dopo. - Cosa posso offrirti questa mattina ? -

- Un semplice decaffeinato e un parere. -

- Ormai non non c'è limite all'indecenza! - Esordì il barman senza muoversi.

- Di cosa parli ?-

- In venti anni che fai colazione qua é la prima volta che commetti un atto sacrilego! - Espose Mario posando le mani sul banco.

- Beh! Se devo essere sincero avevo pensato ad un caffè d'orzo. -

- Non in questo locale! -

- Appunto ! - Replicò Enrico senza scomporsi.

- Vada per il dek, il prossimo fra venti anni ! Come é andata questa notte ? - Rispose voltandosi verso la macchina espresso.

- É proprio di questo che ti volevo parlare..-

- Lo hai ringraziato da parte mia per l'ambo ? - disse posando la tazzina sul banco e allungando un caldo cornetto.

- Grazie, ma niente paste questa mattina. -

Mario lo guardo con sospetto. - Decaffeinato..niente cornetto, qualcuno mi ha anticipato ! -

Non ci volle molto per realizzare e maliziosamente aggiunse. - Ho capito, caffè dirottato a Cuba ? -

Enrico trangugiò la bevanda. - ...E distrutto da questo petrolio..ho dimenticato i tuoi saluti, ma Gennaro sa sempre tutto e non ha bisogno di intermediari..piuttosto volevo chiederti una cosa. -

Mario divenne serio e scrutò la sala accertandosi che nessuno li ascoltasse. - Sistemiamo Armando e il suo leccapiedi ? -

- Macche, é un altra cosa ! - Chiarì l'artigiano.

Deluso Mario si predispose ad ascoltare. - Gennaro ti ha suggerito un altro ambo ? -

- Oggi il denaro dovrai sudartelo.. é un cosa più frivola. Rammenti quando io é Angela stavamo insieme ? -

Il barman annuì con il capo. - E allora ? -

- Come eravamo, ? -

- Avrei dovuto capirlo da quel decaffeinato che oggi eri strano ! -

Rispose ironicamente Mario.

- Parlo sul serio, che opinione ti eri fatta di me e di Angela? - Ripropose senza indugi.

- Una coppia come tante e in apparenza felice, perche me lo chiedi ? - Rispose con una velata superficialità.

- Voglio una risposta sincera..Angela secondo te lo era veramente ? -

- Ora comincio a preoccuparmi, dovresti smetterla di farti le seghe mentali e dimenticare. -

Enrico espose il problema raccontando il sogno della notte. - ...E sembra che al posto di santi rosari e divine adorazioni da quelle parti siano dediti al più sfrenato libertinaggio! -

Mario sembrava in estasi. - Sfrenato libertinaggio..se non fossi cosi morbosamente attaccato a questo esercizio, non vedrei l'ora del grande passo! -

- Dico sul serio Mario! - Disse Enrico per dare spessore al discorso.

- Anche io perbacco! -

- Allora in tutta sincerità devi dirmi..Angela con me si annoiava? -

Rimasero in silenzio a guardarsi, poi Mario dopo aver tolto la tazzina dal banco disse. - Quel che posso dirti e che eri tutto casa e lavoro...di rado vi ho visto uscire a cena o al cinema e se lei era felice chi puo dirlo? -

- Appunto!-

Mario gettò lo straccio sul lavabo, avvicinandosi fino a sfiorarlo.
- L'hai vista ?! -

- No! Me lo ha detto Yoda, pare che lei abbia riferito che io l'annoiavo ! -

Il barman arretrò leggermente, - Beh, potrebbe anche essere ! -

- Potrebbe, non é una risposta. - Asserì incrociando le braccia.

- Dovrai accontentarti, io non ero il confidente di tua moglie. -

Enrico corrugò la fronte un attimo, - Tu no ma..certo perché no..-

Lasciò lo sgabello senza voltarti, - Ci vediamo! -

- Se vedi Yo..Gennaro! Digli che io non temo i sogni! - Riuscì a dire prima che l'amico si dileguasse.

La metro era meno affollata del solito e riuscì persino sedersi durante il tragitto. Se fosse confermata, quella tesi sarebbe stata la prova decisiva che tutto era vero. Neppure lui in tutti quegli anni aveva percepito l'infelicità di Angela e comunque se fosse confermata, era stata molto abile a mascherarlo. Si rammaricava di non essersi accorto di tale insofferenza, e almeno in apparenza lei non aveva mostrato alcun segnale che potesse confermarlo.

Irruppe senza preavviso nello studio medico trovandosi di fronte la giovane assistente, trincerandosi subito sulla difensiva. - Ancora lei! -

- Non ho tempo nè voglia di discutere, mi annunci per favore. - Rispose Enrico con fermezza.

- Se lo scordi, vi é già una paziente e.. - non riuscì a terminare, fu scavalcata e come un fulmine lui bussò nello studio dell'amico.

La ragazza lo raggiunse. - Lei é un insolente, rozzo e cafone..-

L'artigiano non si mosse dalla porta. - Anche di più, ma adesso mi lasci in pace ho una questione urgente. -

Sentirono la voce di Amedeo che invitava ad entrare e impugnata la maniglia si catapultarono dentro entrambi, ma la ragazza fu piu svelta . - Ho provato a fermarlo ma non c'è stato verso, dottore chiamo i carabinieri ? -

- No Elettra è un caso disperato, grazie comunque del tuo intervento e ..già che ci sei accompagna la signora, con lei abbiamo terminato. -

L'assistente lanciò uno sguardo di fuoco nei confronti di Enrico che attese in silenzio lo sgombero dello studio.

Una volta rimasti soli proruppe. - Ti devo parlare! -

- Pensavo fossi venuto soltanto per fare incazzare Elettra, é inutile che ti ripeta che dovresti almeno chiamarmi invece di irrompere in questo studio come un rapinatore in banca. -

- Scusa, ma non ho avuto il tempo, ora vuoi ascoltarmi ? - Tagliò corto accomodandosi nel lettino d'analisi come un paziente in sala operatoria.

Amedeo sospirò, sedendosi svogliatamente nella sedia di

fronte. - Mi chiedo cosa può essere successo di così importante in sole dodici ore. -

- Prima che fossi io ad occupare questo lettino, Angela é stata una tua paziente giusto ? -

Lo psicologo cercò di intuire la strada che intendeva percorrere. - Si poche sedute qualche anno fa e allora ? -

- Di che avete parlato ? - Chiese a bruciapelo.

Amedeo incurvo le sopraciglia. - Ti rammento che qua dentro le domande le faccio io e con tanto di titolo appeso alla parete, dove vuoi arrivare ? -

- Possibile che ogni volta devi mostrarmi lo stetoscopio ? mi servono solo delle semplici risposte. - Argomentò l'artigiano balzando dal lettino.

- Quelle che tu chiami semplici risposte violano il segreto a cui sono tenuto a preservare per ogni paziente, compresa tua moglie. -

- Ma lei é morta. -

- Non ha nessuna importanza, il vincolo col decuius rimane. - Rispose in modo deciso.

Enrico balzò dal lettino. - Mi prendi per il culo ? -

- Mi piacerebbe, ma questa é la realtà dei fatti - Replicò il medico senza scomporsi.

- Ma chi vuoi lo sappia, ci siamo solo tu ed io! -

- La mia coscienza! Senza considerare il codice deontologico che andrebbe a farsi fottere. - Rimarcò lo psicologo intrecciando le dita.

Enrico parve spaesato e alla disperata ricerca di una soluzione. - E se queste risposte servissero a guarire un altro paziente ? -

- E chi sarebbe ? -

- Il qui presente Enrico Pellecchia ! -

Amedeo lo guardò un attimo. - Tu sei perfettamente guarito ! -

- E chi ha divulgato questa voce falsa e tendenziosa ? -

Il medico sorrise, alzandosi in piedi e avviandosi verso la scrivania. - La seduta é terminata! -

Enrico si mise in piedi raggiungendolo. - Mi stai mettendo alla porta ?! -

Amedeo scosse la testa, sospirando. - Ti ci sei messo da solo, qua dentro io ci lavoro e adesso scusa ma ho un altro paziente in attesa. -

L' artigiano raggiunse la porta e sommensamente salutò. - Ci vediamo..-

Lo sguardo dimesso risollevò il morale della giovane assistente che, negandogli il saluto, lo mise alla porta.

Non portava rancore verso il suo amico ma negargli quelle risposte gli aveva lasciato l'amaro in bocca e, raggiunto il marciapiede, non si accorse che un'auto lo seguiva a passo d'uomo, dopo essere ripartita da una sosta in doppia fila.

Lo affiancò mentre il finetrino posteriore lentamente si abbassava. - A coso! Viè un pò qua! -

Quella voce lo raggiunse come una mazzata sulla tempia, arrestando il suo passo e mestamente lasciò il marciapiede per avvicinarsi all'auto. - Ciao Armando..-

Lo sportello si aprì e lo strozzino lo prese per un braccio trascinandolo dentro, - Mettede a sede che me se intorcica er collo! -

Enrico obbedi sentendosi come un topo in trappola, mentre Otello dal posto guida gli rivolgeva un bieco sguardo dallo specchietto retrovisore.

Armando mise un braccio sopre le spalle di Enrico. - Come sta l'amigo mio stammattina ? -

Era stranamente confidenziale e meno aggressivo del solito e questo lo insospettì alquanto. - Mi avevi concesso una dilazione e mancano ancora.. -

- Tranquillo nun te preoccupà..- Anticipò Armando posando una mano sullo stomaco del Battilastra -..Te fa ancora male ? Nun te griffà pè quello scherzo, Otello nun é come me, é burbero, ma lu devi perdonà a volte esagera e nun se controlla! -

Enrico ora aveva la certezza che sotto c'era qualcosa. - E' tutto a posto! -

- Hai visto Otè, te sei ammosciato pè niente! - Riferì sarcasticamente al suo guardaspalle, che rise sboccatamente.

- Ora che semo amici più de prima te devo fa le congratulazioni, ho saputo che te sei sistemato bene. -

- In che senso ? - Chiese, mentre l'auto ripartiva verso il centro della città.

- Ner senso che te spupazzi na bella moretta! - Riferì portando mezzo sigaro alla bocca, con uno sguardo malizioso.

Enrico spedì mentalmente a quel paese la signora Birardi, certo che fosse stata lei a riferire la notizia, e la rabbia lo avvolse. - Quella donna é soltanto un ospite e fra qualche giorno andrà via. -

- Pure noi avemo ospitato du signore l'artra note, vero Otè..hahaha! - Replicò lo strozzino battendo la mano sulla pelle del sedile e coinvolgendo il suo autista.

- Lascia fuori quella donna, lei non c'entra niente. - Disse l'artigiano con astio.

- Nun te scardà stavamo a scherzà..nun te a sei presa vero ? -

Era certo che lo strozzino avesse tirato in ballo Yasmine di proposito, Armando era abile nel trovare qualsiasi appiglio per creare disagio e un arma di ricatto. - Tutto a posto ! -

- Quelli so affari tua e nun me riguardano, ma c'è n'altra cosa che me intriga assai! - Espose riprendendo un'espressione minacciosa.

Il battilastra rimase in silenzio, con il presentimento che altre pessime notizie fossero in arrivo.

- Na cosa che te resorverebbe tutti li problemi, na botta de culo! - Disse senza ancora svelare le sue intenzioni.

Enrico guardò dal finestrino dell'auto senza vedere. - Oggi é la mia giornata. -

- E c'hai regione, ma'ndò lo trovi uno come er sottoscritto che te dà na mano! ..Ma annamo ar punto..-

Il battilastra non si aspettava niente di buono ed era pronto al peggio lasciando che Armando continuasse. -..Na persona fidata rice che te imboschi na bela machina! -

Un tonfo al cuore lo colse, cercando di mantenere la calma e un modo per sfuggire a quella trappola. - Una macchina.. ti hanno informato male. -

Lo strozzino lo guardò in volto. - Tutto pò esse..ma er porsche tu c'è l'hai o no ? -

- L' avevo..- rispose cercando di essere convincente- ..Venduta circa un anno fa! -

La delusione fu evidente sul volto di Armando, mentre con la lingua gonfiava la guancia destra. - Che dici Otè me devo da fidà o me sta a pjà per culo ? -

- Nun c'e problema Arma, du minuti e o sapemo subito! - Intervenne Otello pronto a fermare l'auto.

Enrico rimase impassibile mentre lo strozzino lo scrutava attendendo una qualsiasi reazione. - Sembra sincero me voio da fida, e poi é meio pe lui se o vengo a sapè...lui e a bocchinara coi ricci li trovamo quanno volemo, giusto Enri ?! -

L'artigiano assentì senza rispondere, e livido per come aveva apostrofato Yasmine.

Ad un suo cenno Otello fermò l'auto e Armando lo invitò a scendere. - Fa du passi, hai ancora deci giorni pe damme i sordi..o magari te viene in mente che a machina nun l'hai venduta. -

Enrico scese dall'auto con la sensazione che quell'impostore ne sapesse più di quanto mostrasse e che il suo 356 fosse realmente in pericolo. Armando non era la persona che si poteva raggirare e avrebbe dato la caccia alla sua auto e trafugata senza il suo permesso.

Ed era sicuro che la lingua della signor Birardi avesse svolto il suo velenoso compito anche in questo caso. Era lei la confidente di Armando nel quartiere, e più di una volta la Mercedes dello strozzino era stata vista accostarsi e fargli visita, e il fatto che sapesse di Yasmine complicava ulteriormente le cose.

Riconsiderò la proposta di aiuto che Gennaro aveva menzionato piu volte e ripensandoci, soltanto una persona dotata di poteri sovrannaturali sarebbe potuta venire a capo di quella drammatica situazione.

Il sole riscaldava la giornata e alimentava un certo appetito, spento con una fugace visita un fast Food, certo che Yasmine avesse fatto lo stesso con la sua Amica.

Ritornò a piedi a casa smaltendo il malumore e accantonando un dilagante pessimismo che rischiava di monopolizzare la giornata.

Non si accorse neppure della Lexus percheggiata di fronte alla palazzina ed entrò con il volto fisso sul pavimento sollevandolo unicamente per premere il pulsante dell'ascensore.

Quando raggiunse il piano vide Amedeo con le spalle appoggiate alla sua porta che lo attendeva. - Con oggi abbiamo recuperato ampiamente le attese nel mio studio. -

- Amedeo ?! Che ci fai..- riuscì a balbettare.

- Apri dai, che finiamo un discorso ! - Anticipò scostandosi dal portoncino.

Enrico lo fece entrare trasferendosi in cucina, approntando la caffettiera e adagiandola sul fornello. - Non sarà come quello di Mario ma è ugualmente nero! -

- Il tuo non l'ho mai assaggiato, era Angela che lo preparava. - Preciso Amedeo scostando un sedia e prendendone possesso.

- Stessa macchina, acqua e caffè, cosa vuoi che cambi? - Affermò, dando fuoco al gas.

- Te lo dirò dopo che l'avro assaggiato! -

Si guardarono per qualche istante in silenzio, poi Amedeo riprese. - Avanti cosa vuoi sapere? -

Enrico esitò, togliendosi la giacca e posandola sulla sedia. - Non sentirti obbligato, non intendo approfittare.. -

Il medico sollevò la mano. - Sono maggiorenne e poi non essendo nel mio studio mi sento meno vincolato al segreto. -

- Ah beh, allora ti ascolto! - Disse sedendosi di fronte.

- Potrei parlare per due giorni di fila é meglio restringere il campo non credi ? - Provò a suggerire mostrando il palmo della mano.

- Ok, ti ha mai parlato del nostro rapporto..di noi ? -

- Marginalmente, in apparenza sembrava che filasse tutto liscio e rammenta sei tu che me lo hai chiesto. -

- Vai avanti e allora ? - Incitò Enrico.

Amedeo corrugò le labbra in modo serio. - Diciamo che non era del tutto soddisfatta! -

- Annoiata ? - Suggerì l'artigiano.

- Insoddisfatta..-

Enrico increspç le rughe della fronte. - Aspetta, aspetta! Fammi capire vuoi dire che..-

- Già..ne hai abbastanza ? -

- Per niente! ..- Esplose paonazzo in volto -..Voglio sapere tutto sin nei minimi particolari. -

La caffettiera sbuffò, liberando l'aroma e attirando l'attenzione dello psicologo. - Il caffè si fredda. -

- E chi se ne fotte! Vai avanti ! - Replicò senza distogliere lo sguardo.

Amedeo si alzò, prese due tazzine dal pensile e tolta la caffettiera dal fuoco, le riempi aggiungendovi una zolletta di zucchero e porgendone una al suo amico. - Il resto potrebbe essere amaro! -

Enrico trangugio il caffè tutto d'un colpo, - Peggio di questo caffè non potra mai essere. -

Amedeo lo imitò assaggiandone un sorso e posando la tazzina, - Effettivamente..rammenti quando il sabato sera non rientravi per lavorare in officina fino a tardi ? -

- Come se fosse oggi! -

- E ti sei mai chiesto cosa facesse Angela tutti i sabati da due anni a questa parte ? - Chiese Amedeo scostando la tazzina del caffè.

- Certo! ..- proruppe Enrico con sicurezza..- ..Andava a San Giovanni in Laterano per la funzione serale ! -

- Ne sei sicuro ? - Domandò il medico con fare saccente.

- Io non sono sicuro più di niente, neppure se sarò in questa casa domani, ma per Angela avrei messo le palle nella pressa! -

- Allora canteresti a San Giovanni in Laterano fra le voci Bianche ! - Replicò incrociando le braccia.

Enrico sentì l'insicurezza insinuarsi nella sua mente. - Non..era a messa ?! -

- Angela si era iscritta ad una scuola di ballo..tango Argentino per l'esattezza. - Svelò attendendo la sua reazione.

- Tango argentino ?! E' un assurdità! -

- Non l'avresti mai detto vero? Ogni giorno vengono in studio.. -

Il battilastra si alzò in piedi interrompendolo. - Per te sarà una cosa normale ma è del mio matrimonio che stiamo parlando e di una persona che pensavo di conoscere e che invece si rivela una Mata Hary ! -

Amedeo rimase seduto e calmo. - Non voglio giustificarla ma se tu le avessi dedicato piu tempo lei non ..-

Enrico torse il collo di lato incurvando lo sguardo. - Non.. cosa ? -

- Non avrebbe fatto cio che ha fatto ! -

- E cosa sarebbe, questa cosa che non avrebbe dovuto fare e che invece ha fatto a parte iscriversi ad una scuola di tango Argentino ? - Insistette Enrico avvicinandosi all'amico.

- Credo ti abbia detto tutto ! -

- Non mi incanti Amedeo, dimmi ciò che sai ! - Riprese con decisione guardandolo dritto in volto.

Lo psicologo inspirò poi si lasciò andare. - Tua moglie aveva una relazione. -

Enrico fece due passi indietro, ricadendo sulla sedia. - Allora.. era tutto vero..-

- Tutto vero, cosa ? -

- Che Angela é una mignotta! - Rispose con disgusto.

- Ho detto che ha avuto una relazione, non che batteva sulla Appia! - Specificò il medico.

- In questo mondo!..- Replicò il battilastra sollevando l'indice e puntandolo verso il soffitto - ..da quelle parti sembra che sia peggio di un bordello. -

- Aspetta..- rispose ponendo una mano sulla fronte - ..Vuoi farmi credere che Gennaro ti ha parlato di lei ? -

Enrico si accasciò con lo sguardo perso nel vuoto.- ..Molto prima di te..-

Amedeo si mise ritto sulla sedia risvegliando l'attenzione. - Poco fa hai detto una parola..-

- ..Mignotta ? -

- No, annoiata! Te l'ha detto lui ? - Specificò lo psicologo.

- ..Che differenza fa ? -

Amedeo attirò l'attenzione del suo amico. - ..Noioso é il termine con cui ti definiva Angela..-

Enrico annui con il capo. - Esattamente.. -

-..E tu questo non potevi saperlo..- Disse il medico con lo sguardo perso in quello del suo amico.

Restarono in silenzio, giusto il tempo di metabolizzare quelle verità nascoste. Poi fu la volta di Amedeo a chiedere dettagli su quelle notti passate in compagnia di Gennaro. Ascoltava trascurando quella razionalità che aveva finora impedito un giudizio privo di ingerenze e imparzialità. Le numerose analogie iniziavano a incidere su quelle statistiche, trasformando il fenomeno in qualcosa di sicuro interesse. Il sarcasmo e la superficialità erano scomparse e Amedeo poneva quesiti con tale minuziosa anamnesi che Enrico dovette spremere a fondo la sua memoria per soddisfare il suo amico.

Smisero soltanto quando sentirono il portoncino aprirsi. Amedeo volse uno sguardo interrogativo al suo amico che dal canto suo si era completamente dimenticato che nel suo appartamento vi soggiornava un altra persona.

Yasmine entrò nella cucina, ondeggiando la voluminosa capigliatura. - Bono giorno..scusare disturbo..-

- No, non disturbi rimani..lui é Amedeo un mio fraterno amico, lei è Yasmine..-

Amedeo osservò entrambi con stupore, prima di alzarsi e porgerle la mano. - Lieto di conoscerla..-

Lei ricamciò mostrando il suo accattivante sorriso e la sua formosa silouette. - Essere contenta, pure me di conoscerla..lasciare parlare voi io andare in camera. -

La donna ripercorse il corridoio per poi entrare in camera da letto sotto lo sguardo allibito di Amedeo che dopo averla inseguita visivamente e sparire nella stanza, rivolse la sua attenzione all'amico con uno sguardo malizioso, quanto interrogativo.

- Non è come pensi..- Esordì Enrico abbassando il tono della voce per impedire che Yasmine potesse sentire.

- E chi pensa ? .Vedo !..E comunque vado. - Concluse Amedeo lasciando la cucina. percorrendo il corridoio tampinato come un segugio da Enrico.

Si fermò un istante davanti alla camera da letto e con le mani evocò la silhuette avvenente della donna e proseguì verso l'uscita.

Enrico levo'lo sguardo verso l'alto per poi raggiungerlo. - Lascia che ti spieghi!-

Il medico, aperta la porta rispose con un maliziosissimo sorriso. - Lo farai e nei più coloriti particolari...ma domani. -

E imboccate le scale sparì senza voltarsi.

Enrico rimase sulla porta per poi richiuderla con stizza, seguito dall'insinuarsi di un pensiero che si consolidava nel suo animo. Angela scivolava lentamente dai suoi sentimenti lasciando spazio a sopraggiunte nuove sensazioni. Richiuse l'uscio e ripercorse il corridoio, fermandosi davanti alla camera di Yasmine. Chinò la testa senza trovare il coraggio, ripiegando su quel divano designato a lenire come una dipendenza da stupefacenti, un'astinenza da sogni autolesionistici.

Sogno

Buh!

Istintivamente fece un salto, attraversando la volta per ripuntare dal pavimento con il cuore in gola e gli occhi vitrei. - Ma sei impazzito ?! -

Blaterò rivolgendosi a Gennaro che lo aveva accolto con un urlo sul timpano destro.

L'entita rideva di gusto. - ..Era per dare un pò di colore a questo luogo...

Il battilastra si guardò attorno permettendo al suo corpo di sgusciare interamento dall' umido pavimento e rientrare nella stanza che timidamente si tingeva di uno speranzoso verde. - Te possino...ho sentito uno schioppo al cuore.. -

- ..E' stato troppo divertente..scusami comunque! -

- Devi ringraziare che sei gia morto..altrimenti. - Disse Enrico sospirando e osservando la bigia volta che pareva mutare aspetto.

- Spero vorrai tenere fede alla promessa che mi hai fatto l'ultima volta! - Espresse dalla boccuccia persa nello sferico viso dagli occhi allampati.

L'artigiano sollevò il dito indice - Io non ti ho promesso niente...è stata una penosa resa davanti a una angosciante condizione sentimentale. -

- Non dirmi che retrocedi! Io ho mosso nuvole e Angeli per..-

Enrico questa volta distese tutte le dita - Frena! Di filippiche ne ho sentite abbastanza..piuttosto hai detto che puoi aiutarmi giusto?

- Certo! -

- Come? -

Gennaro mosse le labbra abbozzando un timido sorriso e un tono rassicurante - Non preoccuparti dovrai fare soltanto ciò che ti dico -

Enrico lo fissò per un istante - Non hai idea di quanto non mi senta rassicurato..comunque. -

L'entita si avvicinò a lui tendendo la mano - Allora..siamo daccordo? -

Lui senza convinzione gliela strinse - E' sufficiente che questi sogni abbiano un termine.

- Promesso! - Rispose mentre la minuta mano spariva fra le dita dell'artigiano, e approfittando del consenso cominciò a sondare.

- Bene, ho necessità di sapere tutte le informazioni dettagliate che riguardano Angela, gusti, attitudini, atteggiamenti, preferenze in modo che ne faccia uno schema e.. - si fermò nel vedere la perplessità sul volto del suo ospite - ..che succede? -

Enrico si sedette su un ipotetico sgabello traendo un profondo sospiro - Per quanto profano, una donna non é un istruttoria per un mutuo agevolato...e poi per poterti aiutare sono io che ho necessita di informazioni. -

Gennaro si distese di traverso come su una lettiga romana con il braccio a sostegno del volto. - Sono a tua disposizione. -

- Perr esempio.. cosa fa ultimamente, di che si occupa, chi frequenta..insomma dammi qualche indicazione sulle sue attuali abitudini. -

L' entità ci pensó un istante. - .. passeggia intrattenendosi con altre anime che pendono dei suoi favori..insomma la corteggiano. -

Il viso di Enrico si oscurò - Corteggiatori ?! Ma che..-

- Certo! ..- confermò Coppola - .. Ora che ci rifletto ce n'è uno particolarmente assiduo..uno famoso o almeno lo era. -

Quella frase stuzzico la curiosità di Pellecchia. - E chi sarebbe questo pretendente ? -

- Lavorava nel campo dello spettacolo...nel cinema credo..- Enrico ascoltava attentamente con un presentimento che squillava come una tromba, mentre l'entità partenopea si sforzava di ricordare - ..di nome faceva Mar..Mar..

- Mario ? -

- No..no..-

- Marcello ? -

- Neppure..Marlo..o qualcosa di simile..e il cognome Bra..Bra..-

Enrico sbianco - no.. non puo essere, ma figurati se Marlon Brandon..-

Gennaro sussulto puntando il dito. - Esatto proprio lui, Marlon Brando! -

- E che cazzo ! - gli scappò spontaneamente sollevando le mani in segno di resa, - Chiedo venia..ma è mai possibile! -

Enrico era da un lato sbalordito e dall'altro inorgoglito che sua moglie fosse una prediletta del famoso attore.

Il piccolo fantasma incalzava. - Perché, chi é costui ? -

- Chi è ?! Non vorrei essere proprio io a darti questa notizia, ma con un simile antagonista non vi sono speranze...era uno fra i più affascinanti attori che hanno calcato le scene. - esplico con rassegnazione.

- E allora ? Non vedo il problema ! - eccepi Gennaro.

- Io si ! - rispose guardandolo da capo a piedi.

- Perché cosa ho che non va ? -

Il battilastra cercò con tatto di per esprimere ciò che vedeva.

- Non per essere pignoli ma Brandon é un tantino più accattivante. -

- Vai nello specifico io non mi offendo. - lo invitò Coppola ad essere più chiaro.

- Per esempio il tuo look!..quella riga al centro nei capelli, per non parlare di quei pantaloni alla zuava in stile Peter Pan. -

- Dici ?..-Disse scrutando con attenzione i suoi abiti e solcando i capelli con le dita - ..a questo ci porrò rimedio ora dammi una dritta per un approccio che funzioni. -

A quelle parole Enrico si senti pervadere da una inevitabile riluttanza a continuare e i suoi ricordi di giovane amante riemergere, con dolci momenti passati con Angela e il loro felice fidanzamento.

- Beh! Che fai ti abbiocchi anche qua ?! - lo ridestò l' entità alzando la voce.

- ..oh niente..ricordi..dunque, per quanto rammenti amava molto gli animali e di certo in questo modo potresti attirare la sua attenzione o se non altro rompere il ghiaccio..anche se con quella stella del cinema nei paraggi la vedo dura. -

Il piccolo fantasma pose la minuta mano sul mento. - Animali..animali..si ci sono! -

- Ora tocca a te! - disse il battilastra cambiando discorso.

- Ok, la tua situazione é senzaltro disperata ma ho studiato con attenzione i tuoi disatrosi investimenti e so come porvi rimedio. -

Enrico apparve prudente e attento. - Come ? -

- A suo tempo i mi occupavo di alta finanza e la mia esperienza in questo campo era vasta come il mare. - rispose esaltando le sue capacita in materia.

- Guarda che qua ci siamo solo tu ed io e peraltro privi di gravita per cui vieni al sodo e smettila di gonfiarti. - lo redagui l'artigiano.

Lui fece finta di non aver sentito e riprese, - in primis dovrai recuperare una chiave -

- Quella del paradiso ? ..scusa é stato più forte di me.

- No quella di una cassetta di sicurezza al banco di Napoli! - specificò.

- Interessante !.. - commentò Enrico- ..dove si trova ? -

- Nella mia casa..o meglio, la ex dimora prima di.. -

- Lasciare la mia valle di lacrime? Vai avanti e dimmi dove

sta Íinghippo! - lo anticipo Enrico percependo una palese esitazione.

-..gia, vi é un piccolo problema, i miei eredi..di fatto la mia società, ha venduto la villa alla duchessa Elvira Castoldi della Croce.
-

- E allora ? -

Gennaro con un gesto liquidatorio rispose. - Una sciocchezza, la chiave é riposta nello sciaquone di uno dei quattro servizi della villa. -

- Quattro bagni ? Ma se vivevi da solo !- commentò Enrico con perplessità.

- Nel nostro ambiente se possedevi una villa con meno di tre servizi non eri nessuno. - espresse il napoletano .

Íartigiano considero il suo striminzito bagno in una visione diversa ed insolita. - E come.. .-

Realtà

Si svegliò con un buco sullo stomaco e una fame irresistibile, attenuata in parte da quell' enigmatico sogno. - Il napoletano si é dileguato prima di darmi altre indicazioni..-

Il profumo di caffè e frittelle era irresistibile, associato ad un quesito che prendeva spazio fra la fame ed il sogno. Guardò Íorologio che indicava le otto del mattino e dopo averlo avvicinato all'orecchio e resosi conto che funzionava, lasciò il divano dirigendosi in cucina.

Yasmine lo attendeva con un piatto di frittelle imbiancate di zucchero e fumante caffè. - Buonogiorno stare bene ? -

- Bono..buongiorno ?! Ma..ma..che ore sono ? - Chiese Enrico sedendosi di fronte alla donna.

- Essere otto mattino, perche ?

Í ' artigiano prese a contare sulle dita, sollevando il volto perplesso. - Misericordia ho dormito per sedici ore filate ! -

Yasmine sorrise porgendo il vassoio delle frittelle. - Dormire essere un bene .-

- Quasi due giorni come un neonato, ecco perché ho fame! -

Commentò aggredendo il primo bombolone e commentando con la bocca contornata di zucchero. -.. Perché non mi hai svegliato ? -

Lei giunse le mani sotto il mento - perché tu avere dolce sorriso mentre dormire -

- ...E dolcemente trapassare d'inedia..buone veramente buone. - Rispose lui mentre allungava la mano nel vassoio.

Yasmine era palesemente in attesa del resoconto sull'attività notturna e fulminea prese vassoio con le frittelle prima che lui potesse servirsi ancora. - Prima raccontare sogno. -

Enrico smise di masticare per un attimo. - Potremo farlo contestualmente ? -

Lei assentì posando i dolci . - D'accordo !

Lui fece il riepilogo dell'ultimo incontro con Gennaro. - ...E mi chiedo come farò a recuperare la chiave dalla villa della duchessa Elvira..Cal..Calvaris delle mie ciabatte o come si chiama..e sempre che tutto questo sia vero. -

- Perché dubitare ? Lui aiutare te e tu fidare. - aggiunse la donna porgendogli la tazzina del caffè.

- Perché intrufolarsi in casa degli altri é un reato ? ..Non so, devo consultarmi con quel diabolico barista,..- Si fermò ad osservare la donna e la sua latina bellezza non percepita nella concitazione del pasto - ..Sei radiosa!

Quella frase spontanea suscitò il compiacimento di lei che ricambio con un sorriso e un bacio sulla guancia. - Io ora andare, vedere noi più tardi -

Lo lasciò con le mani impastate di zucchero e la bocca contornata di caffè, assieme ad una vampata di feromoni che scatenarono la sua virilità.

La doccia semifredda la cancellò del tutto, tranne i suoi pensieri sempre più confusi. I sentimenti per Angela, erano sbiaditi e con un residuo lascito di affetto malgrado il tradimento. Non vi era rancore, si sentiva in parte responsabile per aver trascurato Angela in tutti quegli anni ed aver dilapidato il frutto del suo lavoro. Tutto stava rapidamente cambiando con una dinamicità disarmante e nella sua vita erano penetrate nuove trascendentali presenze.

Si vestì e discese le scale con i capelli ancora umidi, diretto ad uno dei suoi due consigliori, Mario.

Una volta dentro il locale, il barman gli indicò un tavolo in un angolo, segno che lo avrebbe raggiunto da li a poco.

Liquidò i pochi clienti rimasti e lo raggiunse con due cornetti ed un caffè, posandoli sul tavolino. - Sei in ritardo ! -

- Perché, avevamo un appuntamento ? - Rispose il battilastra.

Mario, sorrise sarcasticamente, - Poche storie, come é andata stanotte ? -

Lui prese la tazzina di caffè, trascurando i cornetti, - Tutti ormai volete sapere di Gennaro, e nessuno chiede come sta il sottoscritto! -

- Ti ho portati i cornetti no ? - Rispose l'amico con un fare allusivo.

- Se tu non fossi mio amico..-

Mario lo anticipò, - ..Non cambierebbe nulla, perché sono grosso e cattivo! Dai, racconta che i clienti fremono! -

Enrico depose la tazzina, - Mi devi aiutare -

- Non prima che tu abbia consumato i cornetti..cosa é successo ? - Rispose il barman accostando la sedia al tavolino.

Lo ragguagliò sulle ultime vicissitudini notturne, concentrandosi sul recupero della chiave, - ...E non so neppure dove sia questa presunta villa della duchessa Elvira ..vattelapesca! -

- Elvira Castoldi Della Croce ! Pronunciò senza esitazione Mario.

- Esatto!.. come lo sapevi ? -

- Soltanto tu a Roma non la conosci, é la più chiaccherata festaiola della nobiltà capitalina. - mise al corrente il barman.

- Allora conosci anche l'indirizzo ? -

- Se quella villa è appartenuta al fantasmino trovarla é l'ultimo dei nostri problemi ! -

- Nostri ? - disse Enrico con un certo stupore.

- Tu non saresti capace di recuperare un mazzo di chiavi cadute in un tombino...non ti muovere! - Detto questo, Mario si alzò e servì i clienti in attesa e dopo lo vide eseguire alcune telefonate prima di farvi ritorno.

- Quei due cornetti dovrebbero essere stati già digeriti - commentò riappropriandosi della sedia.

Il battilastra strisciò la mano sul ventre - Mi é rimasto qualcosa nello stomaco da ieri. -

Mario lo squadrò come un ecografo. - A me non la racconti, fino a ieri digerivi anche il piombo...e comunque, la duchessa tanto per non annoiarsi ha indetto un ballo in maschera per sabato prossimo.

- Come diav..lasciamo perdere, e questo come dovrebbe aiutarci a recuperare la chiave ?

Il barman lo fissò. - A te Picasso non rappresenta nulla eh ? ..Un pò di fantasia diamine ! -

- Attendo la mirabolante trovata di un barman nipote di Michelangelo..dai spara ! Rispose sarcasticamente lui.

- Semplice, debitamente bardati potremo imbucarci fra gli ospiti e con un po di fortuna recuperare quella chiave...a proposito a che ci serve ? -

- Pare appartenga ad una cassetta di sicurezza! - Svelò l'artigiano.

Gli occhi di Mario divennero due fessure. - Interessante..al portatore ? -

- Se la da a me la porto io no ? - Commentò, ingenuamente.

Il suo amico sollevò lo sguardo verso il cielo - Angela perché ci hai lasciati soli..al portatore significa che chiunque venga in possesso della chiave può accedere al contenuto della cassetta !
-

- Ah..boh ! ..Questo non glielo ho chiesto.

- Allora chiediglielo !..- Concluse Mario, alzandosi per riprendere il lavoro - ..e vedi di procurarti dei costumi per sabato. -

- Quello per il mare va bene ? -

Il barman non rispose, ma lanciò uno sguardo significativo alla sua persona e in seguito ai due cornetti prima di voltargli le spalle.

Uscì, cercando di fare mente locale su quale giorno della settimana si trovasse, poi fece due passi e ritornò indietro rientrando nel bar. - Cazzo, ma oggi é venerdi ! -

La sua voce riecheggiò nel locale, facendo voltare tutti, compreso Mario che senza scomporsi rispose. - Una ragione in più per darti da fare! -

Questa volta uscì senza fermarsi, vagando senza una meta con le mani infilate nelle tasche e con la preoccupazione di essersi cacciato in un altro guaio. In apparenza tutti riponevano fiducia su quell'essere sovrannaturale, considerando che per Mario dopo la vincita al lotto era divenuto un vero idolo, e persino Amedeo che avrebbe dovuto essere un caposaldo dell'inattaccabile scetticismo era miserevolmente franato sul "se ti aiuta, credici!".

Decise che peggio di così non poteva andare e che se fosse finito nelle patrie galere, avrebbe avuto se non altro un tetto sopra il capo e tre pasti sicuri al giorno.

Necessitava di un costume e per un istante gli balenò la sua tuta da lavoro, immediatamente scartata nell'immagginare la duchessa che lo defenestrava come un sozzo plebeo. Era necessario qualcosa di più adatto ad una serata fra prizzi e lussuosi abiti settecenteschi, lontani anni luce dalle sue serate carnevalesche giovanili passate nelle balere del litorale ostiense.

Si ritrovò con la mano destra appesa sulla sbarra del metrò, diretto nel luogo dove soltanto il suo subconscio desiderava recarsi, senza possibilità di errore.

Le mani erano tornate nelle tasche alla ricerca delle chiavi che, purtroppo, non aveva dimenticato. Ancora quel cigolìo mentre azionava il comando elettrico che friggeva come se avesse le piante dei piedi sopra una berbecue. Lentamente la luce prese possesso degli interni contestualmente al disarmo e all'astenia nel suo corpo. Volle rifarsi gli occhi su quell'unico oggetto che ancora suscitava un certo interesse e che era ancora di sua proprietà. Attraversò il capannone introducendosi nei garage retrostanti per fermarsi su quel copriauto grigio, e scoprire il Porsche 356. Era sinuosa e tondeggiante come una bella donna e brillava riflettendo la sua figura sulla portiera affusolata. Ripiegó la capote come un velo che cela il volto di una donna. Il profumo della pelle si sparse come la prima volta che l'aveva rivestita con l'aromatico Connolly.

Aprì la portiera, lasciandosi andare nel sedile e nei ricordi.

Da quando l'aveva posseduta, soltanto una volta vi aveva portato Angela, in una torrida estate di dieci anni prima. Il rammarico lo colse nel ricordare il sorriso di sua moglie per quell'inaspettato giro fra i castelli Romani e terminato nella veranda di una trattoria e che purtroppo rimase un caso isolato. Quante domeniche passate a battere le lastre di allumminio in quell'officina e quanta solitudine perpetrata nei confronti suoi e di Angela. Momenti persi nella ottusa cecità del proprio lavoro, senza dedicare la medesima dedizione e cura al suo matrimonio, naufragato senza neppure rendersene conto.

Strinse il volante con rabbia nel guardare il vuoto sedile del passeggero e mai come ora desolante e struggentemente vano. Quanta felicità persa e negata a quella consorte a cui aveva promesso una vita gioiosa e gratificante, tristemente tramutata in cupa e noiosa. Ora rammentava quella tv sempre accesa unica compagna per una donna che poteva definirsi monaca di clausura. Soltanto il male che l'aveva colta lo aveva destato da quel monotono torpore quotidiano.

Ora le lastre non battevano più, coperte da un silenzio che sapeva di colpe non più sanabili.

Rendersi conto che aveva perso Angela ancor prima che il suo respiro si fermasse, aveva l'amaro sapore del rimpianto. Perché gli fosse, malgrado tutto rimasta accanto non trovava alcuna risposta se non le conseguenze di un penoso e umiliante abbandono che lo avrebbe stroncato.

Scese dall'auto e la ricoprì, starvi seduto era peggio di una riunione psicoanalitica per ex alcolizzati, e di tristi ricordi ne aveva ormai abbastanza.

Tornando sui suoi passi si fermò su quell'incudine che sfrontatamente lo sfidava a batterci sopra. Ebbe una stretta rabbiosa e a afferrò il mazzuolo per abbatterlo sul paraurti in un impeto da rivalsa, ma quell'aria era come un cappio che vanificava i suoi sforzi. Si arrese con una smorfia, riponendo l'arnese nella medesima posizione e allontanandosi senza voltarsi.

Rientrò con un insistente languore aggrappato ad una sola e

flebile speranza. Il profumo di cibo fresco concretizzo il tutto risollevando quel morale calpestato per mezza Roma da circa un ora.

- Io pensare che tu avere fame e cosi..- lasciò la frase a meta mostrando con la mano la tavola imbandita con del formaggio stagionato, contornato da una variopinta insalata che spuntava dal vassoio e adornato da una treccia di pane fresco.

Malgrado avesse appetito non riusciva a staccare gli occhi da Yasmine, per la quale iniziava ad avvertire un'attrazione sfacciatamente palese.

Lei sorrise, - Avere sbagliato ? -

Si destò scuotendo il capo, - No..no..anzi, riesci a leggermi nel pensiero..è che io..ok pranziamo! -

Si sedettero e lei aprì ironicamente il discorso. - Avere altri problemi oggi ? -

- Sono stati sufficienti quelli di questa notte .- Sentenziò Enrico.

- Dire me forse potere aiutare. - Eispose lei coltivando il tema.

Dopo due tranci di pecorino Sardo e un boccone d'insalata, lui riprese. Rammenti quella ipotetica chiave che dovrei recuperare ? ..Mario ha consigliato di intrufolarmi in una festa a tema che dovrebbe tenersi nella villa della duchessa domani sera. -

- Allora ? - Lo invitò a continuare Yasmine.

- Allora..anche se approvassi questa malsana idea non avrei un costume adatto! -

La donna dopo aver delicatamente sbocconcellato del pane spalancò gli occhi corvini. - Forse potere aiutare! -

- In che modo ? -

- Amica di mia amica lavorare pulizie convento . -

- Lodevole ma..-

- Tu non preoccupare io trovare costumi ma mettere due condizioni. - eccepi la donna con un sorrisetto .

Ebbe la sensazione di infilarsi in un altro guaio, ma non mostrò il coraggio di tirarsi indietro. - Per esempio ? -

Lei si avvicinò al tavolo premendovi il seno che spuntò dalla camicia, - Io venire con te domani sera! -

Smise di masticare incurvando il viso. - E per quale motivo ? -

- Tu non capace di fare certe cose! - Dichiarò lei con sicurezza.

- Per esempio ? - Chiese, sentendosi scartato come una scatola di gianduiotti.

- Tu buono, solo lavorare, pagare tasse e domenica guardare partita...-

Enrico si sentì equiparato al mediocre italiano, noioso e abitudinario. - A si !? E tu che facevi la domenica ? -

- Io resistenza cubana contro regime Castro, imbracciato fucile e bum bum! - Confessò lei abbandonando la mite dolcezza che finora la caratterizzava.

Lui si ritrasse leggermente, - Bum bum ?! Dai non scherziamo e poi non voglio che tu venga coinvolta in questa storia.

- Io già coinvolta !..- Replicò la donna puntando il dito, -...Quando tu accolta in questa casa e aiutato me.

Il battilastra lasciò cadere la forchetta sul piatto in segno di resa. -..E la seconda condizione ? -

Lei si alzo sorridendo, indossando un leggero soprabito e aggirando il tavolo si avvicinò ad Enrico baciandolo sulla guancia. - Lavare piatti ! -

Si allontanò con passo da felino sotto lo sguardo di Enrico che la inseguì finché la porta non si chiuse. Flemmamente mise la caffettiera sul fornello e la accese mentre suonavano alla porta.

La testa calva e lucida di Mario lo scavalcò, dirigendosi in cucina, accertandosi che Enrico fosse solo.

L'artigiano richiuse e lo raggiunse. - Che succede ?! -

Mario dopo aver preso due tazzine dal pensile le adorno di cucchiaini e zuccheriera. - É tutto pronto ! -

- Di che parli ? ..E poi qui dentro il caffè lo servo io. - Addusse il battilastra ridisponendo le tazzine sul tavolo.

- Deformazione professionale..- Disse il barman, posando un braccio sul tavolo -..Ho procurato due inviti per domani sera al party della duchessa. -

- Sul serio ? - Commentò sorpreso Enrico - ..Ma come,..chi..-

La caffettiera eruttò come un gaiser, avvertendo che il suo lavoro era giunto a compimento, mentre Mario riprendeva, - Questo non ti riguarda e abbiamo anche una pianta della villa..-

Disse prendendo dalla tasca una copia topografica dei locali e spiegandola sul tavolo.

- Un giorno scoprirò veramente chi sei. - Commentò Enrico, dosando il caffè nelle tazzine.

- Qualcuno che é meglio avere come amico..guarda qua!.. - Espose il barman puntando l'indice sul foglio - ..Vi sono quattro servizi, uno al pianterreno tre al primo piano e uno per stanza nella zone notte.

Enrico porse la tazzina all'amico. - Un momento, Gennaro mi ha parlato di quattro servizi. -

- Niente di strano che gli altri li abbia aggiunti la Duchessa dopo averne preso possesso e comunque l'unico che abbia lo sciacuone é questo, al secondo piano alla fine del corridoio. - Espose Mario puntando l'indice della mano sinistra e acchiappando la tazzina con la destra.

Lui sbirciò senza capirci molto, - E' tutto chiaro. -

Mario sorseggiò dalla tazzina. - Devo ammettere che è difficile gustare in questa città una bevanda peggiore di questa..e comunque hai procurato i costumi. ? -

Esito un attimo nel rispondere storcendo la bocca nel gustare il caffè. - In effetti con questa brodaglia ho superato me stesso...ho incaricato..non é esatto, si é incaricata o per meglio dire sono stato vittima di uno stuzzicante ricatto. -

Mario aguzzò la vista, caricando sarcasticamente il volto. - Quell'orrenda pozione che mi hai propinato deve possedere delle proprieta psicotrope..che mazzo dici ? -

L'artigiano raccolse le tazzine posandole sul lavello. - Ricordi Yasmine ? -

Un sorrisetto malizioso spuntò fra le labbra del barista. - Come potrei dimenticarla. -

- Non avevo dubbi..beh lei si è offerta di procurarmi i costumi.. -
- E allora ? -
- Allora, abbiamo un problema ! -
- Di che parli ? - Chiese Mario con un certo interesse.
- In cambio del favore ha posto delle condizioni ! - Rispose, riaccomodandosi nella sedia.

- Quella donna é una fonte di ispirazione, continua! -

- Devo lavare i piatti... -

- Mi sembra giusto, visto che sono i tuoi! - Considerò Mario allargando le braccia.

- ..E poi partecipare al raid alla villa! - Disse tutto d'un fiato il battilastra.

- Non ho capito ..che hai detto? -

- Mi ha convinto, adducendo il fatto che io non sarei capace di farlo..-

Mario mugugnò, arcignando il volto. - Su questo non ha torto..e poi? -

- Mi ha confessato di aver preso parte alla resistenza cubana e di essere scaltra con le armi. - aggiunse con la speranza di rabbonire il suo amico.

Il barman addolcì il volto fissando il soffitto. - Quella donna è piena di risorse -

- Ma abbiamo soltanto due inviti..- Obbiettò Enrico, visto l'accondiscendenza dell'amico.

Mario ci pensò qualche istante poi battè la mano sul tavolo. - E sia! Se quella donna è in gamba come penso, farete da soli, con una formosa cubana invece di un gorilla pelato al tuo fianco non destate sospetti. -

- Dici? ..- Disse Enrico obbiettando - ..Per questa volta e soltanto questa, avrei preferito il gorilla. -

- Non farti ingannare dalle apparenze, una donna ben addestrata potrebbe tagliare la testa ad un uomo..dopo avergliela fatta girare come una trottola. -

Enrico istintivamente portò la mano alla gola. - Non so..ma non mi sento alquanto rassicurato. -

Il barman si alzò di scatto. - Fatevi trovare calzati e vestiti domani sera alle 19:00 per gli ultimi ragguagli..io vado a riaprire il locale. -

Rimase con un saporaccio sulla bocca e una incipiente stato confusionale nella mente. Tutti sapevano esattamente cosa fare e senza tentennamenti tranne lui, che arrancava strapazzato fra due mondi. Se non altro quel vile staticismo che aveva caratterizzato i mesi precedenti sembrava superato.

Svuotò la caffettiera e sparecchio il tavolo, e infilati i guanti di gomma si apprestò a lavare le stoviglie e i piatti. Si rese conto che era la prima volta in tutta la sua esistenza che svolgeva quel compito. Si accorse che non era affatto semplice come lo aveva sempre considerato, nel ricordare Angela mentre lo eseguiva con tale detrezza e disinvoltura da renderlo quasi sensuale. Mentre operava parlava e muoveva i sottili fianchi, ondeggiando i capelli e voltandosi ogni tanto con un sorriso ammaliante.

Non sapeva da dove cominciare, separando pentole e tegami da bicchieri e piatti nei due lavelli. Resosi conto che in quel modo non aveva un luogo libero per operare li riaggruppo sul tavolo in ordine sparso.

Li avrebbe volentieri passati sotto la pressa ma era logisticamente troppo lontano dall'officina ne poteva permettersi di ricomprarli nuovi.

Aprì il pensile sotto il lavello e prese il detersivo per piatti rigirandolo nelle mani, alla ricerca di qualche indicazione per poi leggerla a voce alta. - ..al gradevole profumo di limone e notevole potere sgrassante... perché cazzo non ci mettono le istruzioni? ..mica ci devo condire un tacchino o berlo per dimagrire! -

- Riempì il lavello svuotandoci dentro metà della boccetta mescolando il tutto con la mano. La schiuma inizio a montare coma la panna sul frullatore e trabordare come una nevicata abbondante. -..Forse ho esagerato..-

Vi infilò i piatti e i bicchieri vedendoli sparire dalla sua vista, inghiottiti dalla candida schiuma. Alla cieca ne acchiappo uno e armato di spugnetta ruvida comincio a sfregarlo sollevandolo in alto. In questo gli scivolo dalle mani fracassandosi sul pavimento. - Ma porca puttana ! Perche diavolo non ho comprato una lavastoviglie..- Si fermo a guardare i cocci sul pavimento - ..gia, perché non gli ho comprato la vastoviglie? ..povera donna. -

Ripuli il tutto chinandosi per terra e una volta in piedi si rese conto che la schiuma era cresciuta a dismisura, - ..questa roba ha preso vita, miseria ladra! -

Prese una busta da supermercato con l'intenzione di cacciarvi lo schiumoso detersivo con il risultato di spargerlo un po ovunque.

Si tolse i guanti ponendo le mani si fianchi. - ..non sono neppure capace di lavare due piatti! -

Con ciò che restava dell'orgoglio, rimise i guanti e riprese ad operare terminando due ore dopo.

Yasmine rientro nell'appartamento fiutando l'aria come un segugio al sentore di una lepre, costatando che il locale era pregno di essenza al limone in modo cosi penetrante da sembrare una distilleria di limoncino.

Depose l'ingombrante fagotto sul divano dirigendosi in cucina dove l'intenso aroma raggiungeva i limiti della sopportabilita.

Si fermò nella porta della cucina percependo i tacchi delle scarpe appiccicarsi al pavimento come se vi fosse spalmato del vischio.

Enrico era seduto seduto su una sedia con l'aria distrutta e un sorriso ebete stampato sulla bocca. Lei corrispose chiedendo. - Ciao! Tu lavato anche pavimenti ? -

Lui come se non avesse sentito chiese, - Quanto costa una lavastoviglie ? -

- Percependo che qualcosa fosse andato storto si mosse con passo felpato sul pavimento colloso, e lo raggiunse - Non sapere con preciso..ma non necessario solo poca cosa da lavare -

Enrico annuì diverse volte con il capo verso il basso . É necessario, é necessario..anzi vitale per quanto mi riguarda. -

- Tu forse mettere troppo concentrato per piatti ? - addusse lei posando il braccio sulla sua spalla. -

Lui sollevò lo sguardo verso la donna - Concentrato ?! ..Credo di aver ecceduto smisuratamente con quel diabolico prodotto, lottando contro il mare di schiuma che ha inesorabilmente preso possesso di questa cucina. -

Yasmine rise senza eccedere e rimase divertita per quella insolita situazione. - Tu non preoccupa ora io sistemare coltivazione limoni . -

E infilati i guanti pazientemente lavò e raccolse i residui dal pavimento ridonando la normale lucentezza, sotto lo sguardo dimesso di Enrico che attese pazientemente in un angolo della stanza.

Una volta terminato Yasmine prese uno dei piatti lavati da Enrico e con una sottile ironia disse . - Però piatti lavati molto bene! -

- Messaggio ricevuto! ..- Rispose l'artigiano cambiando discorso, -.. hai qualche novità ? -

Lei tolse i guanti mentre rispondeva. - Novità essere poggiata su divano, seguire me ! - Raggiunsero insieme il soggiorno dove nel divano dove vi era uno scatolone . - Sperare che misure andare bene. -

Enrico era tuttaltro che preoccupato per le misure, i suoi dubbi erano altri. - Se non cade bene lo adatteremo, l'importante... -

Non riusci a terminare la frase nel vedere sbucare un abito nero come la pece e un fazzoletto con fascia bianca sul frontale. Lei lo espose fra le sue braccia chiedendo divertita, - Come stare me ? - Malgrado fosse un abito castamente monastico non riusciva a celare del tutto le sue accattivanti forme. - Ti donera tantissimo ! -

Soddisfatta lo mise nel divano per poi calare nuovamente le mani dentro la scatola.

Enrico aveva un certo presentimento sul fatto che il tema del costume non avrebbe subito variazioni e si sarebbe consumato nel mondo clericale. Allungato il collo vide spuntare dalla scatola un tessuto marrone scuro, seguito da un cordone bianco e tutto fu cupamente chiaro.

Con un candido sorriso appoggiò il saio nel busto dell'artigiano, - Misura essere giusta ! -

- Ah..un saio da frate..- Commento lui senza entusiasmo.

Lei si ritrasse di un passo precisando . - Non essere frate ! Ma abito talare di padre priore. -

Lui sollevo le mani , - Pardon. per il grossolano errore.. non hai trovato niente altro ? -

- Mia amica lavorare in convento, trovare solo questa roba e tu ora provare ! - Preciso invitandolo ad indossare il saio.

- Non credo di avere un aspetto clericale non so.. - provò ad obbiettare mentre scrutava la scura e spessa stoffa.

- Essere abito a fare Monaco ! Ora tu mettere vestito. - insistette perentoriamente posando il saio sul suo braccio.

- Veramente, dicono che sia l'abito non faccia..va beh se proprio insisti.. - concluse senza troppa convinzione trascinandosi in bagno.

Lei nel frattempo aveva indossato il vestito da Monaca riponendo i voluminosi capelli dentro il piccolo fazzoletto e stringendo la fascia frontale in modo che i riccioli ribelli non spuntassero. Dopo qualche minuto la porta del servizio si aprì e l'abito da priore dispiegava le monastiche forme sotto l'indeciso passo di Enrico.

Lo stupore era visibile nel volto di Yasmine ma niente se paragonato a quello del battilastra quando la vide. Quell'abito non riusciva a celare del tutto il sinuoso corpo della donna e il viso ambrato risaltava le linee delicate e la candida dentatura messa in risalto dal velo scuro. Risultava ancor piu attraente, dimenticando per qualche istante la sua metamorfosi estetica.

Lei si avvicinò tendendo le braccia per sistemargli il cappuccio che ricadeva storto. Enrico si irriggidi nel sentire il suo alito e le labbra che lo sfioravano. Le mani di lei ridiscesero sui fianchi acconciando i contorni della vita e riannodando i cordoni con eleganza. - Tu bellissimo priore ! -

- Tu..deliziosa badessa ! - rispose impacciato.

- Noi fare bella coppia..domani sera. - disse lei sorridendo.

- Noi siamo..una bella coppia. - riprese trovando la novella suora irresistibilmente affascinante. L' avrebbe abbracciata appassionatamente e dimostrarle il suo crescente affetto, ma esitò non supportato dagli arti che non risposero ai suoi comandi.

Lei carezzo il suo viso, sgusciando dallo sguardo catatonico dell'uomo per rientrare nella sua stanza. Lui rimase li, meditando su quell'attimo ormai perduto e per schiarirsi le idee, decise di prendere un po d'aria per le vie della capitale. Era frastornato e piacevolmente confuso da quelle nuove e vibranti emozioni e con la testa fra le nuvole si accingeva ad attraversare la strada quando un passante lo avverti, - Stia attento Padre le strisce sono più avanti! -

- Oh grazie..- rispose istintivamente, e dopo aver raggiunto il marciapiede opposto si chiese per quale motivo fosse stato apostrofato in tale modo. Si fermò senza avere il coraggio di guardarsi. e prima di farlo si guardo attorno controllando se fosse osservato da qualche volto conosciuto. Poi lentamente chino il capo costatando che indossava ancora il saio. - Sono un deficiente! -

Una anziana signora al balcone scosse la testa, seguito da un prosaico segno della croce, - Il signore abbia pietà di noi! -

Enrico in completo imbarazzo replicò, - É soltanto un costume carnevalesco signora! -

La vecchietta si ritrasse chiudendo le persiane con un secco. - Misericodia! -

Prima che si infilasse in qualche guaio ritornò sui suoi passi, rientrando di filato nel suo palazzo e superata la portineria imboccò le scale trovandosi di fronte la signora Birardi.

Rimase basita nel vedere il volto di Pellecchia intercalato in quel talare non riuscendo, malgrado l'innato desiderio di indagare nei fatti altrui, a proferire parola.

Il battilastra dal canto suo non si fece scappare l'occasione di incalzare la donna. - Si penta la sua ora é vicina! -

Un paio di corna spuntarono nella mano destra della signora che lo accompagnarono fin sopra la rampa di scale. Enrico le fece in un lampo, con le fronde del saio che frusciavano sulle cosce e i cordoni percuotenti la ringhiera.

Si liberò da quel indumento infilandolo nello scatolone, e riponendo il tutto sopra il tavolo del soggiorno.

Si accucciò nel divano, prendendo fiato e sospirando lanciò uno sguardo verso la camera di Yasmine, prima di lasciarsi andare.

Sogno

Calma piatta, poteva definirsi quello stato di cose. Un silenzio perfetto e privo di sensazioni angoscianti, accompagnato da un ambiente tiepido e morbidamente colorato. Fece scivolare le mani sulla vita percependo un morbido tessuto che cercava di paragonare a qualcosa di già conosciuto. Era morbido come il cashmere e fresco come il cotone, resistente come il jeans ma elastico come il sintetico.

Ci pose lo sguardo notando una sorta di tunica che arrivava fino alle punte dei piedi, da cui venivano solleticati. Era piacevolmente rilassante e il beneficio che ne traeva il corpo risultava appagante come un delicato massaggio.

Rammentò la corsa verso casa con lo sprint sulle scale ed il corto fiatone che non concesse tregua, in attesa che le endorfine facessero il loro lavoro.

Tutto era svanito e si sentiva in forma, pronto per il giro d'Italia. Si adagiò su quell'eterea sopensione che lo sostenne come un abbraccio ponendo le mani dietro la nuca e chiuse gli occhi.

- Che fai dormi anche qua ? -

Enrico riapri le palpebre, riconoscendo il vocino di Gennaro che discendeva come superman, dalla parte alta della parete che aveva di fronte.

Atterrò poco distante, posando i piedini sul pavimento. - Destati e ammira! -

Il battiastra lo squadrò da capo a piedi, notando un cambiamento. I capelli erano talmente impomatati di brillantina da risplendere come un faro portuale, indossava una giacca verde scuro in stile tirolese con tanto di pantaloni alla zuava con dei pon pon ondeggianti al ginocchio. Le lunghe calze bianche terminavano su due scarpe cinquecentesche con una mastodontica fibbia rettangolare da mago Merlino.

Il collo era strozzato da un papillon stile fiocco di Cenerentola madreperlato che prendeva a pugni tutto il resto.

Il battilastra si mise in posizione eretta, trattenendo il recondito desiderio di sorridere per non deludere Gennaro. - Beh!...Un cambiamento c'è stato, ma..-

Il napoletano perse un pò della sua baldanza, abbassando le spalle, - Trovi che non vada ? -

- É..é un pò demodè ! - Apostrofò lui, riprendendo la posizione supina, incrociando le mani e ponendole dietro la nuca.

L'entita non si arrese - Ti esorto ad essere sincero!

- Se insisti.. ti sei scolato sul capo un vaso di miele, quell'abito sembra uscito da un remake di Guglielmo Tell e le scarpe appartenevano a Torquemada l'inquisitore prima di bruciare una strega..sono stato sufficientemente sincero ? -

Coppola esibì una cocente delusione, - Direi..di sì..- Rispose mestamente per poi riprendersi, allargando le braccia - ..allora aiutami no ? -

Enrico sospirò, - Ma niente, indossa un semplice abito dai colori meno accesi, libera la capigliatura dalla gelatina e..-

- Eh. ? - ripete l'entita, invitandolo a continuare.

- ..E fai sparire quei baffetti! -

L'omino mise istintivamente le mano sulla bocca - Oh no! I baffetti no ! -

- Fà un pò come ti pare, ma ad Angela i baffi non piacevano..- Detto questo si mise eretto - ..a proposito come é andato il corteggiamento ? -

L'umore di Coppola precipitò ulteriormente. - Non so, ma ho qualche dubbio sul risultato. -

- In che senso ? - Chiese l'artigiano incuriosito.

- Qualche cosa é andato storto...eppure ho seguito alla lettera i tuoi consigli..- Rispose mostrando i palmi delle mani.

- A cosa ti riferisci ? - Disse Enrico percependo un certo presentimento, rafforzato da un leggero cambiamento dei colori nelle pareti.

- Ti spiego, sotto tua indicazione ho procurato un animale e mi sono presentato nel luogo dove lei è solita passeggiare..- Espose fermandosi di colpo.

- E allora ? - Lo incitò incurvando lo sguardo.

- ..Inspiegabilmente si è allontanata!

- Allontanata !? -

- ..Sì é ..andata via !

- Andata via !? Continuò a ripeté Enrico.

- Scappata insomma ! -

- Che vuol dire Scappata ? -

- Fuggita precipitosamente ! Specificò Gennaro.

- E perche diav..diamine lo avrebbe fatto ?! - Chiese con insistenza.

- Non me lo spiego, ha colto di sorpresa anche me ! -

Enrico si mise a riflettere, passeggiando in sospensione, sospinto dai soli pollici dei piedi - Analizziamo i fatti! Ti sei presentato vestito cosi ? -

L"omino dopo aver dato uno sguardo al suo abbigliamento rispose. - Si certo! -

- Sei deprecabile..ma non sufficientemente da causare una fuga di massa!..le hai parlato ? - Gennaro fu sintetico , - Non ne ho avuto il tempo! -

Enrico si avvicinò, desideroso di appurare un sospetto. - Per curiosità, con quale razza di animale ti sei presentato ? -

L'entita esitò un istante, - A dire il vero non ho avuto molto tempo per cercarlo e un mio conoscente che faceva il domatore mi ha prestato ciò che aveva sottomano. -

l'artigiano era ormai certo che il mistero della fuga precipitosa era insito in quel particolare, - Avanti, fammi partecipe del tuo accompagnatore. -

Lui fu vago, - Devo ammettere che era un pò agitato, e strattonava un pochino ma secondo me era maestoso..-

- Di cosa stai parlando ? -

- Del coso..ora mi sfugge il nome..-

Enrico provo a suggerire, - Una cane ? Gatto..coniglio ? -

- Non essere banale..- rispose Gennaro ponendo la mano sulla fronte per fare mente locale - ..è più maestoso e storico..c'e l"ho sulla punta della lingua..-

- Storico ?! ..Un pappagallo impagliato d'epoca ? - Disse sempre più dubbioso.

- No ! ..ecco ora rammento, era un raptor del cretaceo !

Il battilastra rimase di sasso, - Ho capito bene ? ..Ti sei presentato con un dinosauro carnivoro ? -

- Beh..volevo fare colpo, ed essere certo di attirare la sua attenzione ! -

Enrico tirò su le braccia facendole ricadere sulla tunica. - E mi pareva strano ! Certo che il colpo lo hai fatto.. venire a quella poveretta di mia mogl..Angela !

- Io non ci trovo niente di anormale ! - Replicò l'omino.

- Trovi che presentarsi con un gigante di tre metri armato di artigli e spaventose fauci sia romantico ? -

Gennaro parve risentirsi. - É sempre colpa mia, guarda che sei tu che mi hai suggerito di presentarmi con un animale !

- Domestico Dio buono, domestico! Chi mai pensava che tu pescavi nel cretaceo e procurati un mostro simile. - Commentò scaldandosi l'artigiano.

Segui un silenzio tombale dove Gennaro con lo sguardo mesto sfregava nervosamente le manine, mentre Enrico prese a volteggiare vorticosamente per poi ripresentarsi, - Dobbiamo rimediare... questa volta ti presenterai con un libro! -

- Bene ottima idea! - Accennò lui riacistando l'attenzione.

- Aspetta, se faccio scegliere a te c'é il serio pericolo che ti presenti con le avventure erotiche del marchese De Sade, o peggio..-

- Guarda che io conosco il marchese ed é proprio una brava persona..- Replicò prendendo le difese del sadico marchese.

Enrico non lo fece continuare, - Me ne infischio! Per me ora potrebbe fare il chierichetto, tu non lo porti e basta! - Poi si mise a riflettere un pò -..ecco portale una coppia di Romeo e Giulietta di Shakespeare! -

L'entità sorrise, aggiungendo - E...se mi facessi accompagnare da William in persona ? -

- No! soltanto il libro..e benchè dalle vostre parti mi da l'idea che sia uno sconfinato reparto di psichiatria, non credo che tu possa regalare il divino poeta in persona..e anche se fosse, io sono contro la tratta..che siano umani o spirituali! -

- Scherzavo! - Disse Gennaro, sfociando in un sorriso a tutta bocca.

- Non avevo alcun dubbio..come portare un velociraptor ad un tenero incontro! ..Accantoniano, ora volevo sapere..- Si accingeva a chiedere Enrico.

- Alt! ..so già cosa vuoi sapere, si, é il bagno al secondo piano in fondo al corridoio e la trovata di Mario é geniale, salutamelo! -

Realtà

- Prima che perda totalmente la lucidità lo prendo a pedate! - Riusci a biascicare con la bocca impastata e sollevandosi dal quel giaciglio di tormenti. Una volta in piedi, osservò il divano costatando che a causa dell'uso intenso aveva modificato la sua forma, con un leggero fosso al centro e i laterali leggermente rigonfi, assomigliava ad una sgangherata gondola.

Accantono' il divano che trasudava stanchezza, mentre lui si sentiva pienamente in forma, riposato e pronto ad affrontare quell'imprevedibile sabato. La finestra della cucina mostrava una giornata assolata e tiepida, anche se le nuvole erano addensate nel suo animo.

Scosse il capo, ripensando a quella notte, in particolare le difficoltà di Gennaro nell'approccio con Angela. Era la sua missione impossibile e sorrise nel rammentare cosa avesse combinato pur di raggiungere il suo obbiettivo.

Era innegabile, che quella istrionica anima con cui aveva una relazione stabile ogni qualvolta chudeva le palpebre, gli fosse simpatica.

Sulla tavola omelette ancora tiepide, imbandita con cura da Yasmine che quella mattina era uscita presto per poter essere disponibile l'intero pomeriggio.

Era combattuto, nel consumare quell'invitante colazione e infrangere la sua tradizionale visita da Mario che cominciava a mostrare i primi segni di insofferenza. A malincuore decise di optare per l'amico da cui carpire ulteriori consigli per quella serata in maschera.

Il breve tragitto non gli permise di riflettere, varcando ancora assonnato il locale che quella mattina risultava particolarmente chiassoso. Mario era preso nel servizio ai tavolini, smanettando dietro il bancone, ma non appena lo vide disse qualcosa che rimase incomprensibile alle orecchie di Enrico, che scosse la testa mostrando in tal modo di non aver capito.

Il Barman cercò da dietro il banco un varco fra il pubblico assiepato, che ciarlava ad alta voce, ripetendo invano il messaggio.

Il battilastra allargò le braccia in segno di resa, mostrando di non aver ancora udito e che non poteva avvicinarsi oltre.

Mario perse la pazienza e impugnato il braccio della macchina per il caffè lo percosse sul banco con un botto assordante.

- Silenzio! - Urlò con uno sgurado che minacciava tempesta.

Tutti ammutolirono e ci fu persino qualcuno che depose lentamente la tazzina da caffè per non urtare ulteriormente Í'irascibile propietario. - Devo conferire con il mio amico, per cui nessuno fiati ! -

Tutti gli sguardi caddero su Enrico, che si rifugiò in un imbarazzante sorriso, senza riuscire a staccarseli di dosso, e dopo qualche istante disse a mezza voce. - ..Un caffè..grazie! -

Gli occhi ritornarono su Mario che puntando il dito verso il solito tavolo rispose, - Ti raggiungo fra un istante. -

Malgrado il discorso fosse termianto, il pubblico tardava a riprendere la normale discussione il che fece intervenire Mario nuovamente, - Ora state esagerando, questo é un bar non un convento di clausura! -

Lentamente i più temerari, ripresero a conversare senza perdere d'occhio il solco lasciato sul banco dal propietario del locale.

Dopo qualche minuto la folla scemò, concedendo una tregua al barman che raggiunse il suo amico con la solita coppia di cornetti e cappuccino. - Ti avverto che non sono dell'umore giusto da riportare indietro le paste come la scorsa volta! -

- Ti incazzi se dico che avrei preferito un caffè al posto del cappuccio ? - Argomentò Ĺ artigiano.

- Perche non l'hai detto prima ? -

- Forse non hai sentito..ma l'ho detto..- lo sguardo torvo di Mario lo fece desistere -..non importa. -

Mario annuì lentamente soddisfatto, - Bene, allora é tutto pronto per questa sera ? -

Enrico addentò il primo cornetto, - Lo spirito é forte, ma la

carne é debole, per me stamo a fà na cazzata ! -
Ĺ amico gli puntò il dito. - Se Gennaro ha detto che dobbiamo recuperare quella chiave, tu stasera recuperi quella chiave! -
- Perché sei partito al plurale e terminato al singolare ? - Puntualizzo' il battilastra.
- Sei tu che hai invitato miss Cuba alla tresca, e io ho solo due pass! -
- Gia..questo é vero . - ripiegò.
Mario diede uno sguardo al banco da cui dipartiva un mormorio subito soffocato dalla sua occhiata fugace, - E comunque non devi preoccuparti, ho gia predisposto un piano nel quale tu dovrai soltanto procurare i costumi..li abbiamo ? -
A quella a frase Enrico gli andò di traverso il caffè, tossendo ripetutamente, finché Í amico non diede una corposa pacca sulla schiena, - Tutto a posto ? -
Con un filo di voce rispose - ..Quasi..sì Yasmine li ha procurati..-
- Bene, allora finisci i cornetti e vai a riposarti che stanotte avrai da fare! - Ordinò il barman.
- Riposare ? ..- Obbiettò Enrico - .. Ma sono le nove e mezza e poi sono due mesi che non faccio che dormire...dimenticavo Gennaro ti manda i suoi saluti ! -
Un lieve sorriso di compiacimento adornò il viso di Mario. - Salutami quel grand'uomo!...- per poi riprendere un burbero aspetto. - ...Ora vado a sistemare i clienti..ma torno subito, cosi parliamo del nostro sospeso!
Enrico pensò che volesse prendere a mazzate gli avventori e visto che l'amico era intento unicamente ad una tranquilla mescita ne aprofitto' per dileguasi .
Sapeva di cosa volesse parlare, ma almeno quella cosa voleva risolverla da solo. Armando era un problema suo e non intendeva coinvolgere nessuno, nemmeno Mario che fremeva per dirimere due faccende in un colpo solo. Non si sarebbe mai perdonato se a quel burbero barista fosse successo qualcosa di irreparabile, e la chiuse lì.
Quel pomeriggio prese il volo e Yasmine tornò un ora prima del fatidico appuntamento, salutando Enrico con un bacio sulla gu-

ancia e fiondandosi in camera da letto per infilarsi il monastico abito.

Ne usci poco dopo senza il velo, che avrebbe indossato prima di uscire. - Cosa aspettare ? Tu vestire ! -

- Se devo proprio..- Rispose titubante.

Lei lo spinse dentro il bagno, - Tu ora mettere abito e non pensare! -

- Non vedere... forse é meglio - Aggiunse lui chiudendosi all'interno.

Ne uscì poco dopo come un cane bastonato, stringendo i cordoni alla vita e rilasciandoli con un gesto di rassegnazione.

Lei ripeté l'operazione di riassetto, trasformando un malconcio laico in un credibile domenicano. - Nessuno stasera dubitare tua persona. -

- E' me che dovresti convincere. -

Yasmine lo guardò con occhi gaudenti. - Importante avere convinto me..-

Era così vicino a lei da poter sentire il suo respiro, assieme ad una gradevole fragranza che permeava dalla sua pelle.

Lo avrebbe preso a martellate, quel campanello che annunciava un terzo incomodo e che demoli' l'atmosfera.

Enrico andò ad aprire afferrando la maniglia come se volesse strapparla. Quando la porta si schiuse, rimasero entrambi interdetti per qualche istante, finché Íartigiano esordì, - Non dire niente ! -

Mario si tolse il cappello da chauffeur riassettando la divisa che paludava una doppia serie di bottoni ottonati e degli stivali marrone scuro in perfetta tenuta da chauffeur.

- Un saio da frate !? - commento il barman, trascurando il consiglio dell'amico.

Alla ricerca di un contegno Enrico rispose, - Padre priore, prego !
-

- Ah beh, allora! - liquido Mario, entrando nella stanza, lanciando il cappello nel divano e fermandosi nel vedere Yasmine.

- Ciao Mario ! -

- Oh, perbacco! ..- Disse nell'osservare il costume della donna

- ..Questa sì che é una madre badessa! -
- Essere complimento ? - chiese lei ruotando su se stessa.

Mario mise i pugni sui suoi fianchi, - La più bella suora di Roma..e non esagero! -

Enrico, dopo aver chiuso la porta, li raggiunse, comentando ciò che indossava il suo amico, - Hai venduto il bar e intrapreso una nuova professione ? ..Se già non vi siete presentati lei é Yasmine! -

Mario gli lanciò uno sguardo di sufficienza, - La conosco prima di te..- E avvicinandosi le disse sfoderando un ammiccante sorriso e porgendole la mano, : - ..Come stai ? -

- Io stare bene..e tu stare benissimo. - Osservando la divisa che indossava.

- Bene!..- Disse Mario inoltrandosi in cucina - .. adesso noi e Í abate Faria faremo il punto, prima di passare all'azione! -

Enrico li seguì accomodandosi per ultimo. - Mi chiedo perché ti sei bardato come il generale Custer, se non puoi venire con noi.

- Questo non è esatto! ..Allora, la duchessa ha radunato il gota dell'alta borghesia Romana e nessuno di questi si presenta alla fermata del Tram..- .

Yasmine ed Enrico assentirono lasciando che continuasse, -.. E neppure voi, rammentate che quella razza riconosce i propri simili, per cui siate invisibili se potete, e agite con celerità. -

- Gennaro mi ha confermato che il servizio in questione é quello in fondo al corridoio del secondo piano ! - Informò il battilastra, tentando senza riuscirvi di accavallare le gambe in preda ad una perniciosa prurigine data dalla spessa lana dell'abito.

- Bene ! Trascurate il buffet e lo champagne e badate al sodo, io vi aspetterò fuori pronto a portarvi via.

- Quale essere via di fuga? ! - Disse Yasmine con sicurezza.

- Se le cose si mettono male, fate uno squillo al mio numero,, al resto penserò io ! - Rispose Mario senza esitazione.

Enrico li guardò alternativamente in volto, - Via di fuga ?..Si mette male?,..Oh! Io con addosso questa armatura riesco solo a Grattarmi per cui se ho il lieve sentore che possiamo venire scoperti io questa Mission impossible la mando in fumo, e

prima che la forza pubblica ci ammanetti io e la qui presente an-
cella del signore, bruceremo il record dei cento piani ! -

- Tu pensa a recuperare la chiave..- Replicò il barman in modo
convincente -..a tale proposito vi ho iscritto rispettivamente
come il marchese Arnaldo Sipide della Loggia e la principessa
Hari Hal Hatemi, figlia del sultano Hatemi secondo. -

Enrico, scosse la testa, - Non ci crederanno mai ! -

- Io pensare di si ! - Evidenziò la donna - ..Nobili essere eccentrici
e fare cose strane, come vestirsi da frate o suora.

Mario sorrise compiaciuto puntado il dito sul suo amico, -
Mozione respinta! - E presa la mano di Yasmine gliela baciò
- ..Affido a te il comando della missione ! -

Lusingata, ricambiò con un sorriso - Chiave essere già in tasca ! -

- Non vorrei darvi l'impressione di essere fatalista, ma per ora ri-
stagna nello sciaquone! - obbiettò Enrico.

- Non sei fatalista ma menagramo per cui andiamo. prima che
cambi idea e ti lasci qua ! - Concluse Mario avviandosi verso
l'uscita.

Yasmine, prima di infilarsi il velo, diede una pacca sulla spalla
dell'artigiano. - Tuo amico scherzare sempre. -

- Il problema é che tu lo prendi sul serio..e comunque ormai il
dado é tratto. - rispose dando un'ultima grattatina scaraman-
tica sotto la veste prima di chiudere l'uscio e infilarsi nell'ascensore, dove Mario li fece entrare trattenendo la porta e aggiungendo ironicamente,- Prego Marchese e principessina. -

- Genuflettiti miscredente ! - Rispose Enrico premendo il tasto
del piano terra.

Attraversarono il pianerottolo, immettendosi sulla via con
l'impressione che tutti gli sguardi fossero rivolti su di loro. Ma in
fondo Roma é la culla del Cristianesimo ed incontrare dei cler-
cali é la normalità.

La loro attenzione fu catturata da una chilometrica limousine
bianco perla, parcheggiata sul lato opposto del marciapiede.
Mario si mosse in quella direzione e una volta raggiunta Í imponente vettura, aprì la portiera posteriore richiamando la loro
attenzione, - Dai forza, venite ! -

Lo raggiunsero, chiedendosi se fosse uno scherzo e titubanti entrarono nella lussuosa nove posti in pelle nera, accessoriata con frigo bar, wifi, tv satellitare e computer annesso.

\- E questa da dove salta fuori ? - Esordì Enrico

Il barman prese posto al lato guida, e abbassato il separè in vetro oscurato che isolava la cabina rispose - Un favore di un amico ! -

\- Tu avere molti amici ! - Disse la donna, osservando il lussuoso divano dove si era accomodata.

\- Pochi ma buoni..se trascuriamo fra Cristoforo là dietro. - commentò lui ironicamente.

\- Poche chiacchiere auitista, ci porti alla villa della duchessa Castoldi della Croce ! - Disse l'artigiano con ilare sufficienza.

In supples la Lincoln si addentrò nelle strade di Roma sotto la guida esperta di Mario, il quale destava il sospetto che il mestiere di barman fosse solo una copertura.

In brevissimo tempo aveva procurato gli inviti, una mappa dettagliata della villa e un'auto di rappresentanza con apparente semplicità. Enrico non si pose ulteriori domande, rimandando a tempi migliori sviscerare i dubbi che covava da tempo.

Raggiunsero la villa dopo aver combattuto col traffico di Roma, l'ingresso era illuminato e controllato da uomini impeccabilmente vestiti e fisicamente dotati. La limousine si fermò all'imbocco consegnando i pass ad un addetto che immediatamente si assicurò della loro veridicità, confrontandoli in un data base e lasciandoli passare con gentilezza.

Il giardino era illuminato a festa con fiaccole e candele ornamentali che donavano un aria mistica e medievale.

L'auto percorse la tortuosa strada, fermandosi davanti alla maestosa entrata, in attesa che altri ospiti scendessero dalla propria auto per immettersi nella elegante scalinata che portava all'ingresso principale.

\- Si trattava bene Gennaro ! - Commentò Enrico nel tentativo di smorzare la tensione che montava.

\- Concentrati sull'obbiettivo e in bocca al lupo ragazzi! - Disse Mario arrestandosi davanti alla scalinata e sceso dall'auto, aprì la portiera come ogni navigato chauffeur.

Yasmine fu la prima a lasciare l'auto seguita dal battilastra che incrociando gli occhi felini di Mario provò un senso di sicurezza.

Percorsero la scalinata, trovandosi davanti ad un maggiordomo, bardato in stile settecento francese con tanto di parrucca e calzamaglia, - Chi devo annunciare ? -

Enrico provò a pronunciare il suo falso titolo nobiliare ma inutilmente, nella mente non vi era il frammento di un ricordo.

Yasmine fu pronta ad intervenire, con il suo accento straniero, - Essere marchese Arnaldo Sipide della Loggia e pricipessa Hari Hal Hatemi !

- Si esatto proprio loro ! - Aggiunse impropriamente, con un sospiro di sollievo il battilastra.

Il paggio le sorrise, riservando ad Enrico un sospettoso sguardo e accompagnati all'interno li invitò a voltare sulla destra verso un'ampia sala finemente addobbata, dove numerosi ospiti chiaccheravano sommessamente.

Si arrestarono appena varcata la soglia, dove gli sguardi si posarono sopra di loro come un falco sulla preda, e improvvisamente il silenzio divenne glaciale mentre la saliva scomparve dalle loro bocche.

Yasmine lo spinse dentro per sfuggire da quell'imbarazzante situazione, cercando un angolo cui nascondersi a quei pressanti sguardi .

Fra gli invitati una signora spiccava fra le altre, vestita con un sontuoso costume che impersonava la matrigna di Cenerentola, evidenziata da una variopinta mela di stoffa, posta fra le pieghe del cappellino. Attorno a lei una rosa di dignitari, principesse e costumi ottocenteschi con cui si intratteneva con falsi sorrisi.

- Quella deve essere la duchessa ! - Disse sottovoce il battilastra, acchiappando due flut di champagne offerti da un maggiordomo di colore, offrendone uno alla cubana.

- Non guardare lei, e bere senza bere ! - Consigliò Yasmine voltandosi verso il raffinato buffet.

Enrico aveva già scolato la briosa bevanda, - L'ho trangugiata senza sentirla va bene lo stesso ? -

- Tu preparare discorso lei venire verso questa parte ! - Avvertì sorseggiando leggermente.

- Oh cazzo, ripetimi come mi chiamo ! - Chiese lui con sommessa enfasi ed in preda ad un altra amnesia.

La duchessa li raggiunse con un sorriso a denti stretti come se mordesse un osso d'oliva.

Era alta e snella e malgrado l'eta mostrava una grinta e uno sguardo pungente, come se sapesse già che fossero due impostori.

Yasmine gli suggerì qualcosa che rimase incomprensibile, atteggiandosi per ricevere la nobildonna.

La duchessa si fermo innanzi a loro ondeggiando leggermente il capo. - Quale gradita sorpresa dal mondo clericale che onora questo Party ! -

Lo disse porgendo il dorso della mano sinistra, subito acchiappata da Enrico che la sfioro con le labbra. - Il piacere é tutto nostro, lasci che le presenti la principessa..hat Hati..Hata! -

La duchessa Elvira le lanciò uno sguardo fugace con un leggero cenno del capo, - Ed il nostro frate é impersonato da chi ? -

- Padre Priore veramente..- Sottolineò Enrico alla ricerca di un improbabile contegno. - ..Sono il marchese..Aroldo Insipide della bolgia !

Dopo aver storpiato il nome di Yasmine replicò inevitabilmente nel suo, accoppiando ciò che rammentava con una banalità disarmante.

Elvira corrugó la fronte cercando un appiglio nel suo personale annale della nobiltà impresso nella memoria, ma inutilmente.

Finse di aver individuato il casato mostrando con sicurezza la piena conoscenza di quel ramo nobiliare, - Certo conosco già, ora scusatemi ma altri ospiti attendono la loro parte di considerazione. -

Fu un sollievo la sua dipartita, ma Yasmine era sicura che non avesse bevuto una sola parola di quella discussione, - Svelto, andare su e prendere chiave, non avere molto tempo io avvertire se problema..anzi tu rimanere qui, io prendere chiave ! -

- La trovò una splendida idea ma fai attenzione. - Rispose il bat-

tilastra portando alle labbra un altro bicchiere di champagne. -
Yasmine usci dalla sala, sollevando il velo che le era d'impaccio,
ma trovando la strada sbarrata da un robusto bodygard, - Posso
aiutarla ? -

- Avere necessità di un servizio ! - Rispose prontamente, osservando le scale poste dietro il gorilla.

- Lo trova sulla sinistra della sala da cui é appena uscita ! - Indicò
l'uomo.

Lei era pronta a questa evenienza, - Avere necessita di intimo,
duchessa indicato piano in alto.

Lui rimase qualche istante a riflettere poi si fece da parte, -
Prego ! -

Senza esitazioni sollevò la veste discendendo la scalinata con
leggiadra disinvoltura, arrivando in un lungo corridoio che at-
traversava quell'ala da parte a parte, illuminato da sfarzose lampade in bronzo.

Svoltò a destra percorrendolo fino in fondo e impugnando la
maniglia della massiccia porta in mogano.

La luce si accese autonomamente una volta che il sensore a in-
frarossi colse il calore della donna, che trasse un sospiro di sollievo nell'osservare uno spazioso e solitario bagno.

Il water era di fronte a lei, ma prima diede un'aggiustatina alla
voluminosa capigliatura che trabordava dal casto velo, nello
specchio circolare che sormontava due lavabi in marmo rosa.

Tutto era visibilmente datato compresa la cassetta esterna
posta come uno scrigno sulla ellittica tavola.

Riavvolse le maniche della divisa portandole fino al gomito e
afferrato il grosso tappo in ceramica lo spostò di lato infilandoci
la mano. L'acqua era fredda e penetrarla non fu piacevole, ma
il tempo stringeva e incurante iniziò a frugare il suo interno
tastando la superficie. Setacciò ogni interstizio del serbatoio
soffermandosi sulle parti metalliche e appuntite, senza trovare
riscontro.

Iniziò a dubitare sulla reale veridicità delle parole riferite
da Gennaro e sulla sua presunta esistenza. Tutto combaciava,
tranne quella fantomatica chiave che al momento latitava. De-

lusa, tolse il braccio dall'acqua asciugandosi, continuando comunque ad osservare la deludente cassetta alla ricerca di una plausibile alternativa.

Vide che vi era spazio fra i contorni dello sciaquone e la parete a causa della forma arrotondata, sufficiente ad infilarvi una mano per nasconderci qualcosa. Armata della sola speranza riprese a ispezionare i bordi con la punta delle dita scorrendo in senso antiorario.

Giunta a circa metà senti un corpo plastificato che istruiva il passaggio. Lo strinse fra le dita e facendo leva l'oggetto si staccò ricadendo fra le sue mani. Era una piccola scatola in plastica con una minuscola cerniera a scatto, ammantata di polvere e tela di ragno.

Il morale risalì all'istante e come un bambino in possesso del suo nuovo gicattolo la liberò dal velo di sporcizia aprendola.

Come una perla, una piccola chiave ottonata giaceva su un corpo di raso bianco, facendo esultare e battere forte il cuore della donna, - ..Sogno, Gennaro, chiave,..siii tutto vero ! -

La Richiuse con uno scatto, infilandola nella tasca interna dell'abito, rimise il tappo della cassetta e passando davanti allo specchio sorrise compiaciuta.

Apri la porta apprestandosi a riunirsi ad Enrico, ma il piede rimase sospeso a mezz'aria inchiodato dallo sguardo gelido della duchessa che la osservava con le labbra strette in un espressione di rabbia repressa a stento.

- Duchessa, io avuto necessità..- Provò a dire Yasminne mentre la nobildonna impassibile la stroncava.

- La smetta con questa pagliacciata!..Lei ed il suo compagno siete nobili quanto il bidet che lei ha osato imbrattare. Cosa ci fate nella mia casa ? -

Presa in contropiede la cubana provò una strenua difesa. - Noi essere stati invitati e consegnato regolare pass. -

Elvira fece un passo in avanti, - Questo é tutto da dimostrare, io la puzza di feccia imbucata la sento ad occhi chiusi, e poi presentarvi indossando simili stracci..ahh patetico!

L'orgoglio e quel gratuito disprezzo fecero inalberare Yasmine. -

Lei essere soltanto grossa presuntuosa befana ed ora sentito abbastanza. -

Fece per andarsene quando la duchessa le strinse le guance fra le dita spingendole la testa verso il muro. - In altri tempi, non ve la sareste cavata con una notte in cella..vi avrei fatto patire nelle segrete, sozzi plebei ! -

La cubana caricò il destro, scaricando un uppercut al mento della donna, seguito da uno scricchiolare di ossa ed il conseguente crollo della padrona di casa sul pavimento.

Dopo essersi massaggiata il polso commentò, - In altri tempi donna non conoscere boxe ! -

Scavalcò il corpo della donna, apprestandosi a recuperare Enrico ma a metà corridoio la figura di un addetto alla sicurezza gli si parò davanti impedendole nuovamente il passaggio.

Per quanto abile, affrontare quel grosso omone non sarebbe stato semplice, complice quell'abito da monaca che le impediva libertà di movimento. Attese che fosse lui a farsi avanti per sferrare un calcio a sorpresa e sgusciare via nelle scale.

Una figura si affiancò al bodyguard traendo un certo sollievo dalla nuova presenza. Enrico toccò la spalla dell'energumeno che si girò di scatto, - Pentiti figliolo la tua ora é giunta. -

Seguì un gancio sinistro alla mascella del giovane guardaspalle con l'unico effetto di sganciargli il piccolo auricolare che ricadde sulla giacca trattenuto dal sottile cavo trasparente. Enrico si sentì perso aggrappato all'unica speranza di un reverenziale rispetto per quel sacro indumento che indossava.

L'energumeno lo prese per il collo, schiacciandolo contro la parete come fosse un pupazzo, apprestandosi a restituire la gentilezza con un pugno allo stomaco.

Ma inaspettatamente l'artigiano sentì la presa allentarsi e una smorfia di incommensurabile dolore mascherare il volto del suo avversario, per poi afflosciarsi ai suoi piedi.

Al suo posto apparve Yasmine che senza perdere tempo lo ridesto'. - Essere tutto a posto ? -

Lui si tastò il collo con ancora impressa l'impronta della mano che lo aveva immobilizzato. - Credo di si..ma come ..? -

Lei lo prese per il braccio, invitandolo a seguirla, - Calcio punto giusto...ora andare svelto ! -

Enrico diede un ultimo sguardo al suo assalitore che con le mani fra le gambe si contorceva in preda ad una indicibile sofferenza. - Concordo..-

Con le stoffe svolazzanti, fecero i pochi metri che li separavano dalla scalinata, svoltando ma senza riuscire a discendere un solo gradino.

Alla base delle scale altri due robusti uomini della sicurezza sostavano guardinghi, probabilmente già avvertiti della loro inopportuna presenza. Non appena li videro iniziarono a salire mostrando le loro intenzioni. Uno dei due fece scattare uno sfollagente d'acciaio cromato e mostrando i suoi oscuri riflessi. Il secondo più alto e con un ghigno famelico si tolse la giacca esibendo un fisico possente e palestrato.

- ..Ok..mentre quelli mi gonfiano come una zampogna tu scappa!..- Commentò Enrico ponendosi davanti a Yasmine con fare protettivo.

Lei si riposizionò di fianco, assumendo una posizione tecnica di difesa da pugile con in pugni stretti in difesa e tacco destro sollevato. - Non preoccupare per me, tu scappare! -

- Non diciamo cazzate..qua sono io che combatto! - Replicò Enrico.

Lei fu irremmovibile. - Tu essere uomo da divano, io donna da combattimento! - Concluse lei mostrando una grinta da belva ferita, e preparandosi all'assato.

Gli uomini della sicurezza erano ormai a metà della della scalinata e fra pochi istanti li avrebbero raggiunti. Alle loro spalle una ben nota figura si lanciò sui gradini in volata, brandendo in mano qualcosa che ad Enrico parve un grosso rasoio elettrico.

Yasmine al contrario sapeva molto bene cosa fosse e quale letale effetto avrebbe scatenato sugli sventurati aggressori.

Mario li raggiunse come un rapace e dopo aver posato la stungun sul fianco del bodyguard in maniche di camicia, premette il pulsante scaricando i ventimila volt sulla sua pelle .

Cacciato un urlo soffocato, cadde esanime sulla gradinata. Il collega sollevò lo sfollagente cercando di colpire il barman, prontamente Mario gli oppose l'avambraccio e a sua volta gli scaricò la pistola elettrica sul collo fulminandolo all'istante. - La festa é finita andiamo ! -

Enrico osservava allibito quella scena che pareva tratta da un action-movie americano, finché Yasmine lo spinse sulle scale con decisione e sangue freddo.

Mario fece strada, uscendo dalla villa seguito dai due amici, incrociando la limousine parcheggiata di fronte all'entrata con le portiere spalancate. Si catapultarono dentro e il barman proiettò la vettura vesro l'uscita dove un addetto alla sicurezza li salutò ignaro dell'accaduto.

Una volta immersi sulle spaziose vie di Roma, Yasmine e Mario esultarono lanciando rispettivamente il velo e il cappello e scaricando la tensione con aperte risate liberatorie.

In controtendenza Enrico era ancora in preda ai sussulti e con lo sguardo ancora allampanato disse, - Voi due siete completamente matti! -

- É andato tutto bene no ? - Rispose l'amico mantenendo una guida attenta e veloce.

- Stento a riconoscervi..- commentò lui ancora basito.

Yasmine allargò le braccia, - Io non capire !? -

- Allora sarò più chiaro..- Rispose rivolgendosi alla donna - ..Questa dolce suora e con forti analogie con Myke Tyson ha steso con un destro la duchessa Elvira !-

- Sul serio ?!..- Intervenne Mario compiacendosi con lei -.. Sei grande Yasmine! -

- E tu non incalzare che hai elettrizzato con quel tagliabasette i due energumeni ! - Lo riprese il battilastra.

- Erano tre veramente, dimentichi quello alla porta che ho sistemato prima di raggiungervi! aggiunse Mario in tono da contabile.

Yasmine ancora eccitata disse, - Sei stato fantastico ! -

- Eccezionale veramente!..- Eccepì Enrico -..Una nobile signora con la mascella rotta, tre elettrizzati ed un quarto che probabilmente canterà nelle voci bianche!.. Se ci prendono siamo fritti e poi perché guidi cosi veloce ? - .

- Per non essere impanati! Dobbiamo liberaci di questa limousine, sicuramente sara stata segnalata alle forze di polizia - rispose il barman, inoltrandosi alla periferia nord di Roma.

Arrivarono davanti ad un capannone, inoltrandosi in una zona industriale, dove Mario puntò il muso della Lincoln e, premuto il tasto di un telecomando posto sul cruscotto, apri la serranda infilandovi dentro ĺ'auto.

L'interno era illuminato da un faro che mostrava l'intero ambiente, composto da macchine movimento terra, terne, scavatori e mezzi industriali di varie forme e misure.

Mario scese dal posto guida, raggiungendo gli altri occupanti nell'ampio divano della limousine.

- Allora ? ..Non ci dici niente ? - Chiese il barman rivolgendosi alla donna con manifesta curiosità.

- Già! - si risveglio Enrico dopo un istante di torpore - ..Mi ero quasi dimenticato il motivo di questo spargimento di corpi. -

Yasmine li tenne sulla corda per qualche istante mostrando un enigmatico sorriso, poi infilò la mano sotto l'abito estraendo dalla tasca il piccolo cofanetto, - Tah, tah'! -

Fece scattare la chiusura mostrando il contenuto e consegnando la chiave nelle mani di Enrico che presa fra due dita la mostrò a se stesso e agli altri.

- Cosi si fa ! - Fu il commento entusiasta di Mario, complimentandosi con Yasmine e battendo il palmo della mano .

- Ma allora..é tutto vero..- commentò basito il battilastra.

- Dammi qua ! - Disse Mario afferrando la piccola chiave d' ottone per osservarla da vicino -..Sembri deluso..sì effettivamente é la chiave di una cassetta di sicurezza. -

- Missione essere compiuta, e Gennaro uomo di parola ! - Aggiunse lei gaudente, abbracciando Enrico.

Mario restituì la chiave al battilastra e aperto il piccolo frigo bar, tirò fuoti tre flute e una bottiglia di ottimo spumante italiano. - Questa va bevuta ! -

- Alla faccia della duchessa..sempre che gli sia rimasta ! - Disse Enrico afferrando i bicchieri mentre Mario stappava con un botto secco.

Brindarono, stemperando gli ultimi residui di tensione e commentando le ultime vicissitudini in allegria. Quella storia li aveva presi e in particolare il barman, appariva raggiante come se si giovasse di quella movimentata vicenda.

Dopo aver scolato il primo bicchiere Mario si rivolse a Yasmine, - Ti andrebbe di darmi una mano nel mio locale ? -

Lei sorrise, - Volentiero..volentieri ! -

Enrico fu felice per lei e non poteva desiderare un epilogo diverso da questo.

Terminarono la nottata dentro la Lincoln, fantasticando sul contenuto della cassetta, rientrando a casa all'alba con l'auto di Mario, preventivamente lasciata nel capannone.

Il barman si recò ad aprire il locale e gli altri tornarono a casa con Yasmine esausta che crollava nella sua camera e Í artigiano sul suo divano.

Chiuse gli occhi senza alcun risultato apparente. ed ora che desiderava ricadere fra le evanescenti mura di quel tonificante ambiente veniva rigettato nelle sue stanche e adrenaliniche membra.

Dopo vari tentativi, con rammarico rinunciò a quel divano, con l'unica alternativa di fare due passi. Raggiunta la porta, si rese conto di essere ancora nelle vesti di un priore, suggerito dal fastidioso prurito che le anche avvertivano nello strusciarvi della stoffa.

Dopo una doccia rinfrescante, riprese gli abiti civili e uscì, nel tentativo di schiarirsi le idee sul da farsi.

Infilò la chiave d'ottone nel mazzo assieme alle altre, godendo dell'aria fresca del mattino e di una capitale che si risvegliava fra il fragore di auto e passanti. Era tentato dal raggiengere la sede centrale del Banco di Napoli e recuperare il contenuto della cassetta, ma dopo attenta riflessione decise che non era il caso di compromettere tutto presentandosi con delle credenziali da protestato.

Era necessario affidare il compito ad una persona autorevole e di provata fiducia che non desse adito a perplessità di sorta e recuperato gli oggetti senza effetti collaterali.

- Non se ne parla nemmeno ! - Rispose in modo secco Amedeo, allentando il nodo alla cravatta mentre osservava ancora perplesso la chiave dorata.

- Perché ? - Insistette Enrico poggiando i gomiti sulla scrivania - Dovrai soltanto recuperare il contenuto e andare via. -

- Ti pare semplice, e se fosse tutta una montatura o addirittura un illecito ?..Mi portano via in manette e la mia faccia stampata in prima pagina..a proposito di notizie hai letto il giornale di oggi ? -

- No. perché ? Chiese l'artigiano.

Il medico prese il giornale adagiandolo davanti all'amico, - Una banda si intrufola in una festa in maschera travestiti da clericali e manda all'ospedale una contessa e quattro uomini della sicurezza, capisci ? -

Enrico prese la copia del Tempo leggendo a caratteri cubitali,

- SVENTATA RAPINA AD UNA FESTA PRIVATA, DUE MONACI E UN COMPLICE METTONO KO LA SICUREZZA DILEGUANDOSI NELLA NOTTE.

Il battilastra depose il giornale di scatto come se scottasse,

- ..Veramente era una Duchessa..-

- E tu che ne sai ? - Ribattè Amedeo, posando la chiave sopra il giornale.

- Già che ne so..ah si, tempo fa ho restaurato una auto e quella li é la duchessa Elvira! - Rispose cercando di non impantanarsi.

- Erano senz'altro dei professionisti altro che, potresti chiedere a loro di recuperarti il contenuto della cassetta ! - Disse in tono ironico lo psicologo.

- Chi, quelli ? Dilettanti molto fortunati e poi tu sei l'unico che ha le carte per farlo, avrai sicuramente qualche paziente che lavora in banca no ?

- Amedeo riprese la chiave osservandola da vicino, - Questa storia non finirà mai di stupirmi. -

- Allora fa in modo che lo stupore possa tramutarsi in solida realtà, recuperando il contenuto di quella cassetta ! - Insistette il battilastra.

Amedeo si rosicchiò il labbro un paio di volte, - Ad una condizione ! -

Enrico fissò la chiave che roteava nelle dita dell'amico, - Quale ? -

- Rientri nell'affare e finita questa storia ti occuperai della Jaguar! - Disse perntoriamente.

Enrico sapeva che quell'impegno non dipendeva soltanto dalla sua volonta, e ritornarono alla mente quel martello posato sull'incudine alla ricerca delle parole per una dignitosa risposta.

- A cosa pensi ? - Sollecitò il medico.

- Non psicanalizzarmi, almeno questa volta..- Rispose Enrico riflettendoci ancora -..E sia, quello che posso prometterti e che darò il meglio delle mie possibilità. -

Amedeo annuì con il capo, - Accetto i buoni propositi !

Prese il telefono consultando l'agenda sul pc sulla scrivania, componendo di seguito un numero e attendendo la risposta.

- ..Pronto..Giorgio ? ..Sì sono Amedeo..no nessun problema patologico..piuttosto lavori ancora al Banco di Napoli ? ..Ah bene, avrei necessità di parlarti..anche domani mattina..ok...!

Lo psicanalista terminò la telefonata ponendo la chiave in tasca, - Il dado é tratto, ora incrociamo le dita !

Enrico sorrise, - Detto da uno scettico come te é preoccupante ! -

- Dopo questa storia non so più cosa credere,..- Rispose con un velo di maliconia, ma subito cancellato - ..A proposito non mi hai ancora detto come hai fatto a recuperare la chiave! -

Enrico si alzò dalla poltrona guadagnando l' uscita e prima di aprire la porta dello studio disse, - É tutto scritto su quel quotidiano! -

Amedeo lanciò uno sguardo fugace alla copia del Tempo, pronunciando allibito - Ma dai ?! ..-

Non vi fu risposta, il battilastra era scomparso.

Alle dodici in punto depositò cellulare portamonete e oggetti metallici nella cassettiera, prima dei controlli di sicurezza per entrare nella filiale, esclusa la chiave consegnata da Enrico che tenne in tasca.

Passò davanti alle casse proseguendo verso gli uffici di consulenza dove Giorgio lo attendeva. Gli venne incontro porgendo la mano, mostrandosi cordiale e di buon umore. - Dottore qual buon vento ! -

Amedeo era sulle spine accompagnato dallo stato d'animo di un ladro alla sua prima rapina. E gli strinse la mano cercando di mostrarsi disinvolto, radunando cio che il suo sistema nervoso e la sua esperienza gli concedevano, per mostrare la sicurezza necessaria in quel frangente.

- Ciao Giorgio, salutarti e farmi risparmiare del tempo, se possibile. - Disse con un sorriso scevro e dilungato.

L'impiegato lo fece accomodare nel suo ufficio, notando una eccessiva informalità per il suo trascorso di paziente, ed il timore che quella eccessiva cordialita celasse una pessima notizia fece breccia nella sua testa. - Se si tratta del il mio trascorso sono in piena forma. -

- Niente di tutto questo..-

- Vorresti diventare nostro cliente ed aprire un conto ? Disse subito sollevato.

- Ci stavo pensando ma in questo momento sono venuto per questa. - Rispose mostrando la chiave.

Giorgio la prese osservandola da vicino. - É una chiave numerica del nostro caveau..é intestata a lei ? -

- É di un mio cliente che soffre di agorafobia e mi ha chiesto di recuperagli un oggetto. - Espose illustrando una delle storie che si era preparato.

Il bancario si rivolse al monitor da ventuno pollici a led di ultima generazione, digitando sulla tastiera il codice numerico.

- Allora..é intestata ad un certo Coppola Gennaro, é lui il suo paziente ? -

Amedeo ebbe un fremito, nel sentire quel nome. - Si é lui..qualche problema ? -

Giorgio frugò un'ultima volta nel terminale. - No, nessun problema..un momento..-

La salivazione di Amedeo scomparve del tutto nel tentavativo di deglutire. - Si?.. -

Questa volta l'impiegato lasciò il monitor per rivolgersi a lui. - Mi risulta che..il Signor Coppola sia deceduto ! -

Amedeo mantenne un calma apparente. - Certo, é un suo diretto erede che rappresento. -

Giorgio rimase perplesso. - Non dovrebbero esserci problemi ma devo chiedere al caposettore. -

Rimase in attesa seduto su un fascio di spine, e poco dopo il suo ex paziente si ripresentò accompagnato. Esposero il problema ed il funzionario disse. - ..Germano Coppola..ah, ora rammento era un nostro cliente, una brutta fine purtroppo, ma io non posso prendermi questa responsabilità! -

- Mi rimetto alle vostre decisioni! - Disse Amedeo con imbarazzo.

-Dovremo chiedere al Dottor Rambaldi é lui che gestisce questo settore! - considerò il funzionario.

- Lei dice ? -

- Ma, certo dottore! - Invitando a seguirlo.

Lasciarono lo studio per inoltrarsi nei piani alti della banca con Amedeo al seguito, imbrigliato come in una ragnatela.

Si fermarono davanti ad una porta con targa serigrafata, "Dott. Rambaldi".

Dopo aver bussato, entrarono, trovando il funzionario immerso nelle scartoffie. - Che succede ? -

- Niente..- provò a svincolarsi Amedeo - Non é il caso di disturbarla potrei tornare..-

- Ormai siete qua ditemi pure ! - Chiese, posando scartoffie e occhiali.

Fu messo al corrente dei fatti dai suoi sottoposti senza che il medico potesse aggiungere altro e mentre sentiva le spine tramutarsi in aculei avvelenati, il terminale del dirigente fu preso d'assalto dai tre e dopo attenta comsutazione il dottor Rambaldi prese la parola. - É insolito, ma d'altronde lei rappresenta un paziente a cui deve il giuramento d'Ippocrate, per cui credo sia giunto il momento di consultare il vicedirettore. -

 Discussero animatamente, mentre risalivano la rampa di scale che portava ai vertici del palazzo e del comando. Amedeo seguiva il piccolo comitato come un condannato in attesa del supplizio. Si fermarono davanti ad un altra etichetta dorata e un altro epitaffio, di tale Dottor Deluca vicedirettore aggiunto.

La piccola truppa penetrò nell'ufficio, ed il vicedirettore, visto il drappello, si alzò di soprassalto. - Che succede una rapina ? -

- No, no,..dottore..- spiegò Rambaldi -..Abbiamo un caso inatteso e delicato, da sottoporle. -

Amedeo taceva, in uno stato di mesta rassegnazione, pronto ad essere consegnato ai carabinieri dopo essere stato presentato al vicedirettore come un luminare della psichiatria. E per la quarta volta dovette ripetere la storiella mentre la chiave della cassetta passava di mano in mano come una staffetta olimpionica. Il dottor Deluca era un uomo adunco e ricurvo su se stesso, causa dei numerosi anni passati chino sulla scrivania. - Strano..sei mesi dopo la scomparsa del Coppola un suo paziente la incarica di svuotare la cassetta di sicurezza. -

Quel svuotare, venne interpretato da Amedeo come un furto e nel momento che al vicedirettore gli fu consegnata la chiave, fu paragonata a quella di una cella carceraria. - ..Potrebbe contenere una trottola o un diamante di valore inestimabile..-

Il silenzio cadde sugli sguardi incrociati mentre il medico sprofondava in uno stato di penosa rassegnazione, ma prima che Amedeo potesse aggiungere qualcosa il Deluca si pronunciò. - É una questione delicata seguitemi! -

Il corteo con il vicedirettore in testa uscì dall'ufficio e Amedeo, una volta varcata per ultimo la porta, ebbe il desiderio di dileguarsi, precipitandosi nelle scale. Ma mestamente seguì prostrato quella sorta di processione e rassegnato a subire l'inevitabile martirio. Altra stanza e nuova etichetta, stavolta il suo caso doveva essere discusso dal vertice dell'istituzione, il direttore Leoluca Cratti.

Quel nome per lo psicologo era come un piatto già assaporato anni prima, ma senza nessun condimento.

Il direttore prima che qualcuno dei suoi sottoposti potesse aprire bocca si alzò in piedi ordinando - Uscite tutti! -

La delegazione glissò in ordine gerarchico e Amedeo afferrata la maniglia della porta si apprestò a richiuderla assieme a quella sua fallimentare missione.

- No!..- disse il direttore rivolgendosi allo psicologo - ..Lei rimanga! -

Erano le ventidue passate e Yasmine aveva apparecchiato la tavola, lanciando occhiate furtive al forno dove in cottura vi rosolava un pollo farcito.

Enrico aveva aveva stappato il vino ed era intento a travasarlo in un decanter per la dovuta areazione, quando bussarono alla porta.

Yasmine lo vide raggiungere il portone d'entrata seguito dal gracchiare del chiavistello della porta. La capoccia di Mario fece cupolino e senza farsi pregare scavalco l'artigiano, passando oltre, - Dov'é! é arrivato ? -

- Ancora niente! Ho provato al cellulare ma non risponde. - disse Enrico serrando l'uscio.

Il barman entrò in cucina salutando Yasmine. - Ciao bella, il profumo promette bene! -

- Olà Mario..acqua bollire e pollo essere quasi cotto! - Disse la donna ricambiando con un sorriso.

Enrico li raggiunse esclamando,- Sono preoccupato, ho provato a chiamarlo al telefono ma non risponde e in ufficio la stronza della segretaria non lo ha visto! -

Mario si chinò a guardare il pollo dal vetro del forno. - Secondo me é gia cotto! -

- Pollo ancora no, ma lui si!..Tutta sera su carbone acceso. - Espose la donna indicando il battilastra.

- E per cosa ? ..- Intervenne Mario accomodandosi a tavola e versando un pò di vino nel bicchiere - .. é andato a svuotare una cassetta con una regolare chiave, mica a svaligiare il banco di Napoli! -

- Questo lo dite voi, potrebbero averlo trattenuto per accertamenti e se gli capiterà qualcosa stanotte Gennaro mi sentira! -

Mario sorseggiò dal bicchiere, - Quello ti sta dando una mano e se non ti garba puoi riferirgli che nei miei sogni è il benvenuto -

- Lui avere ragione, tu preoccupare per niente. - Aggiunse la donna, aggiungendo il sale grosso nell'acqua in ebollizione.

Anche Enrico si versò del vino, accomodandosi a tavola. - Per voi é facile, intanto..se fra un pò non si fa vivo mi sdraio sul divano e chiedo spiegazioni a Gennaro! -

La tensione si stemperò e il barman e la donna risero sommessamente.

Mario aggiunse. - Già che ci sei fatti dare un paio di numeri buoni! -

- Ma certo! A te serve niente Yasmine ? Che so..sapere se domani pioverà a Cuba! Ma dai siamo seri é di Amedeo che stiamo parlando! - Precisò Enrico.

- Ne parli come se lo avessi mandato in Afgahnistan a trattare con i talebani..se dopo cena non si farà vivo chiamerò chi so io. - Lo tranquillizzo Mario.

Il battilastra si grattò la testa. - Un giorno saprò chi sono i miei amici. -

Yasmine si aggiunse alla compagnia, stuzzicando Enrico e ammiccando a Mario. - Cosa volere dire, non piacere stare con noi ? -

Enrico mandò giù un altro sorso di vino. - Il piacere e tutto mio. tu che sembri un angelo hai un destro alla Clay, il mio barman preferito é un agente della Cia, il mio psichiatra mi sta facendo uscire di senno e per chiudere il cerchio un altro amico ultraterreno mi ha tolto persino il conforto della trascendenza. -

Yasmine gli rabboccò il bicchiere. - Questo essere un vantaggio. -

- Non credo..- Rispose Enrico, abbandonando il sarcasmo -..Se il signore non si é rivelato un motivo ci sarà, non credi ? -

Mario ebbe da eccepire. - E chi pensi ti abbia permesso di incontrare Gennaro ? -

Si guardarono negli occhi per un istante poi il suono del campanello alla porta li fece sussultare.

Enrico scattò per primo e raggiunta la porta si ritrovò ad un palmo dal volto di Amedeo che sosteneva un borsa sulla mano destra.

L'artigiano sbottò. - Te possino!..-

- A te! E a te soltanto! - Concluse la frase il medico scavalcandolo e raggiungendo gli altri in cucina

- Ciao ragazzi! - Salutò lo psicologo senza mollare la valigetta. Enrico vi arrivò di seguito. - C'è qualcuno stasera che vuole parlare con me ? -

- Zitto e siediti! - Lo redarguì scherzosamente Amedeo dando una pacca sulla spalla a Mario e rivolgendosi a Yasmine. - Ciao bellissima, se quell'acqua bolle inutilmente per colpa mia non attendiamo oltre, ho un discreto appetito. -

Yasmine sorrise e si accinse ad infilare le linguine nella pentola, mentre Mario lo invitò a sedersi porgendogli la seggiola e versando un po di vino nel suo bicchiere. - Il tuo amico era in ansia, come é andata ? -

- Un'Odissea! - Rispose mentre Enrico adocchiata la borsa provò ad allungarvi la mano.

- Ah! Prima si cena. - Eccepì Amedeo, stringendola fra le gambe.

- Se non altro, puoi toglierci dalle spine ? - Disse il barman riassettandosi sulla sedia.

Amedeo assaggiò anche lui il vino. - Non male, rosso e corposo.. -

- Hai ancora con te quel tirapugni dell'altra sera? - Disse Enrico con sarcasmo, guardando in volto Mario.

Amedeo sorrise, ponendo termine allo scherzo ed iniziò a raccontare, riprendendo dal momento che era entrato nella filiale.

- ..ero ormai rassegnato quando il direttore svela di essere un mio compagno di liceo, che peraltro avevo rimosso completamente. -

- E allora ? - Disse Yasmine ponendo al centro tavola la pasta fumante e profumatamente condita.

- ..Allora..ha un aspetto meraviglioso! - Commentò il medico.

- Facci il favore Yasmine, servilo per primo o per l'alba non sapremo ancora niente. - sentenziò Enrico.

La donna accettò il consiglio riempiendo il piatto di Amedeo, spolverandolo con del parmigiano. - ..Il direttore..Leoluca Cratti mi abbraccia calorosamente e mi rifila tutti gli anni passati al liceo con particolari che avevo completamente dimenticato e poi mi invita a pranzo.. -

- Sul serio ? - Disse Mario, infilando la forchetta nella pasta dopo che Yasmine si era accomodata.

- ..Più che un invito é stato un obbligo e una volta al ristorante ha continuato a sciorinare un elenco di compagni di scuola e insegnanti..- Continuò Amedeo, addentando il primo boccone di pasta.

 - Posso dire una cosa ? -

Il battilastra posata la forchetta intervenne. - Non puoi..devi dirlo! é tutta la sera che aspettiamo! -

- Questa pasta é fantastica..- Disse, rivolto alla cuoca - ..Voglio questa ricetta, é cubana ? -

- Usare solo buono gusto e semplice ingrediente. - Rispose Yasmine soddisfatta.

- Sei una donna da sposare subito! - Aggiunse Mario passando il tovagliolo sulle labbra rosse di sugo.

- Auguri e figli maschi, ora possiamo quagliare ? - Incalzò l'artigiano.

- Che fretta c'è ! - Disse il medico servendosi nuovamente con un altra porzione e strizzando l'occhio a Mario e Yasmine -..Abbiamo tutta la serata no ? -

Enrico gettò la spugna concentrandosi sul suo piatto e trangugiando consistenti bocconi e lasciando che il suo amico continuasse.

- Leoluca è stato un rullo compressore e quando seppe che sono un medico mi ha costretto ad una seduta psichiatrica, sorbendomi i suoi problemi coniugali, affettivi e persino del suo mastino napoletano che russa ai piedi del letto. -

Mario sorrise. - Al tuo posto avrei desistito e vaffanculo! -

Enrico rimase con la forchetta a mezzaria colma di fetuccine. - Non lo hai fatto vero ?! -

- Ero tentato e comunque alle sedici ho imposto le mie ragioni e in nome della vecchia amicizia ho avanzato la mia richiesta.. - Disse terminado di ripulire il piatto.

Yasmine cambiò i piatti posando sul tavolo il pollo dorato alle noci, contornato da fragranti patate al rosmarino.

- Che apettacolo! - Esclamò Amedeo, ammirando la composizione culinaria.

- Ti ha invitato anche ad uno spettacolo ?! - Chiese Enrico, distratto dalla nuova pietanza.

- Parlava del pollo! - Chiari Mario, acchiappando una patatina e ficcandola in bocca , lasciando la parola al medico.

- Dicevo..ho esposto il problema e lui sapete che mi ha risposto ? -

- No! Che ti ha risposto ? - Lo anticipò l'artigiano.

- Lasciare parlare lui!..- Disse Yasmine, ficcando nella bocca di Enrico un boccone di pollo-..Tu ora stare zitto e mangiare. -

- Grazie Yasmine, mi ha detto..tutto qua ?..Siamo rientrati in banca e svuotato la cassetta. -

Mario allargò le braccia. - Tutto é bene ciò che finisce bene! -

- Yasmine, potresti infilare un pezzo di pollo anche a lui ? - Le chiese Amedeo per non essere interrotto.

- Non é necessario! - Anticipò Mario staccando una rosolata coscia e addentandola.

- Pensavo che Leoluca avesse terminato..- Riprese Amedeo gustando la succosa carne -..E invece mi ha portato a casa sua e presentato la famiglia, suocera compresa. -

Cadde il silenzio, intervallato dal tintinnio delle forchette. - Beh, adesso che ho terminato non avete niente da chiedermi ? -

Enrico si riempì il piatto di altre patate. - Io mi sono stufato..squisite queste patate vero ? -

Mario lo segui a ruota con una seconda porzione. - Sono pienamente d'accordo! -

Terminarono la cena con un buon caffè, preparato dalla graziosa sudamericana e dopo che fu sparecchiato, Amedeo depose la valigetta sul tavolo, rivolgendosi al suo amico. - É tutta tua! -

Enrico mise sulla tavola la tazzina da caffè sotto lo sguardo degli altri, avvicinando la ventiquattrore e facendo scattare le due serrature laterali. La aprì, mantenendo sollevato il lato con le serrature, per guardarvi dentro.

Depose sul tavolo due mazzette di banconote, un registro rilegato e un contenitore in plastica per pellicola fotografica, quindi richiuse la ventiquattrore posandola per terra.

- Scommetto che sono diecimila ? - Disse Mario osservando le banconote.

- Esatto!- Rispose il medico.

Enrico prese la scatolina in plastica e dopo averla rigirata tolse il tappo, guardandovi al suo interno. Vi infilò le dita estraendo una pellicola con un numero sovraimpresso. Lo espose alla luce della lampada e poi lo passo ad Amedeo. -Tieni, sopra c'è soltanto un numero. -

L'amico la rimise in controluce. - Non é esatto, sono sedici fra numeri e lettere..sembra un codice..2452YA715WA0088Z.. -

Mario dette il suo parere dopo una rapida occhiata. - É sicuramente un codice, ma per sapere di cosa si tratta devi chiederlo a Gennaro. -

Yasmine fu l'ultima ad osservarlo. - Essere codice cifrato per conto banca nascosto ! -

- E tu come lo sai ? - Chiese Enrico stupito.

Yasmine si fece avanti. - Io sapere molte cose e non solo cucinare bene e tirare pugni, io lavorato opposizione Cubana e tenere soldi in conti offshore cifrati, chi porta numero portare via soldi senza bisogno nome, essere sicuro per polizia regime. -

Mario sorrise soddisfatto. - Yasmine sei grande! -

- E per sapere il resto sarà sufficiente dormirci sopra..- Aggiunse il medico riflettendo su quei fatti -..e non sai quanto ti invidio. -

- Un uomo dannatamente fortunato!..- Commentò sarcasticamente, riponendo il codice nella custodia e afferrando il registro -..E questo ? -

- Devo ammettere che non ci ho capito molto..- Disse Amedeo prendendolo dalle mani di Enrico per passarlo direttamente a Mario.

Il barman lo aprì e lo scrutò inizialmente con superficialità, in seguito posato il bicchiere di vino sulla tavola lo fece con più attenzione. - Me possino!..Questa poi.-

Il commento attirò l'attenzione degli altri tre ed Enrico esclamò. - Cosa ci siamo persi ? -

Mario sollevò lo sguardo, puntando l'indice su ciò che aveva in mano. - Qui sono segnati i nomi della Roma che conta ! -

- Come le pagine bianche ? - Disse ingenuamente Enrico.

- Si, ma al fianco di ogni nome vi e indicato il suo numero di telefono e..- Rispose il barman lasciando la frase in sospeso.

- Tu non fermare o dare cazotto su mento! - Lo incitò la donna mostrando il pugno assieme ad un sorriso.

Mario ricambiò, portando le mani avanti. - Mi arrendo.. questa é roba che scotta, oltre al nome vi é indicata la cifra elargita mensilmente. -

Amedeo corrugò la fronte, - Intascata per cosa e da chi ! -

- Sarò più chiaro, questi signori erano al soldo del nostro sovrannaturale amico ! -

Enrico si grattò il mento. - Uomini corrotti che intascavano mazzette in cambio di favori! -

- Proprio così amico mio, Gennaro teneva questo libro mastro non solo per tenere i conti, era una precauzione nel caso qualcuno di questi signori lo avesse minacciato. - chiarì, con il dito puntato in mezzo al registro.

Amedeo assunse un' aria preoccupata. - É una potente arma di ricatto, se qualcuno sapesse della sua esistenza potrebbe crearci qualche problema. -

- Allora distruggiamolo! - Disse Enrico di riflesso.

- Non c'è fretta, lascia che gli dia uno sguardo più accurato poi deciderai cosa farne! - Espose il barman chiudendo il volume e posandovi la mano sopra.

Yasmine sollevò il bicchiere. - Allora brindare operazione riuscita! -

La imitarono, sorseggiando con soddifazione accompagnata da frasi di rito che alleggerirono gli animi. Soltanto Amedeo manteneva un contegno che scivolava nella malinconia ed Enrico lo manifestò apertamente. - É andato tutto bene mi pare..-

Amedeo abbassò lo sguardo. - ..Non é come credi, questa storia mi ha colpito e penso anche voi. Un essere sovrannaturale che irrompe nella tua vita e di riflesso anche nella nostra ha dell'incredibile, e viste le prove inequivocabili, ha cambiato la mia visione delle cose. -

Mario intervenne. - Anche io ho riflettuto su questa storia, e malgrado sia difficile da credere che qualcuno possa chiedere dall'aldila un aiuto per un motivo cosi futile, comunque ritengo sia un privilegio esserne partecipe..e dopo una vita fatta di vapore e caffè finalmente un qualcosa per cui vale la pena vivere. -

Anche Yasmine volle dire la sua. - Io provenire da paese dove magia essere praticata e visto cose che fanno paura, ma questo essere diverso, sapere che in alto esistere davvero qualche cosa, dare me gioia di vivere. -

Enrico li guardò tutti in volto. - Lo so é colpa mia, vi ho co-involti in questa storia ...Anche per me é stato come essere investito da un tram, alla ricerca di una spiegazione, senza trovare una valida risposta. Ma di una cosa sono certo, sono ritornato a vivere. -

- A Gennaro! - Propose Mario sollavando il bicchiere.

Gli altri lo imitarono, ripetendo la frase ponendo termine alla cena con quel brindisi. Amedeo salutò la compagnia e Mario dispensò Yasmine dal presentarsi l'indomani mattina nel bar in-vitandola a raggiungerlo nel pomeriggio. Lei li baciò entrambi ricevendo ancora i complimenti per la semplice ma gustosa cena. Enrico la aiutò a sparecchiare e rimettere a posto la cucina, riservandosi il compito di asciugare le pentole.

Si ritrovarono soli ad osservare quei diecimila euro posati sul banco. Enrico prese dieci banconote da 100 e le mise nelle mani della donna.

- Non potere accettare. - Disse lei, respingendoli con deli-catezza.

Enrico le prese la mano ponendole sul palmo di lei. - Se vuoi davvero aiutarmi devi accettarli..-

Lei lo guardò negli occhi, - Dare motivo per questo..-

- Prima ho detto una parziale verità..- Disse lui -..Non é stato Gennaro a cambiare la mia vita ma i tuoi sorrisi. -

Passarono soltanto alcuni istanti, poi lei si avvicinò, bacian-dolo sulla labbra per ritrarsi subito dopo. - ..essere convincente motivo e fare felice me.-

Enrico lasciò cadere il denaro, stringendola a sè e ricambiando quel bacio con un abbraccio. Rimasero vicini, percependo le loro comuni emozioni e le labbra si incontrarono ancora con passione.

Lei lo prese per mano, portandolo in quella stanza senza piu sensi di colpa e la porta si chiuse dietro di loro assieme al loro passato.

Sogno

Era leggero e gaudente più del suo corpo privo di gravità, amplificando notevolmente quella sensazione. Il luogo aveva nuovamente cambiato aspetto, un profumo gradevole di fiori di campo aleggiava, unito ad un tepore quasi estivo, reso piacevole da una brezza che soffiava leggera e insaporita dalla sapidità del mare. Il suolo sprigionava morbide carezze, alleviando le piaghe lasciate dal tempo.

 La stanza era di un candido limone e non vi era punto dove l'ombra cadesse, tutto era luminoso e nitido come al sorgere del sole.

Gennaro sorrideva, mentre attraversando quelle pareti passeggiava come se fosse in piazza di Spagna. Ancora una volta il suo lato estetico era mutato, i capelli erano pettinati all'indietro e non impomatati dalla brillantina come in precedenza. Voluminosi e leggermente mossi, attenuavano la rotonditá del faccione. Anche i baffetti erano scomparsi e le gambe decisamente più lunghe e corpose, donavano proporzione all'insieme.

La giacca decisamente sportiva aveva due spacchetti posteriori e una toppa di pelle nei gomiti, che ottimamente si amalgamava con il color sabbia del capo. I pantaloni erano anch'essi sportivi con tasconi laterali ed un leggero risvolto sulle caviglie di un tenue e caldo color cammello. I mocassini si abbinavano alla perfezione con tomaia in pelle ruggine e i lacci chiari che contornavano il profilo dei bordi. Unica nota stonata la camicia di seta blu, troppo elegante per quel completo da serata estiva nell'isola di Capri.

Si piantò davanti all'artigiano con una mano infilata sulla tasca destra in palese e vanitosa ostentazione. - Confessa! questa volta non hai argomenti. -

Enrico lo squadrò dall'alto in basso. - Ti rammento che io facevo il carrozziere e comunque devo dire che hai lavorato bene. -

- Lavorato bene ?! Questi abiti me li ha disegnati Dior in persona! - Ricusò Gennaro con una punta di presunzione, nominando il famoso stilista francese.

Il battilastra rimase indifferente, mostrando un sorriso di gaia soddisfazione. - Tutti hanno dei brutti momenti, e poi ho altro a cui pensare.. -

L' entita sorrise maliziosamente. - Certo ho saputo che stanotte..-

Enrico si ridestarsò indignato. - Aho! Questa é invasione di intimità notturna! -

Gennaro sollevo le mani in alto. - Capirai! Ci saranno state almeno una trentina di spiriti ad osservarti! -

- Che ?! Razza di guardoni, come si sono permessi! - Disse lui corrugando la fronte.

- Ah lascia perdere..! - Rispose Gennaro abbandonando il riscorso e riportando il sorriso sulle labbra -..Piuttosto ieri ho fatto come hai detto e Angela ha gradito! -

- Davvero?!..- Chiese l'artigiano, ridestando l'attenzione -..Quindi avete conversato! -

L'omino affievolì l'entusiasmo. - Beh, non proprio l'ho salutata e gli ho consegnato il romanzo. -

- E poi ? -

- E poi niente, mi ha ringraziato e ha continuato a parlare con Marlon Brando. - rispose con naturalezza Germano.

Enrico sentì le braccia cadere. - Ogni volta che mi nomini quell'attore sento la necessita di un elettroshoc! Ma come, gli hai dato il libro come un pacco consegnato dal corriere ? -

- Mi é sembrata contenta e mi ha anche sorriso, ho sbagliato qualcosa ? - Rispose perdendo tutta la baldanza sostenuta fino a quel momento.

- Il libro era soltanto un pretesto..- Gli indicò ponendo l'indice nel palmo dell'altra mano - ..un modo per avvicinarla ed attac-

care bottone, e sopratutto dovevi scegliere il momento opportuno, quando lei era sola e non in presenza di un seduttore per
antonomasia! -

L'omino allargò le braccia. - Sono nelle tue mani, cosa devo fare ?
-

- Dovrai appostarti come una faina e non appena sarà sola ti
avvicinerai e gli chiederai se il libro é stato di suo gradimento,
approfondirai l'argomento senza essere noioso e sopratutto in
modo disinvolto e naturale, daccordo ? -

- Daccordo! - rispose sollevando il pollice.

- A proposito ti salutano Mario, Amedeo e Yasmine! - mise al
corrente Enrico.

- Lo sapevo! -

- Non avevo dubbi! -

Gennaro riapparve sicuro. - Complimenti per l'operazione, il recupero é andato a buon fine. -

- E adesso che devo fare ? -

- Del denaro fanne quelo che credi, il registro ci servirà piu in la e
quel numero nella pellicola dovrai imprimerlo nella memoria e
custodirlo gelosamente, appartiene ad un conto cifrato. -

- Allora Yasmine aveva ragione! - intervenne Enrico.

- In gamba la ragazza..- riprese l'entita -..Esattamente, dovrai recarti da una persona il suo nome é Gianni Oriani, lavora presso la
mia ex società di intermediazione bancaria. -

- Dove si trova ? -

- Hai presente Mediobanca ? -

- Piu o meno! - rispose Enrico.

- Togli il meno!.. Una volta trovato riferisci che ti mando io! -

- Certo, se mi presento a nome di un defunto sai che risate che si
fanno. - Eccepi Enrico incrociando le braccia.

- Un pò di fiducia caro, quando incontrerai il dott. Oriani gli
dirai esattamente queste parole: " Le Azioni scendono "! -

- Mi potrebbe rispondere: " E chi se ne frega"! -

Gennaro sospirò pazientemente. - É una parola chiave.. gli dirai
di coprire il debito che hai in banca attingendo dal conto cifrato, più una piccola parte per lui ! -

Enrico rimase sorpreso. - Davvero ?! Ma é fantastico...sicuro che posso farlo io ? Ti rammnto che io raddrizzavo lamiere! -

- Ed io mi occupavo di alta finanza, eppure ora sono un imbranato seuttore!..Ascoltami quando ti chiederà il codice del conto dovrai fornirgli le prime dieci, le ultime sei digitale personalmente o qualcuno potrebbe svuotare il conto. -

- Le ultime sei..daccordo! - Ripeté memorizzando le istruzioni.

- Bene! - riprese Gennaro riguardando i suoi abiti - Adesso devi dirmi cosa hai da eccepire ! -

Enrico attese qualche istante. - La camicia per esempio, unica nota incoerente nel tuo concerto sportivo. -

Gennaro passò la mano sulla morbida seta. - Giusta osservazione ! -

-.. E riferisci ai tuoi compagni d'anime di stare lontano dalla mia stanza ! - Fece presente Enrico prima che Gennaro si eclissasse.

Realtà

Capì subito di non essere sul divano, troppo morbido e con un cuscino sotto la nuca. Si voltò di lato rendendosi conto che la memoria non lo aveva tradito, quei riccioli color ebano che spuntavano da sotto le coperte erano una prova concreta. Volse lo sguardo alle pareti della stanza con un certo disagio e non tanto per quelle trenta anime sconosciute che avevano assistito alle sue prestazioni amorose, ma al fatto che fra esse vi potesse essere anche Angela. Quel pensiero fu sopito nel rammentare che anche la moglie lo aveva tradito e con largo anticipo.

-..Cosa guardare ?..-

Quella voce lo colse di sorpresa, ma accolta con gioioso gradimento. - Oh scusa ti ho svegliato ? -

- Io contenta di essere sveglia.. - Disse avvicinandosi a lui, scostando le coperte.

Lui la avvolse fra le sue braccia. - Non quanto me. -

Mario dopo aver acceso il macina caffè ebbe la certezza che Yasmine condizionava i suoi clienti, ve lo leggeva sui loro volti e lo percepiva nelle loro insistenti domande. Quella donna, malgrado la sua esperienza e l'ottimo servizio che elargiva, in pochi giorni lo aveva scalzato da confidente dei suoi esercenti. La cosa non lo disturbava affatto e lo alleggeriva da quel ruolo di paziente confessore che in trenta anni di onorata professione aveva dovuto interpretare. Le tre persone che entrarono in quel momento nel locale non ne facevano parte, inquadrandoli subito fra quelle appartenenti alle forze dell'ordine o similari. Il più anziano precedeva gli altri ed il piu giovane tenne aperta la porta in modo che potessero attraversarla in modo gerarchico.

Mario li tenne d'occhio e attraversata la sala si riversarono davanti al banco.

- Tre caffè grazie. - Disse il piu alto in grado senza chiedere il parere dei suoi accompagnatori.

Mario diede loro le spalle ma tese il suo fine udito memorizzando la conversazione.

- ..Inizieremo fra un oretta..l'appartamento é qua di fronte, sembra una persona tranquilla non dovrebbero esserci problemi..- Disse il più anziano porgendo loro le tazzine.

-..Di cosa si occupava dottor Mariani ? - Gli chiese il più giovane con un evidente rigonfiamento nella giacca che non sfuggì al barman.

- Artigiano.. un restauratore d'auto o qualcosa di simile. - Rispose Mariani.

Mario aveva sentito abbastanza e lentamente senza destare sospetti si defilò passando sul retro, acchiappando il cellulare.

Erano ancora a letto e lei volle farlo ancora in una notte dove le mani si erano tenute strette diverse volte con momenti molto intensi per entrambi. Epilogo di un desiderio naturale e reciproco, condiviso dal voler ritornare a vivere serenamente.

Il cellulare squillò a lungo prima che Enrico allungasse la mano e lo afferrasse.

Scrutò lo schermo leggendovi l'interlocutore. - Mario é di un tempismo disarmante...pronto..si..cosa ?! -

Riattaccò il cellulare, rivolgendosi ad una attenta Yasmine. - Abbiamo un problema..un grosso problema! -

Lei spalanco gli occhi riflettendo la preoccupazione di lui. -

Problema ?! Cosa essere dire me ! -

- Me lo aspettavo..fra un po bussera alla porta un ufficiale giudiz-iario! -

La donna chiese spiegazioni. - Cosa volere da noi ? -

- L' appartamento! -

- Tu non aprire..se non essere in casa lui andare via. - Rispose ingenuamente.

Lui le carezzò il volto. - Fosse cosi semplice, é accompagnato da due carabinieri che sfonderanno la porta, ci accompagneranno fuori di casa e apporranno i sigilli. -

Lei percepì il suo stato di rassegnazione. - Dispiacere tanto ma ora tu chiedere aiuto. -

- Aiuto ?! Nessuno é in grado di aiutarmi, ci vorrebbe un mira-colo. - Disse lui allungando la mano verso l'alto.

Yasmine si avvicinò a lui, posando il prosperoso seno sul fianco dell'uomo. - Tu ora dormire! -

- Dormire..dici ? - Disse lui avvampando per l'eccitazione.

- Tu non capire..chiedere aiuto a Gennaro, lui dare consiglio! - Disse lei strusciandosi inavvertitamente su di lui.

- Oh certo..é un idea , anche se avrei voglia di fare altro ! -

- Tu solito italiano..- Eccepì lei, scostandosi -.. Tu dormire io lavare e vestire! -

Lasciò la stanza mentre in lui sopivano lentamente i bollori ormonali e riassettato il cuscino agguantò morfeo per il bavero per concedergli una dilazione.

Sogno

- Quando lo cerchi non c'è mai quel napoletano! - bofonchiò Enrico perlustrando visivamente la luminosa aurea stanza.

- E come al solito ti sbagli Romano delle mie ciabatte !

L'artigiano si girò di scatto trovandosi di fronte il solare volto di Gennaro. - Che mi venga..se non mi é gia venuto! Non potevi scendere dal cielo come la divina Wanda Osiris, invece di questa imboscata ? -

- Non abbiamo tempo!..- Disse l'entità, scostandosi con una

piroetta -..le forze dell'ordine stanno per piombare a casa tua. -
- Se eri cosi informato perché non mi hai avvertito? -
Un sorrisetto carico di doppi sensi affiorò sulle labbra di Germano. - Non volevo interrompere le performance di un formidabile amatore. -
L'artigiano mise le mani sui fianchi con fare sospettoso. - Che!?..Confessa, in quanti eravate stavolta a godervi lo spettacolo ? -
- Io avevo altro da fare, ma le voci corrono, sai come succede. - Disse sollevando lo sguardo verso l'alto.
- Non avete un cinema a luci rosse dalle vostre parti invece di sbavare davanti alle mie lenzuola domestiche ? -
- C'e stato poco da sbavare a quanto mi hanno riferito. - Rispose stuzzicando il suo interlocutore.
Enrico avvampò puntando il dito. - Stammi bene a sentire tu e quella manica di guardoni che si da appuntamento nella mia camera da letto io..-
Gennaro sorrise, andandogli incontro. - Scherzavo! Hai tenuto alta la bandiera dell'Italia e nessun cubano potra dissentire! Ora veniamo al tuo problema.. -
Il battilastra sotterrò l'ascia di guerra. - Già..fra un pò sarò sotto un ponte. -
- Niente ponte e scatola di cartone, di questo dovrai ringraziare Yasmine! - Espose con sicurezza.
- Scusa ma non ti seguo! - Disse Enrico, cercando disperatamente un senso a quella frase.
L'entità si avvicinò, stringendogli la mano. - Le mie congratulazioni! -
- Per cosa ? -
- Yasmine aspetta un bambino ! -
Seguì un silenzio pesante come una trave di cemento armato, poi improvvisamente Enrico sbottò. - E che cazzo! Concedi almeno il tempo ai miei spermatozoi di fecondare no ? -
Gennaro esplose in una risata a stento contenuta da una mano. - Ma che hai capito, Yasmine deve soltanto dichiarare la sua dolce attesa ! -

Il battilastra fece il sospiro piu profondo della sua vita. - Non so come finirà questa giornata, ma sono stato ad un passo dall'attraversare quella parete come anima...per quale motivo dovrebbe fare questa scellerata dichiarazione ? -

Gennaro pose la mano sulla spalla del suo interlocutore. - Semplice, se lei dichiara di risiedere nella tua abitazione e di avere prossimamente un bebè, lo sfratto non potrà andare in porto..la legge concede un lungo rinvio in questi casi. -

Il volto di Enrico si illuminò per un istante per poi ritornare nell'ombra. - Un momento lei non aspetta un bel niente, come lo dimostriamo ? -

- Pura e semplice burocrazia, ti serve soltanto un medico compiacente che rilasci un certificato da mettere agli atti ! -

- Ed io dove lo trovo un..- non finì la frase che rispuntò il sorriso -...non so come ringraziarti sei un vero amico. -

Gennaro si allontanò svolazzando. - Il migliore che ti potesse capitare! -

Realtà

Occhi grandi, pelle ambrata e riccioli scuri, non poteva svegliarsi in modo migliore. - Allora, cosa dire Gennaro ? -

Riprendeva possesso del suo corpo e risvegliarsi d'improvviso lo rese dislessato, - ..Tu..tu..sei incinta. -

Yasmine si alzò di scatto dal letto. - Cosa ? Tu o Gennaro essere pazzo! -

Enrico si mise a sedere scrollandosi dalle coperte e riaquistando le forze. -..Gennaro mi ha detto che devi soltanto fingere di essere in attesa, in questo modo la casa rimane a noi. -

La donna mise una mano sul petto. - Oh Dio, grosso spavento..pensare bene prima di parlare.-

- Lo so scusami, ma incombevi su di me come un gufo e mi é venuto spontaneo.. - Poi si volse verso il comodino afferrando il cellulare.

Amedeo osservava gli appunti appena scritti, davanti ad una avvenente signora che accavalla le affusolate gambe ad un ritmo forsennato. - ..Suo marito, possiamo quindi affermare, che non asseconda le sue necessità. -

La donna fece scivolare la bionda chioma sul vistoso decolletè. - ..é sempre impegnato..lavoro, lavoro, lavoro e questo crea un disagio inappagante..-

- ..Capisco!..- Disse il medico interrotto dallo squillo del telefono..- ..Mi scusi..pronto ?..Si..Yasmine é ?! ..Cosa ? ..-

L'auto di servizio accostò davanti al condominio senza curarsi delle strisce pedonali. Il dottor Emilio Mariani scese per ultimo dalla Fiat Marea, portando con sè una cartella rilegata in pelle di vitello, i due carabinieri in borghese al seguito portavano le attrezzature per eseguire uno sfratto in contumacia.

Quando bussarono alla porta Enrico non consultò neppure lo spioncino, Mario era infallibile dal quel punto di vista e le informazione ricettate nel suo bar risultavano sempre veritiere. - Buon giorno! -

- A lei - rispose l'ufficiale giudiziario esponendo il tesserino - il signor Enrico Pellecchia ? -

- Sono io! - Rispose senza spalancare il portoncino e lasciando unicamente lo spazio per la sua persona.

- Sono il dottor Mariani e loro sono il brigadiere Savoldi e l'appuntato Boati..le comunico che sono incaricato di rendere esecutivo lo sfratto in data odierna e a tale proposito le consegno l'ordinanza. - Disse estraendo dalla cartella un foglio intestato e farcito di articoli di legge.

Enrico lo prese e lentamente lo lesse mentre l'ufficiale proseguiva. - ..Le concedo trenta minuti per raccogliere le sue cose e lasciare l'appartamento ed in via cautelativa le consiglio di non opporre resistenza o mi vedro costretto a sgomberare forzatamente. -

Enrico dopo aver ascoltato in silenzio restitui l'ordinanza. - Ci deve essere stato un errore, non potete farlo! -

Mariani era avvezzo a questo tipo di risposte e non prese in considerazione nessuna ipotesi. - Lasci che le dia un consiglio, non commetta l'errore di opporre rezistenza potrebbe incorrere in un reato penale e la sua posizione potrebbe aggravarsi. -

Enrico fu più esplicito e aprì la porta rivelando la presenza di Yasmine alle sue spalle. - Volevo farle presente che la signora abita in questa casa ed è in attesa di un bimbo. -

I tre osservarono la donna e subito dopo l'ufficiale giudiziario aprì la cartella controllando la documentazione. - Agli atti non risulta che vi sia nessuna altra persona oltre lei in questo appartamento e tantomeno in quello stato. -

- É qui in carne ed ossa, no ? -

Il brigadiere Savoldi chiese i documenti alla donna, che prontamente li consegnò all'ufficiale giudiziario. - Questo non dimostra nulla, non ho nessun documento che attesti le vostre dichiarazioni -

- Se ha un attimo di pazienza le consegno i documenti - disse Enrico.

- La mia pazienza si riduce a trenta minuti signor Pellecchia e le consiglio di radunare il necessario e lasciare l'appartamento. - rispose Mariani scostandosi dalla porta per radunarsi con i suoi agenti nel piccolo andito.

Enrico riaccostò l'uscio, certo che se Mariani avesse apposto i sigilli non avrebbe potuto rientrare nella sua abitazione. Riprese il cellulare sotto lo sguardo preoccupato di Yasmine e freneticamente ricompose quel numero - ..Pronto.. siamo nella merda..dove sei ? -

Amedeo tentava disperatamente di districarsi dal caotico traffico mattutino che la città di Roma presentava quasi quotidianamente. - ..Sono imbottigliato e sto cercando di raggiungere il raccordo..-

- ..Vedi di stapparti! Hai venticinque minuti prima che io e Yasmine ci trasferiamo a casa tua con accappatoio e spazzolino..-

- ..Sto già rischiando il culo con una falsa certificazione, peraltro estorta ad un mio collega, per cui vedi quanto prima di trasformare in veritiera, questa bufala! -

Enrico fissò preoccupato Yasmine, scostandosi quanto bastava perché lei non potesse udire. - ..Puoi ripetere l'ultima parte? Non credo di avere afferrato il concetto.-

- Felice di rinfrescarlo! Tu e la dolce Yasmine presto avrete un bel bebè! In alternativa fra qualche mese io, tu, la cubana e il mio amico ginecologo, saremo ospiti a San Vittore per dichiarazioni false e mendaci ed il tuo appartamento confiscato, sono stato sufficientemente chiaro? ..- Avvertì Amedeo, causando dalla parte opposta del telefono un silenzio tombale, -..Sei ancora vivo ?..-

Dopo una pausa interminabile, l'artigiano disse, - ..Non per molto.. sono certo che qualcuno mi ucciderà quando lo verrà a sapere. -

Yasmine notò lo sguardo sfuggente di Enrico mentre terminava la chiamata, - .. Un problema per volta, ora pensiamo alla casa sbrigati!-

- Chi volere uccidere te ? - Chiese la donna con le mani giunte e aspetto dimesso.

Lui sorrise forzatamente riponendo in tasca il telefono - Nessuno, è un modo di dire. -

Yasmine portò le mani al petto - Grazia a cielo io sollevata..arrivare Amedeo ? -

- Arriva, e anche io quasi sollevato,! - Rispose, posticipando quel nodo scorsoio che complicava lo sfratto.

Inesorabilmente il passare del tempo assumeva in quel frangente un sapore strano e malgrado dietro quella porta vi fosse qualcuno pronto a cacciarli fuori di casa, si tennero stretti cercando in quel modo di stemperare la tensione.

Le nocche picchiarono nuovamente sul legno della porta, con l'effetto di far sussultare gli esacerbati animi. Enrico impugno la maniglia con l'intento di prendere tempo e ritardare il ritardabile.

- E' gia passata mezzora ?! ..Una piccola dilazione ? -

Il dottor Mariani non era dello stesso parere. - Dovete lasciare lo stabile adesso! -

- Soltanto dieci minuti la prego, mi stanno portando i documenti - chiese Enrico.

- Non posso, uscite adesso e non lo ripeterò ! - Disse l'ufficiale determinato a portare a termine quell'incarico.

Yasmine usci per prima portando con sè una valigia che aveva preparato preventivamente, Enrico la seguì nel pianerottolo consegnando le chiavi al funzionario che diede ordine ai due carabinieri di iniziare ad apporre i sigilli al portone.

Fu srotolato il nastro adesivo e affissa l'ordinanza fra i lembi di chiusura, e mentre Mariani estraeva il timbro per apporre il sigillo alla porta si sentì l'ascensore fermarsi al piano. Amedeo proruppe in quella mesta scena con un foglio in mano ed Enrico riuscì a pronunciare, - Siamo sul lastrico, nel senso più restrittivo della parola -

Amedeo si presentò al funzionario dello Stato, consegnando il certificato nelle sue mani. Il quale lo lesse attentamente lanciando sguardi furtivi verso la donna che attendeva con ansia il verdetto. - non é esattamente la prassi che normalmente richiede...la aspetto fra due giorni in ufficio con i certificati di residenza, brigadiere tolga i sigilli. -

Enrico strinse la mano a Mariani il quale si dileguò assieme al suo seguito, dopo aver riconsegnato le chiavi dell'appartamento.

Una volta rientrato in casa, Enrico mise le spalle alla porta scaricando la tensione. - Che culo, mi vedevo gia nella camera degli ospiti di casa tua. -

Amedeo aiutò la donna a portare la valigia in camera. - Io ci vedevo solo Yasmine..tu potevi sistemarti nella tua officina. -

- Yasmine a casa tua non la manderei neppure se fosse un uomo - Rispose sarcasticamente.

- Basta parlare di me, essere tornati a casa no ? - Disse la donna adoperandosi nel preparare il caffè.

- Fra noi si scherza sempre..e oggi il pranzo lo offro io! - Rispose Enrico, mostrando una manciata di bancanote che aveva infilato in tasca prima di uscire.

Mentre la donna era di spalle, Amedeo chiese al suo amico con un cenno se avesse messo al corrente Yasmine delle implicazioni sulla consegna del certificato. Dai versacci e gli occhi spalancati dell'amico fu chiaro che la donna era all'oscuro su ciò che l'attendeva, ed entrambi glissarono sull'argomento, lasciando Amedeo sui carboni ardenti.

Enrico mantenne la promessa e si ritrovarono tutti e quattro attorno ad un tavolo con chef de rang annesso in uno dei piu rinomati ristoranti della capitale.

Mario fu messo al corrente sullo scampato pericolo di sfratto, ed Enrico espose a tutti le nuove indicazioni avute da Gennaro.

- Lo sapevo! ,,- Disse Mario, battendo il palmo della mano sul tavolo - ..Un conto cifrato, e ti ha detto anche quanto c'é dentro ? -

- No.- rispose ingenuamente Enrico- .. Per la verità non glielo ho chiesto.

Sarcasticamente Amedeo aggiunse. - Lui non ha bisogno di denaro, si dipana con i certificati. -

Enrico gli lanciò un occhiata di fuoco, ben sapendo dove avrebbe potuto portare quel discorso, colto subito al balzo da Yasmine. - Essere vero, io ora aspettare bambino e tutto sistemato ! -

- Oh sistemato proprio bene, sembra quasi che tu lo debba diventare veramente. - Le parole di Amedeo fecero raggelare l'artigiano e prontamente respinte dalla donna.

- Solo scherzo, pensare soltanto essere vero io stare male. -

Enrico smise di gustare le chele dell'astice che spuntava dal piatto di spaghetti e Mario rincarò la dose. - Te lo immagini Enrico che cambia i pannolini ? -

Amedeo con un mezzo sorriso rispose. - Fino a ieri sarei stato d'accordo con te ma oggi non saprei, ho un certo presentimento suffragato da un istinto materno che leggo nei suoi occhi. -

Enrico sorrise forzatamente mentre Mario continuava a torchiarlo. - Aspetta, aspetta..sai che hai ragione ? Ora che lo guardo ha effettivamente l'avambraccio da puerpera. -

L'artigiano intuì che i due erano in combutta e alzatosi in piedi disse - Non la sentite questa puzza di pesce? Scusaci un attimo Yasmine io devo andare a lavarmi le mani e vorrei invitare i due simpaticoni a seguirmi. -

La donna rimase un attimo perplessa - A me non dare fastidio! -

- Per me é insopportabile, vero ragazzi ? - Disse, rivolgendo uno sguardo significativo ai due.

Enrico si fiondò nel bagno e attese con braccia incrociate che lo raggiungessero. Mario fu il primo a presentarsi seguito da Amedeo, e dopo essersi trattenuti per qualche secondo scoppiarono a ridere di gusto.

- Vaffanculo !..- Esordi il battilastra senza sortire alcun risultato sui suoi amici. - ..Basta con le stronzate il gioco é durato abbastanza. -

Mario riuscì a rispondere, dopo aver asciugato le lacrime dagli occhi - Cazzo, era da tempo che non ridevo cosi..scusa ma non potevi dirglielo prima ? -

Enrico si inalberò - Prima quando ?! Guarda che questa valanga mi ha sommerso questa mattina! -

Amedeo si passò le mani sul volto arrossato. - E quando hai intenzione di dirglielo ? ..Nove mesi passano in fretta. -

- Non questa sera e se continuate con questa farsa Yasmine potrebbe stendermi con un uppercut . - espose con le mani protese in avanti.

Mario volle ancora scherzarci sopra. - A proposito! Guarda che sa dove tengo la mazza da baseball. -

- Un mio cliente gestisce una palestra di boxe, se vuoi ..- Aggiunse Amedeo.

Enrico non trattenne oltre. - Rivaffanculo! Io torno in sala se uno di voi si azzarda a pronunciarsi sull'argomento gli faccio pagare il conto !

La cena proseguì tranquillamente con il previsto raid a Mediobanca, argomento principale di cui si discusse. Tutti erano ormai presi da questa storia che quotidianamente li subissava di colpi di scena, e reso coeso il gruppo, cementando la loro amicizia. Yasmine ne era piacevolmente coinvolta ed oltre i sentimenti crescenti per Enrico, aveva abbracciato quella causa comune che l'aveva conquistata e rapita.

Gli sguardi quella sera erano stati chiari e lampanti ed il desiderio di ritrovarsi soli un'esigenza impellente. Enrico era stato travolto da un turbine di sensazioni la cui unica direzione portava a quei riccioli scuri che ora desiderava più che mai.

La cena si concluse con un nuovo appuntamento a casa di Amedeo per la sera successiva dopo aver messo le mani sul fatidico conto cifrato.

Una volta rientrati, si baciarono e stringerla fra le sue braccia fu un emozione unica. Yasmine si sentiva ineffabilmente attratta accettando senza remore Enrico e il suo bagaglio di problemi che sormontavano i suoi. Entrambi furono travolti dalla passione, convinti fino a quel momento che i sentimenti fossero un lusso non più sfiorabile.

Amarsi, una riscoperta piacevole e travolgente, un riassaporare momenti perduti che riportava indietro le lancette del tempo.

Continuarono a guardarsi negli occhi fino a quando lui non li rivolse verso il soffitto attirando la curiosità di lei. - ..Perché guardare sempre in alto ? -

- ..Ho come la sensazione che qualcuno ci osservi..- Rispose lui con un fil di voce.

Lei pose la sua mano sul suo viso invitandolo a guardarla. -..Essere soli tu ed io e se cosi non essere, tu lasciare guardare..-

Lui la baciò teneramente. -..Hai ragione, come sempre. -

Enrico introdusse un argomento delicato. - ..Yasmine..-

- ..Si ? -

- ..Hai mai pensato ad una famiglia, un figlio per esempio ? -

Lei si lasciò andare sul cuscino. - Una volta desiderare questo, ora volere solo te vicino ! -

Lui provò a sondare ulteriormente. - Sei giovane, un figlio é un desiderio innato in una donna, non credi ? -

Lei volle sgombrare il campo. - Io avuto brivido solo pensare a figlio questa mattina..tu desiderare questo ? -

- Beh, tutti desiderano un figlio, è la natura stessa che ce lo impone, l'istinto per cui tutti siamo portati salvaguardare la specie, riprodurci..lasciare che una piccola Yasmine gironzoli per casa. -

Lei non battè ciclio e prima di posare le labbra sulle sue, disse. - Ora io volere solo grande Enrico girare casa..- .

Sogno

- Quasi, quasi, rimango qua..- Mormorò dopo aver fatto il pieno di pace e senerità.

- ..Col cavolo che ritorno, mi faccio subaffittare questa stanza e pace..- Commentò godendo della luminosa vista che quel luogo emanava e infilò le mani nella spessa lana del cappotto in cashmire che indossava trovandolo di suo gradimento anche se un pò acceso nelle tinte.

- Di cosa parli ? - Intervenne Gennaro, spuntando come un porcino alle prime piogge, dal pavimento ambrato.

- Dico che rimango in pianta stabile e ti concedo la mente di Amedeo in sostituzione..già che ci sei riferisci che la mia salma venga accompagnata da una banda jazz. - disse Enrico senza esitazione.

L'entita aveva ancora mutato aspetto, il volto non era più una palla da calcio, ma appariva smagrita e decisamente proporzionata, e di riflesso il corpo più alto e snello. - Che ti é successo stavolta ? -

- Succede che in basso ci sono troppi problemi e io da questo luogo non mi muovo manco a cannonate, fissa pure un incontro con il padreterno per il conteggio dei peccati ! -

Gennaro porto l'indice al naso. - Shh..ma che dici, non bestemmiare, se ci sentono sono guai. -

Enrico guardò verso l'alto con sottomissione. - Ahh, ci sentano pure! Per come sono messo va bene anche il purgatorio! -

- Sei ancora a casa tua no?! Di che ti lamenti ! - Fece presente L'entità.

- Certo tutto risolto, sistemato, rimane un insignificante sicchezzuola, concepire un figlio entro una settimana, sempre che la mia età lo permetta e in aggiunta dovrei abusare di Yasmine, in quanto lei non mi darà mai il suo consenso! -

- E perché mai, voi vi amate ! - Replicò Gennaro.

Enrico fece per urlare poi si trattenne e disse. - Ti hanno mai detto che i figli si fanno perche si desiderano e non per evitare uno sfratto?! -

- Allora non farlo, chi ti obbliga? -

L'artigiano sorrise leggermente - É un vero peccato che tu sia morto..-

- Perché ? -

- Mi viene negata la possibilità e la soddisfazione di strangolarti, in quanto se non avro un figlio come da certificazione vedremo tutti il sole a quadretti ! - Concluse l'artigiano voltandosi dall'altra parte.

- Il sole a quadretti ?! - Ripetè L'entità.

- La galera ! - Specifico Enrico voltandosi di scatto.

- Ahh, certo! ..Quello che non capisco é per quale motivo continui ad avere un scarsa fiducia nei miei confronti. - Rimarcò Gennaro.

- E me lo chiedi ?!..- Rispose ponendo un dito sotto il mento - ..Forse perché sono nella mer..melma fino a qui !? -

L'entità fu ancora piu sarcastica. - A tuo modesto parere il conto cifrato a che servirebbe ? -

- Non mi risulta che con un conto cifrato io possa avere un amplesso ti tali proporzioni da generare un figlio! -

Ci fu un silenzio carico di tensione, poi Gennaro. - Su questo non ci sono dubbi..ma una volta che avrai fatto il bonifico alla tua banca dal mio conto, il tuo debito verrà estinto e la casa tornerà di tua proprietà, a quel punto mi chiedo a cosa ti serve un bambino ! -

Un sorriso ebete spuntò sul viso dell'artigiano. - Lo sai che oggi sei piu alto e snello ? -

Lui gli diede le spalle. - Mi devi più di un vano complimento ! -

Enrico si avvicinò fino a toccargli le spalle. - D'accordo, scusa per la scarsa fiducia ma..-

- Nessun ma!..- si sovrappose voltandosi di scatto -..Scuse accettate! Che dicevi a proposito di un presunto cambiamento ? -

Enrico dopo quella notizia era gaudente. - Una vera metamorfosi e non parlo dell'abbigliamento, sei effettivamente piu alto come se ti avessero stirato, ecco. -

- Lo prendo come un complimento.- Asserì Gennaro con qualche dubbio.

- Lo è! ...raccontami come é andata con Angela. -

Un sorriso sbocciò sul viso dell'entita, che iniziò a volteggiare come una farfalla - Oh..ci ho parlato ieri sera, era cosi bella! -

Enrico, interessato, approfondì - Bene! e che vi siete detti ? -

Dopo un altro paio di piroette si avvicinò planando. - Gli ho chiesto se aveva gradito il romanzo..-

- E lei ? - Chiese con occhi famelici.

Un'espressione di beatitudine cosparse il volto dell'omino. - Lei..lei..lei ha detto si..-

- E poi ? -

Gennaro si spense come una candela. - E poi niente, sono andato via! -

- Come sei andato via !? Tutta qua la chiaccherata ? - Chiese stupito.

- Effettivamente é stata molto breve..ma dovevi vedere che sorriso mi ha donato. -

Enrico espresse le sue perplessità. - Sì d'accordo, ma devi essere più incisivo, mettere in mostra le tue qualità, approfondire il discorso e sopratutto non arrendersi! -

Gennaro lo ascoltava con attenzione - E allora che devo fare ? -

- La parola d'ordine é arrembaggio! Oltre al sorriso dovra concederti ben altro..- Frugò mentalmente nei ricordi passati -..Ecco, invitala a teatro! -

Gennaro parve riflettere su quelle parole. - A teatro.. ! -

- Bene e se lei fa un complimento tu non andare via chiaro ? - Disse perentoriamemte l'artigiano.

- Chiaro ! In quanto a te le istruzioni valgono quelle del sogno precedente! -

- E sarebbero ? -

- Mediobanca ! -

Realtà

Il suo respiro era leggero e lo sentiva sul petto, dove lei vi aveva posato il viso e i capelli sottili solleticavano la pelle con movimenti impercettibbili. Lei si svegliò in quel momento, quasi percepisse il suo sguardo, adagiato sulla sua persona.

Il suo profumo era fresco come la sua personalita e quel suo sorriso al mattino era un morbido unguento per l'umore ed iniziare con ottimismo la giornata.

- Ben svegliata tesoro..- Sussurrò.

Lo baciò sul viso, prima di scostare leggermente le coperte e sistemarsi al suo fianco. - É belo ritrovarsi qui con te..oggi vedere viso tuo disteso e rilassato. -

- Il merito é tuo. - Disse dolcemente.

Yasmine si strinse a lui.,- Io pensato a tue parole. -

- Quali ? -

- Io capito cosa tu volere e..io essere d'accordo . -

Enrico aveva capito benissimo a cosa si riferiva. - Abbiamo parlato di tante cose.. -

Lei si mostrò stupita ponendo il suo volto vicino al suo.- Tu ieri essere stato molto chiaro..tu volere figlio. -

L'imbarazzo lo investì come un temporale estivo. - É vero, ma riflettendoci bene.. forse è meglio rifletterci bene. -

Lei si riappoggiò alla sponda del letto tirando il lenzuolo su di sè. - A volte tu essere strano..-

- Come potrei non esserlo, così diviso fra due mondi! Ma di una cosa sono certo, non potrei fare a meno di te. - Rispose prima di ridiscendere con lei sotto le coperte.

La sede di Mediobanca era nettamente diversa dalla filiale del Banco Commerciale dove possedeva il conto. Trasudava di affari e traffici finanziari, mascherati da un aspetto austero, che ormai non impressionava nessuno. Il luogo era pulito e lucidato a specchio, riflettendo una luce soffusa che difficilmente mascherava la puzza di affari sporchi e corruzione. Non era il luogo per il piccolo risparmiatore che chiedeva un mutuo per l'abitazione, denotato dagli abiti esibiti e dagli sguardi da lupi famelici, mostrati con vaquità.

Si sentiva decisamente fuori luogo con quell'abito di qualità dozzinale e decisamente non in sintonia con quell'uniformità di grigi, indossati dal resto dei presenti. Il disagio spingeva per rasentare i muri o indossare un paio di occhiali da sole decisamente oscuri, in modo da celare l'evidente imbarazzo. Tutti parevano sapere con esattezza dove andare, senza incertezze nè esitazioni, inoltrandosi in quei meandri dell'alta finanza, dove non vi era posto per uno come lui, tutto era estraneo e sconosciuto.

Da quando aveva lasciato l'appartamento ripeteva in continuazione quel codice a sedici cifre e il nome di quel funzionario che avrebbe dovuto incontrare. Ora doveva comunicare con qualcuno in quello spazioso androne attraversato da persone che sussurrano sottovoce per non far trapelare chissà quali segreti.

Anche gli usceri apparivano come agenti segreti, pronti ad estrarre le loro Walter ppk al primo movimento sospetto.

Si avvicinò con cautela ad uno di questi, che stazionava con le mani richiuse in avanti e un paio di impenetrabili occhiali. - Scusi..vorrei parlare con il dottor Oriani sa per cortesia se..-

Senza aprir bocca indicò con la mano destra un secondo usciere, posto dalla parte opposta dell'androne. Lo salutò senza essere corrisposto raggiungendo il suo omonimo, riproponendo il medesimo quesito.

Questi sollevò il dito indice puntandolo verso l'alto. - Terzo piano! -

l'essenzialita era una regola in quel luogo, soltanto lo stretto necessario come se le parole fossero un costo da addebitare sulla carta di credito.

Non prese l'ascensore di proposito, affollato da sopracciglia rifatte e manicure degne di una star di Hollywood.

Raggiunse quel piano con la convinzione che fosse off-limits per individui dal conto inferiore ai sei zeri ed il tizio che gli venne incontro era piu vicino ad un buttafuori da Night che ad un usicere, malgrado i modi più garbati. - Scusi lei, chi sta cercando? -

Per la terza volta ripeté la stessa frase ricevendo la risposta più scontata. - Ha un appuntamento? -

Enrico fu breve ma convincente e l'uomo spari percorrendo il corridoio alla sua destra.

Due soli colpi alla porta e la aprì senza attendere la risposta. -

Dottore, un certo Gennaro Coppola ha chiesto di lei. -
Ripose lentamente la cornetta del telefono riflettendo su quella frase. - Antonio, puoi ripetere per favore ? -
- Si é qualificato come Gennaro Coppola...riferisco che è occupato ? -
Scostò la prominente ipa dalla scrivania e si alzò in piedi, alleviando l'esuberante doppio mento, posto sotto un faccione con grosse labbra carnose e due occhi a mandorla da gatta soriana. - No, ci penso io. -
Il finanziere uscì dalla stanza per primo percorrendo a grandi falcate l'androne e fermandosi ad osservare i presenti.
L'usciere lo raggiunse indicando con lo sguardo Enrico in modo da poterlo individuare. - Il signore con le mani in tasca..-
Enrico vide un omone di uno e novanta di altezza dirigersi nella sua direzione con uno sguardo uggioso. Se lo ritrovò davanti come un masso roccioso in bilico e minaccioso come un mastino. - Chi é lei, cosa vuole! -
L'artigiano fu sul punto di scusarsi e retrocedere dal suo intento, ma istintivamente disse. - Le azioni scendono..-
Quell'uomo incuteva timore e rimase esposto al suo sguardo inquisitore per alcuni interminabili istanti, poi perentoriamente disse. - Mi segua ! -
Avrebbe preferito andar via, ma quello non era un invito da cui ci si poteva esimere, e seguì come
un'ombra quella montagna di carne.
L'ufficio era sontuosamente arredato con quadri d'autore e sculture, che denotavano la propensione all'arte figurativa. Sulla scrivania nessuna foto nè orpelli, sgombra persino dai consueti tagliacarte o altro. Un portatile di ultimissima generazione era il solo strumento di quell' ufficio, contornato da un vistoso router posto di fianco e con linea dedicata.
La maestosa poltrona in pelle, dove Oriani andò a sedersi, sembrava avesse subito anni di sevizie. La pelle era schiacciata e ripiegata come le rughe che contornano il volto di un pescatore novantenne ed ebbe l'impressione che cedesse di schianto, dopo che Oriani la adombro con il suo corpo.

- Come si chiama ? -

- Enrico Pellecchia! - Rispose, come se fosse in stato di fermo al commissariato, accusato di un crimine efferato.

L'alto finanziere digitò il suo nome, scrutando come una strega nella sfera di cristallo il monitor e attendendo profeticamente l'esito. - Lei é un poliziotto ? -

- No, carrozziere! -

- Lei risiede in via ...interno 8 ? - Continuò Oriani anticipando le risposte.

- Si ma come.. -

- Si limiti a rispondere! - Lo tacciò, sollevando lo sguardo dal personal computer. - ..Chi le ha fatto il mio nome? -

Enrico non aveva più argomenti, ma ormai non aveva nulla da perdere. - Potrà sembrarle strano..il signor Coppola. -

Il finanziere incrociò le braccia. - Non so cosa mi trattenga dal sbatterla fuori..ora le rifaccio la domanda, chi le ha fatto il mio nome ? -

- Riceverà la medesima risposta Dottor Oriani, é stato lui a farmi il suo nome e suggerirmi la parola chiave ! -

Lui si alzò e una volta raggiunto Enrico lo prese per un braccio accompagnandolo alla porta. - Lei é un volgare mistificatore che specula sul nome di un amico defunto..-

Enrico fu quasi sollevato di peso ed era in procinto di essere scaraventato fuori dall'ufficio, quando giocò la sua ultima risorsa. - Aspetti! ..Ho il codice del conto cifrato di Gennaro...-

Lo tenne in sospeso come un surgelato preso dal freezer, prima di sospingerlo all'interno della stanza e richiudere la porta. Gli si paro davanti con le mani sui fianchi. - Vorresti farmi credere che Gennaro si é confidato con te ? -

Enrico si riassettò la giacca. - Esatto! codice..2452YA715WA..eccetera..-

Il finanziere rimase immobile. - Continua -

- Le sembrerà assurdo ciò che sto per dirle. -

- Sono un appassionato di Hichcook e di mentalità aperta - Replicò il finanziere mantenendo un apparente distacco.

- Gennaro lo sento tutte le notti e mi ha parlato di lei! - Confessò l'artigiano.

- Ho detto che ho la mente aperta, non le chiappe! - Rispose lui scavalcandolo e dirigendosi verso una libreria, estrendo dalla cassettiera una piccola valigetta in allumminio satinato.

- Pellecchia, sei ancora in tempo per allontanarti da qui senza conseguense e recarti al piu vicino centro psichiatrico. - Disse Oriani posando la valigetta sulla scrivania prendendo posto sulla poltrona.

- Confermo ciò che ho detto! -

- Bene, allora non ti dispiace ripetere la tua storia con qualcosa che la confermi! - Ammonì il finanziere.

- Faccia pure, se questo può servire ! Rispose Enrico sedendosi nella sedia posta davanti al tavolo.

- Servirà eccome, ma ti avverto il mio tempo é denaro e se questo apparecchio ti darà ragione sarò a tua disposizione...ma se, come auspico, sei un fanfarone ti mettero nelle mani dell'autorità giudiziaria con l'accusa di tentata truffa! -

Enrico annuì togliendosi la giacca e slacciando i polsini della camicia sotto lo sguardo severo del suo interlocutore, che aprì la valigetta estraendo quattro cavi a cui erano collegati i sensori del poligrafo.

Li applico ai polsi, petto e sotto la gola dell'artigiano, collegando le estremita alla macchina con dei colpi secchi e decisi. - Rispondi alle mie domande senza fare commenti. -

Si sentiva esposto e quella situazione stava tracalicando ogni piu fantasiosa previsione come essere sottoposto alla macchina della verità, condizione da mero agente segreto. Quel luogo era un covo di serpenti, dove la verità era un opinione soggiogata al profitto. Quella procedura la percepiva come un passaggio obbligato per essere considerato attendibile e tutto sommato ormai non aveva niente da perdere.

- Ti chiami Enrico Pellecchia ? -

- Si ! -

- Vivi a Roma ? -

- Si -

- Sei nato in Uganda ? -

- No -

Il dottor Oriani fece una pausa, controllando il tracciato con una penna e segnando alcuni punti, poi riprese.- Conosci Gennaro Coppola ? -

- Si -

- Il signor Coppola é vivo ? -

- No -

- E' stato lui a darle quel codice ?

- Si ! -

Risposte senza tentennamenti, attendendo fiduciosamente il responso che non tardò ad arrivare. Il finanziere rimise a posto il poligrafo staccando i sensori e riponendo il tutto nell'armadio. - Ora dimmi come cazzo hai fatto ! -

- A fare cosa ? - Rispose l'artigiano riabbottonando la camicia e indossando la giacca.

Oriani si sedette incrociando le dita. - Ad ottenere quel codice cifrato! Gennaro era mio amico da venti anni e non lo avrebbe rivelato a nessuno, me compreso. -

Enrico lo mise al corrente delle vicissitudini che lo avevano interessato negli ultimi mesi, - ...E per suo espresso invito che mi sono rivolto a lei e chiedere il suo aiuto. -

Il finanziere era allibito e pareva fosse stato relegato in uno stato catarsico seguito da un lungo sospiro. - In quaranta anni di attivita e intermediazioni ne ho viste e sentite da far arrossire il piu smaliziato e sordido colletto bianco, ma una storia come questa non la berrebbe neppure il più sfrenato e consumato alcolista..-

Enrico era ormai rassegnato ad una conclusione ignominiosa di quell'incontro lasciando, che lui concludesse. -... E' talmente assurdo e inverosimile che potrebbe anche essere vero !..Crede veramente che quell' entità sia Gennaro ? -

Enrico si rianimo riassettandosi nella poltrona. - Sono costretto a crederlo, ha monopolizzato i miei sogni e le confermo che non vi era a Roma persona più scettica e terrena del sottoscritto. -

Oriani mise una mano sul doppio mento pizzicandolo leggermente. - Se é come dice ho una missiva per lei da riferire al nostro amico comune. -

- La ascolto! -

- Riferisca queste esatte parole, Magnum Est..e mi dia la risposta.
- Espose scrivento su un post-it, il suo numero privato. - ..Tenga e adesso mi esponga il suo problema.

L'artigiano non si fece pregare e sciorinò dettagliatamente la sua situazione economica e fiscale.

Gianni Oriani ascoltò in silenzio poi mostrando il palmo delle mani disse. - Tutto qua ? -

- Riavere la mia dimora per me sarebbe già tanto. - Rispose fiducioso.

- Il finanziere riprese a digitare sul Pc che aveva davanti e dopo una manciata di secondi rivolse la tastiera verso il suo ospite. - Digiti le sedici cifre in sequenza!-

Gli sguardi si incrociarono poi Enrico premette i sedici tasti, restituendo il portatile ad Oriani il quale termino l'operazione pigiando con un colpo secco, Enter. - Fatto. -

- Come fatto! - chiese perplesso Enrico per la velocita di quell'operazione.

- Nel senso che la sua situazione é risanata, abbiamo coperto il debito e questa sera inoltrerò l'istanza di revoca del pignoramento, domani potrai venire a ritirare i documenti. - Espose con disarmante semplicità.

Il battilastra si sentì sollevato e incredulo nello stesso tempo, considerando quel pc come una reliquia che per intercessione avesse compiuto un miracolo.

- Non so come..-

- Non lo faccia, ho prelevato una quota che ha gia gratificato il mio operato..é qualcun altro che deve ringraziare. - Disse lui rilassandosi nella poltrona.

Enrico aveva in serbo un altra curiosita da soddisfare. - É rimasto qualcosa nel conto cifrato ?

-

Il faccione di Oriani abbozzo un lieve sorriso, prima di salutarsi.

- Si, qualcosa é rimasto..la aspetto domani e non dimentichi di riferire a Gennaro ciò che le ho detto. -

Era ancora frastornato per quell'incontro da cui aveva ottenuto il pieno possesso della sua casa, ma come da consuetudine era ormai divenuto l'intermediario di Gennaro e chiunque venisse a conoscenza dei fatti veniva allacciato da una sorta di cordone ombelicale da cui trarre informazioni o altro.

Comunque era sereno e desiderava condividere quella notizia con Yasmine e i suoi amici, magari invitandoli per un altra cena a quattro.

Fece di volata la strada che lo riportava a casa e risalì le scale con tale leggerezza, ritrovandosi a infilare la chiave nella serratura benchè fosse gia stata aperta.

Non si pose il problema, accantonandola come una semplice disattenzione e senza approfondire l'evidente scasso subito, in modo abbastanza grossolano.

Entrò con enfasi pronto a pronunciare il nome della sua donna, ma tutto scemò con una fitta al petto.

Yasmine era seduta nel medesimo divano dove vi passava le notti. lo sguardo triste e angosciato con le mani giunte sulle ginocchia serrate in un estremo tentativo di protezione.

Un braccio le cingeva il collo in modo osceno e la mano pendente sul suo seno accrebbe il disagio, e la rabbia si impossessò di Enrico. Otello gustava quel momento, ed in modo consapevolmente odioso sceneggiò di proposito quella provocante situazione.

Era talmente preso da quell'immagine che non si accorse della presenza alle sue spalle di Armando intento a richiudere il portone. - Te sei fatto attende, e nun se po lassa da sola na bella figliola come quella.

Enrico tenne lo sguardo rivolto a Yasmine. - Toglile le mani di dosso animale ! -

Otello mutò aspetto e fece per alzarsi e raggiungerlo, ma lo strozzino lo fermo. - Nun te scalda Otè, é un amico vero e noi dovemo condivide tutto col li amici, er denaro, le donne.. e le machine! -

- Dimmi cosa vuoi ! - Rispose l artigiano, contenendo la furia che montava dentro di sè.

Armando accese il sigaro avanzando qualche passo verso il divano occupato da Otello e Yasmine. - Stasera ce volemo diverti vero Otè ? -

Il guardaspalle annuì, stringendo il braccio attorno a Yasmine che chinò il capo con disgusto. - Io me sto gia a divertì ! -

Lo strozzino si avvicinò ad Enrico, - Ste cose me lasciano indifferente! Io preferisco e machine.. na bella Porsche me farebbe dimentica tutta sta storia e pure a Otello! -

Il guardaspalle provò a stringere il seno della donna provocando la reazione di Enrico che si lanciò verso di lui ma subito bloccato da Armando che lo trattenne. - Che te sei messo in testa, quelo te rompe le ossa e poi te ripassa a cubana com'ar cinema! -

- Daccordo!.. - disse l'artigiano - ..Vi consegno la macchina, ora lasciatela stare ! -

Un'espressione di gradassa soddisfazione si sprigionò dal volto di Armando. - E chi te a tocca! Annamo và che me sò rotto de sto cesso de casa! -

Otello leccò il volto della donna, prima di lasciarla andare a rifugiarsi nelle braccia di Enrico. Lasciarono l'appartamento seguiti dagli strozzini che li spinsero nel sedile posteriore della Mercedes.

Una volta seduti, Armando chiese col sigaro fra i denti. - Dò annamo ? -

- Nella mia carrozzeria! - rispose Enrico.

- Ce oh sapevo che era lì, che t'avevo detto ? - Confermò lo strozzino rivolgendosi al suo compare.

Otello guardò dallo specchietto Yasmine, strizzandole l'occhio, ricevendo un'evidente espressione disprezzo. - M'ha tolto pure er gusto de na ripassata a sto cioccolatino. -

Enrico strinse la mano di lei cercando di infonderle coraggio ma inaspettatamente non sembrava averne necessità e dalla leggera gomitata che ricevette assieme allo sguardo espressivo, intuì che volesse comunicargli qualcosa.

Soprasedette cercando di capire cosa stesse succedendo e attese gli eventi con l'unico obbiettivo di preservare l'incolumita di

Yasmine e sbarazzarsi con l'auto degli strozzini.

La Mercedes puntò il lungo muso davanti ad una delle ampie serrande che immettevano nella carrozzeria ed Enrico si apprestò ad aprirla infilando la chiave nell'interruttore che azionava l'apertura.

Il meccanismo si avviò con quel familiare gigolio, aprendo alla vista lo spazioso e meccanizzato interno. Entrarono tutti insieme, con Armando in trepida pregustazione. - Annamo do l'hai messa a Porsche ? -

Enrico si apprestava, mantenendo al suo fianco la donna, a raggiungere il garage attiguo passando davanti a quel tormentato parafango posato sull'incudine. Si fermò, nel sentire la serranda riavviarsi e richiudersi lentamente, recidendo i raggi di sole che illuminavano lo spazio interno.

Tutti si voltarono. - Ote, ferma er coso! -

Il guardiaspalle si mosse, ma dopo un paio di passi si fermò nell'intravvedere alla luce degli ultimo bagliore di luce una figura, comparsa quasi per incanto.

Enrico mormorò, - ..Mario?! .-

La serranda terminò la sua corsa e il profilo dell'amico si delineò chiaramente, compresa la fidata mazza da baseball oscillante sulla sua mano destra. Yasmine sorrise, toccando nuovamente con il gomito il battilastra, realizzando che a cadere in trappola quella mattina non era stato lui.

- Er campo de basebal se trova a Cerveteri, anvedi de smammá! - Lo scherni Armando.

Mario sorrise sarcasticamente. - Questa é na mazza pe strozzini !
-

- Te mancano le palle pe giocá! - Replicò, togliendo il sigaro dalla bocca in tono minaccioso.

Il barman fece qualche passo in avanti, svelando dalla penombra il suo volto. - La tua capoccia é perfetta! -

Otello chiese con lo sguardo l'autorizzazione ad intervenire, seguito dallo scatto di un coltello a serramanico. - Fatte sotto! -

Mario non attese oltre. - Nun te imagini da quanno ! -

Gli altri si prepararono ad assistere ad uno scontro che si preannunciava cruento, dove lo spettatore meno intimidito era Yasmine. - Dagliele a quelo porco ! -

Si scrutavano, tenendosi a distanza con il pugnale di Otello, che passava da una mano all'altra danzando attorno al suo avversario. Il barman si limitava a osservare le sue mosse con la mazza di legno sulla mano destra e distesa sul fianco, ma ben stretta e pronta. Il coltello volteggiò un paio di volte in avanti, saggiando il coraggio e la scaltrezza di Mario che, impassibile, lasciò che avanzasse senza muovere un passo.

Otello lanciò il primo affondo, puntando al petto con rapidità e con la convinzione che l'avversario arretrasse. Mario dal canto suo attendeva quell'ingenuita come un caimano immobile sull'acqua in vigile agguato. La lama del coltello arrivò ad un palmo dal suo viso, mentre la sua mazza centrò in pieno il collo dell'avventato gorilla.

Otello lasciò cadere il coltello, portando le mani sulla carotide, sentendosi soffocare e perdendo il controllo.

Era nelle mani del Barman, che caricò la sua arma come se dovesse eseguire un servizio sul campo da golf, fiondandola sul ginocchio sinistro di Otello.

Lo scricchiolio delle ossa fu sovrastato dall'urlo dell'uomo, che crollò per terra contestualmente al sigaro di Armando.

Mario cammino, lentamente attorno alla sua vittima e dopo aver fatto volteggiare la mazza la scaricò nuovamente sull'altra gamba, con tale violenza che Otello rotolò su se stesso in preda agli spasmi. - Fermatè! ..Me stai a trucida! -

Mario gli si parò davanti. - Che c'è, non te stai a diverti? -

Il guardaspalle si contorceva con le ginocchia in frantumi. - ..Ma chi te conosce..-

- Te sei presentato quanno hai appiccato er foco ar bar ! - Rispose Mario, prendendo la mano dello sventurato e ponendo il polso sotto la suola della scarpa.

Armando seguiva la scena con apprensione e con il presagio di un epilogo altrettanto doloroso, consapevole che quell'uomo era stato vittima di una sua estorsione.

Lo sguardo terrorizzato di Otello fu profetico per ciò che stava per succedere. Mario fracassò il dorso di quella mano che poco prima sosteneva il coltello, intingendo di rosso il legno seguito da un lamento rauco e profondo.

Armando si sentì perso e infilò la mano sotto la giacca impugnando il calcio di una pistola. Il suono metallico che si ripercuote su un corpo umano, risuonò come il gong di un ring su tutto il capannone, destando l'attenzione di Mario ed Enrico che rimasero sbalorditi.

Yasmine sosteneva ancora fra le mani l'arrugginito paraurti dell'Aurelia, sotto il quale giaceva il corpo esamine di Armando, steso al suolo e con la fronte insanguinata.

Enrico si accostò a Yasmine, che sovrastava lo strozzino brandendo il paraurti. - Credo sia stato sufficiente . -

- Lui non meritare pietà.. - Rispose lei, restituendo il pezzo di lamiera ad Enrico.

Mario li raggiunse. - Lasciatelo a me! -

Si fecero da parte, mentre il barman fece oscillare la mazza sopra il muso del delinquente. - Me devi na cifra! -

Armando si asciugò il sangue che colava sulle guance dal taglio sulla fronte. - Io..nun te conosco..-

Mario gli pose la base della sua arma su mento. - Te rinfresco la capoccia? -

- Aspetta..nun lo fa! - Si apprestò a dire lo strozzino - ..E' stato no sbaio, je avevo raccomannato a quer inbecille de Otello de lassàperde! -

Il barman gli sfrego il legno massiccio sulla fronte. - L'amigo tuo de sbaj nun ne fa più ! Mo je servono e stampelle...e de te che ne devo fa ? -

- Graziame, famme rimedià..- Scongiurò con il respiro affannato.

- Che te deve l'amigo mio ? - Gli chiese Mario.

Lui strisciò la mano in direzione di Enrico. - ..Quaranta..mila..-

- C'e ne ho messo cinquanta per rifa il locale, il suo debito é mio!..- Poi si chinò verso di lui -..restano diecimila che famo ? -

Armando si asciugò la fronte, con la mano sporca di polvere mischiandola col sangue. - ..A maghina..pijate a maghina..a Mercedes..-

Mario si voltò un attimo verso i suoi amici, - Che dite ci gusta ? Sa di pappone e puzzerà del sigaro di questo avanzo di sterco, ma non é male ! -

Enrico annuì, - Credo si possa fare. -

Il barman si alzò in piedi, fissando lo strozzino disteso sotto di lui, sollevò lentamente la mazza con entrambe le mani fin sopra la testa. Armando urlò spalanco gli occhi e la bocca, mentre il legno si abbatteva con un tonfo a qualche centimetro dalle sue orecchie. Mario lo prese per la giacca rimettendolo in piedi e trascinandolo verso la pressa idraulica, mostrandogli la mostruosa bocca. - Se soltanto pensi di avvicinarti a me o ai miei amici io ti piazzo qua dentro ! - seguì lo scatto dell'interruttore e simultaneamente la reazione ad allontanarsi dello strozzino che rabbrividì.

- Ora raccatta i resti del tuo leccaculo e levati dalle palle! - Concluse Mario spronandolo con una pedata.

Sogno

Si sentiva appagato, ma inaspettatamente e per la prima volta, quel luogo non rifletteva il suo stato d'animo. Una cappa di incertezza traspirava da quelle eteree mura e i colori se pur chiari apparivano sbiaditi e la luminosita offuscata da un velo opacizzante. Guardò in alto, dove solitamente Gennaro discendeva in modo tetrale, senza mostrare segnali della sua presenza. Quel ritardo fece affiorare sentimenti contrastanti per quell'anomala condizione e l'inquietudine si fece largo per quell'ingiustificata assenza. Quell'omino tanto detestato era divenuto un presenza notturna desiderata come un appuntamento televisivo, paragonabile alla consuetudine più amata dagli italiani: il Maurizio Costanzo Show.

Lo chiamò ad alta voce un paio di volte, vagando in quella stanza vuota senza ottenere alcuna risposta. Per certi versi si sentiva abbandonato e si rammaricava se non altro di non potergli riferire le ultime novita e ringraziarlo per il suo provvidenziale aiuto.

Era ormai rassegnato a trascorrere in solitudine quella nottata, adagiandosi in quella morbida assenza gravitazionale e meditare su quelle incredibili giornate, quando vide spuntare una manina che lo invitava ad avvicinarsi.

Lo raggiunse sentendo dalla parte opposta la voce del napoletano, seria e dimessa. - ..Enrico..-

L'artigiano gli strinse la mano. - Che succede, perché non entri ? - - .. Preferisco rimanere qui..- rispose con la voce rotta dalla tristezza.

Lui fece presa sul polso e lentamente lo tirò a sè, trascinandolo dentro la stanza. Occultava il volto con la mano libera, mentre le lacrime sgorgavano copiose scivolando sulle guance arrossate. Era ormai chiaro che fino a quel momento Gennaro era stato volutamente in disparte per celare quello stato d'animo a quel luogo che manifestava una anticipazione espressiva.

- Posso sapere chi ti ha ridotto in questo stato ? Ma sopratutto in parad..in questo luogo, non dovreste essere sempre felici ? -

Gennaro si asciugò le lacrime, prendendo fiato. - ..Noi siamo felici se desideriamo esserlo..ed io in questo momento non voglio. -

Enrico lo aiutò a distendersi, cercando di attenuare l'imbarazzo che tormentava l'entita. - Che diav..ehm, diamine cosa può essere successo, da cancellare il tuo perenne buon umore ? -

-..Ieri ho incontrato Angela.. -

- Questo dovrebbe farti piacere . - Commentò Í artigiano posando una mano sulla sua spalla .

Gennaro riprese vigore ed espose il suo dramma.- Lo pensavo anche io..mi ha accolto come sempre, fresca e sorridente e per la prima volta abbiamo parlato a lungo come se ci conoscessimo da tanto tempo, spaziando nel nostro passato e manifestando apertamente le nostre passioni..-

- Fantasico e poi ? - Lo incitò Enrico.

-..Tutto era cosi naturale e spontaneo e le ho dichiarato cio che provavo, con l'entusiasmo e il trasporto di un uomo follemente innamorato..- Continuò Germano, gesticolando a mani aperte.

- Benissimo! - Apostrofò l'artigiano al colmo della curiosità.

L'entità ricadde nello sconforto - Non proprio, lei dopo avermi sorriso dolcemente mi ha rivelato che..-

- Lo sapevo, amava un altro, con tutti quegli attori a spasso fra le nuvole non poteva quella..quella..- Enrico si fermò, rendendosi conto che sbraitava sotto lo sguardo perplesso del suo amico.

- No, ma che dici! -

- Ah no ?! Scusa sai a volte..-

Gennaro riprese da dove era stato interrotto. -..E' stata tenera nel confessarmi che anche lei si sentiva attratta da me, ma non poteva amare nessuno e con questa epitesi mi ha liquidato..e purtroppo non finisce quì..-

- Cos'altro ci aspetta, il giudizio universale ? - Disse il battilastra spazientito.

Germano sollevò il lacrimevole volto, spalancando le grandi palpebre. - Il prossimo sogno..-

- Vuoi dire che..-

Lui annuì in silenzio, mentre Enrico manifestò tutto il suo dissenso. - Non possono farci questo! Dalle nostre parti danno il preavviso e vuoi che il padret..insomma chi comanda, non ci conceda una dilazione? Persino Armando lo strozzino mi aveva concesso una proroga e quì dove tutto é permesso diventano dei fiscali burocrati ? -

- Tu non puoi capire..- Esternò con un fil di voce.

- Sai che ti dico ? Mi sono stufato di non capire..- Esternò Enrico prendendolo per le spalle scuotendolo come un mazzo di cipolle -..Ci concedono una sola notte ? Allora la faremo durare un anno o finchè non troveremo una soluzione! -

La sua determinazione scosse L'entita che si rimise in piedi stringendo i pugni. - Si! Mi hai convinto, ma cosa ? -

Enrico cominciò a camminare per tutta la stanza, - Dunque riflettiamo..condivide i tuoi sentimenti ma non puo amarti..avete per caso qualche impedimento o regola in merito da rispettare ?

Gennaro allargò la braccia - Assolutamente no ! .-

Riprese a camminare per la stanza riflettendo e ricercando in quello che rammentava della moglie una spiegazione logica a quelle frasi. In apparenza non vi era nessuna connessione e piu frugava nel suo passato alla ricerca di un nesso più si inoltrava nel buio.

Cercò infine di immedesimarsi in lei e su cosa avrebbe fatto in quella situazione. Infine giunse a quella che, plusibilmente, era stata la causa del rifiuto e partorendo la conseguente risposta.

Si riavvicinò a Gennaro, e pacatamente disse. - ..So cosa vi ostacola..-

Lui sollevò lo sguardo triste e malinconico. - ..Allora dimmelo..-

- ..E' di fronte a te !- Rispose, posando lu mani sulle sue spalle.

- Tu ?! -

- Si..io che avrei dovuto aiutarti ne sono la causa. - Confessò mestamente.

- Come può essere ? - chiese Gennaro.

- Non chiederti come, piuttosto sa di noi ? -

- Me ne sono guardato bene! - Espose enza ezitazioni.

- Ne ero certo, io avrei fatto lo stesso,..- Disse Enrico, invitandolo ad ascoltarlo con attenzione -..Devi rincontrarla e dirgli che io so tutto.-

- Ma..non. - Provò lui a sindacare quella scelta.

- Fai come ti dico, dille che io le voglio ancora bene, ma che amo un'altra donna e mi sono rifatto una vita e desidero che lei faccia altrettanto.. - Abbassò lo sguardo trattenendo a stento un profondo disagio prima di riprendere - ..Dille che io sono stato felice con lei e non avrei potuto desiderare un passato diverso da quello che é stato..e che io non la amo più.. -

Un silenzio carico di palpabile emozione rese quegli attimi unici e profondi, molto piu significativi di qualsiasi altra frase e Gennaro lo abbracciò spontaneamente prima che tutto svanisse. -

Realtà

Tastò con la mano il cuscino per accarezzare i riccioli neri e incontrare il suo caldo Abbraccio, alla ricerca di un conforto per quell'ultimo sogno che aveva suggellato un sofferto ma liberatorio distacco. Yasmine non c'era, restava il suo profumo e il tepore sulle lenzuola, rammentando che il suo impegno con Mario la coinvolgeva molto prima che lui si svegliasse.

Lo attendeva al bar per servirgli la colazione e un tonificante bacio sotto lo sguardo malizioso di Mario, che dopo la batosta rifilata ad Armando e accolito, sembrava essersi tolto un fastidiosissimo sasso dalla scarpa.

Enrico gli era in debito, ma la realtà mostrava un lato diverso, come se fosse il barman ad essersi liberato da un peso.

Il cellulare vibrò, formattando i pensieri. - ..- Pronto ? -

- ..Buongiorno sono Andrea..Andrea Lanzetti..-

Quel nome era stato completamente rimosso dai suoi pensieri, con il proposito di chiamarlo per disdire la vendita. - ..Certo, ciao senti..-

Andrea arrivò al punto senza ascoltarlo. - ..Ci vediamo in carrozzeria ho due clienti interessati all'acquisto e desiderano concludere, va bene in tarda mattinata ?..-

-..Andrebbe bene, ma volevo parlarti..-

- ..Mi dirai quando ci incontreremo, ora ho un impegno scusa a piu tardi!..- Concluse seguito dai bip della linea libera.

Non riuscire a comunicare con chiarezza e senza essere fraintesi era snervante, avrebbe voluto chiudere lì la faccenda, rammentando comunque che era pronto restituirgli le trecentocinquanta euro di caparra e i dovuti interessi per lo scioglimento del contratto.

Aprì il cassetto del comodino tirando fuori il registro, recuperato dalla cassetta di sicurezza di Gennaro deciso a portarlo con sè dal Dottor Oriani, non avendo nessuna risposta per il quesito che gli aveva posto.

L'abbinamento, caffè abbinato al bacio di Yasmine aveva delle proprieta traumaturgiche e quella mattina era stato preso al volo, essendo impegnata con una torma di clienti alla ricerca del loro primo caffè. Mario era stranamente assente e lei era stata evasiva su dove fosse andato a quell'ora del mattino e comunque Yasmine sembrava cavarsela egregiamente.

La salutò con la mano, ricevendo un appagante sorriso, addentrandosi nella via per raggiungere la prima stazione della metro. Oriani lo attendeva nel suo studio e dopo il primo inquietante ma risolutivo incontro incontro vi si recava con uno stato d'animo diverso.

Rientrare nei meandri della sede di Mediobanca non era piacevole, ma il finanziere gli aveva spianato la strada e non appena entrato fu prelevato da un uscere e accompagnato nel suo ufficio.

La porta era spalancata, ritrovando quello sguardo da gatto in agguato e un certo timore. Appariva ancora piu massiccio della volta precedente, mentre aggirava la scrivania, invitandolo a sedersi. Aveva perso ogni formalità e il tono era gradevole e pacato, anche se celava una impazienza trattenuta dal carattere e dall'esperienza.

- Ciao Enrico, questi sono i documenti dell'avvenuto sgravio, puoi dormire sonni tranquilli. - Disse, consegnandogli una cartella con scritto sopra il suo cognome.

- Non so come ringraziarti..- Rispose ma fu subito interrotto.

- Io si..come sta il nostro amico ? - Disse Oriani con un chiaro riferimento alla sua richiesta.

- Bene, ti saluta calorosamente. - Si limitò a dire Enrico.

- Ti ha riferito qualcosa per me ? -

L'artigiano tirò fuori il registro e lo pose sopra la scrivania. - Molto di più credo, mi ha detto di consegnartelo con il consiglio di farne buon uso, ma non chiedermi a cosa si riferisse. -

Oriani rimase di sasso e posato nelle sue mani iniziò a sfogliarlo, confermando che lo aveva già visto o perlomeno sapeva di cosa si trattava. E dopo averlo sfogliato esclamò: - Dio santo, questa é dinamite! -

Accantonata la sorpresa, il finanziere si alzò, dirigendosi verso un quadro che celava una cassaforte, e dopo avervi messo dentro il libro la richiuse con lestezza.

- Devo dirti che oggi mi hai stupito anche più di ieri, ora sono io in debito con te e tutto questo è a dir poco incredibile. -

- So bene di cosa parli, é da qualche mese che ci convivo. - Aggiunse Enrico.

Oriani aveva una curiosità da soddisfare. - Avrei un'infinità di domande da porti e non é detto che un giorno ti chieda pazientemente di rispondermi, ma a questa ti prego di non esimerti, cosa c'è lassù ? -

Il battilastra ci penso un attimo. - Per essere conciso, quello che desideri! -

- Piuttosto enigmatico ma credo di aver afferrato il concetto e sappi che dopo quello che mi hai consegnato puoi considerarmi il tuo interlocutore. -

Preso alla sprovvista, Enrico non aveva richieste ed era in procinto di ringraziarlo per ciò che aveva fatto. - In effetti una cosa ci sarebbe..anzi due..forse tre. -

Il finanziere si predispose ad ascoltare. - Tutto ciò che é in mio potere. -.

L'artigiano si lasciò scappare un sorriso malizioso. - Vorrei il saldo del conto cifrato che mi ha consegnato Gennaro. -

Oriani parve meravigliarsi. - Pensavo lo sapessi..- Disse ponendole le dita nella tastiera per poi voltare il monitor verso il suo ospite - ..E' sufficiente un pc e la tua password per disporne come meglio credi. -

Enrico aguzzò la vista, scrutando il monitor e avvicinandosi ancora, in modo da esserne certo di aver visto bene. Oriani dopo aver riportato il suo portatile nella primitiva posizione chiese.

- ..E le altre due richieste ? -

Il dado era tratto e il destino sembrava arridere ancora una volta al battilastra che sembrava aver imboccato la giusta via. Era certo che Oriani si sarebbe rifatto vivo e quel buona fortuna una pura formalita manifestata dalle circostanze. Entrambi avevano un impegno urgente, Enrico doveva disdire la vendita della sua officina e il finanziere riaprire la cassaforte e consultare la miriade di codici e informazioni in esso contenute.

Ma era stato chiaro sul fatto che avrebbe esaudito le altre due richieste.

Non si rammentava più quale fosse stata l'ultima volta che aveva preso un taxi, confermato dal volto stupito dell'autista per la cifra sbalorditiva che gli diede quando lo lasciò davanti alla sua carrozzeria.

La serranda era già sollevata e soltanto una persona poteva entrarvi con il suo consenso, Andrea. Gli venne incontro con la mano tesa e la determinazione di chi é prossimo a raggiungere un obbiettivo. - Buone notizie Enrico, questa mattina concluderemo le trattative -

Attese il momento opportuno per metterlo al corrente sulla sue intenzioni ma l'entusiasmo dell'intermediario non gli diede spazio. -..Devo confessarti che nutrivo qualche perplessità sulla vendita delle attrezzature, ma inaspettatamente si é fatto avanti un libero professionista che aquisterebbe tutto in blocco, mentre la struttura é già pattuita con un esercente..-

- Un ottimo affare ma..- Fece per eccepire l'artigiano e subito interrotto.

- Nessun ma! Entrambi stanno per arrivare e le trattative dovranno essere serrate, mi raccomando ho necessità di esibire le qualità di questi macchinari, essenziale per il buon esito dell'operazione. -

- Veramente volevo comunicarti che..- Si fermò nell'udire il rombo inconfondibile di una Jaguar e dei suoi dodici cilindri.

- Devono essere loro! - Disse Andrea invitandolo a seguirlo.

Si fermarono davanti al muso dell'auto d'epoca, penetrata all'interno con la capote distesa. Enrico portò la mano sulla fronte, guardando in alto, mentre i due occupanti dell'auto scesero raggiunti da Andrea. - Benvenuti, non mi aspettavo che veniste assieme, vi conoscete ? -

Il più alto dei due che conduceva l'auto annuì, con un sorriso che celava ben altro. - Prego, vi presento il signor Pellecchia. -

- Non é necessario,..- Disse Enrico, riprendendo un tono confidenziale -.. Li conosco! -

Andrea rimase perplesso. - Vi conoscete ?!..Mi sono perso qualcosa? -

- Effettivamente questo artigiano é una vecchia conoscenza. - Rispose Mario mettendo una mano sui fianchi.

- Molto vecchia! - Aggiunse Amedeo.

- Sarebbero questi due gli acquirenti di cui mi parlavi ? - Chiese Enrico.

Andrea annaspava cercando di capire cosa stesse succedendo. - Si..i signori sono gli interessati. -

- Molto interessati! Sottolineò Mario.

Il medico prese la parola assumendo un tono asettico. - Seriamente interessati, io e Mario desideriamo rilevare l'attivita. -

Ci fu uno stallo, che Enrico ricoprì rivolgendosi ad Andrea. - Con mia irrevocabile decisione comunico a tutti che intendo ritirare la vendita di questa storica attività, e a tale proposito desidero ringraziare i miei amici per la loro brillante idea e ricompensare te per il disturbo arrecato. -

E presa dalla tasca una busta la consegnò all'intermediario, che la aprì ancora perplesso. - Cinquemila euro ?! Non valgono il lavoro svolto. -

L'artigiano sorrise compiaciuto. - Quei trecentocinquanta euro d'anticipo mi hanno portato fortuna. -

- Trecento cinquanta euro di caparra ?!.. - Disse stupito il barman - ..Ammazza, sei un affarista nato. -

Andrea richiuse la busta aggiungendo. - Ne ho avuti di clienti eclettici ma tu hai raggiunto la vetta dei preferiti, se cambi idea chiamami ! -

Dopo aver salutato, lasciò il gruppo senza aver ben capito cosa fosse accaduto e in ogni caso convinto che aver conosciuto Enrico ne fosse valsa la pena.

- A me non mi incanti, che intenzioni hai ? Disse Mario avvicinandosi.

- Rammenta la promessa che hai fatto.. - Aggiunse Amedeo, indicando la rossa Jaguar -.. l'ho comprata, rimboccati le maniche e preparati al restauro.

L'intento dei suoi amici era chiaro e si sentì confortato di poter condividere quella amicizia. - Devo ammettere che avete super-

ato le mie aspettative e vi ringrazio per le vostre nobili intenzioni, vi assicuro che questa attività riprenderà alla grande e questa auto ritornerà nuova di pacca..ma non sarò io a farlo. -
I suoi amici si guardarono, prima che Mario intervenisse. - Quando fai così ti darei una allisciata col tirapugni, cosa ci nascondi? -
Enrico rimase imperturbabile, lasciandoli ancora sulle spine. - Noi saremo impegnati in qualcosa di più frivolo. -
Amedeo si fece avanti. - Io conosco quello sguardo e non mi piace! -
- Dovrai ricrederti, psicologo dei miei stivali! -
- Ok io ho terminato la pazienza, Amedeo passami quel tubo da un pollice! - Sbottò il barman ponendo le mani sui fianchi.
L'artigiano sollevò le mani. - D'accordo, ma dovrete darmi una mano! -
- Non credi che ci siamo prodigati abbastanza? - Fece osservare Amedeo.
Enrico annuì. - Enormemente, ma questo lo farete molto volentieri. -
- Non mi incanti!.. - Riprese il barman - ..Dovessi accompagnarti tutte le mattine, tu riprenderai la tua professione, iniziando da questa auto. -
- Puo darsi, ma prima dovete aiutarmi a spendere un pò di soldi.
- Li incitò Enrico, svelando un po per volta le sue carte.
Mario tolse le mani dai fianchi, grattandosi un orecchio e il medico si scostò dal cofano della Jaguar dove vi stava poggiato. - Da come hai generosamente elargito il denaro ad Andrea non ti sarà rimasto molto. -
- Gia!..- aggiunse Mario -..Di cosa stiamo parlando? -
- Rammentate il conto cifrato che Gennaro mi ha consegnato? - Disse il battilastra.
- E chi lo dimentica! - Rispose Amedeo.
- Beh.. Gennaro era un uomo previdente. - Riferì, lasciando spazio ad altre domande.
Mario incrociò le braccia. - Di che cifra parliamo..cento, duecento mila? -

- Veniquattro e cinquecentossanta! - espose l'artigiano.

Amedeo parve rilassarsi. - Meglio di niente, venticinquemila euro sono un piccolo capitale e se ti serve una mano puoi sempre contare su di noi. -

Certo!..- Aggiunse il barman - ..e vedi di stare lontano dagli strozzini . -

- Pensavo foste piu perspicaci..- Disse lentamente riaccendendo l'attenzione dei suoi amici..- ..i ventiquattro non sono mila, ma milioni di euro ! -

Il silenzio che segui fu il preludio di una lunga sbornia terminata nel letto di Yasmine.

- Come essere possibile tutti quei soldi ? - Chiese la ragazza, posando la pezza umida sulla fronte.

Quel letto roteava in senso opposto alla stanza, e la testa pesava come un macigno su quel cuscino. - ..quel vino bianco mi ha..i soldi ? ..Gennaro faceva parte dell'alta finanza e aveva accumulato un patrimonio. -

Lei si infilò nel letto, sistemandosi accanto a lui. - Ringraziare Gennaro quando incontrare.. Mario e Amedeo cosa dire ? -

Lui sorrise per un attimo, sovrastato dal mal di testa. - Li ho annichiliti per dieci secondi e poi hanno urlato finche l'alcool non li ha stesi... volevano ricomprarmi l'officina capisci ?! -

- Tu uomo fortunato..-

Lui la strinse a sè. - Per aver incontrato te..-

Yasmine ricambiò con un bacio - ..Ora tu uomo ricco..-

- I soldi non fanno la felicità..- Rispose lui posandole un dito sul naso -.. Ma gli danno una bella botta. -

Sogno

Tutto era radioso e risplendeva di luce calda e solare. Nulla era paragonabile a ciò che vedeva e percepiva, neppure la luminosità della nostra stella in una giornata di piena estate. Tutto infondeva pace e benessere ed essere consapevoli che per diverso tempo non avrebbe potuto godere di quelle sensazioni, lo rese malinconico. Era a dir poco singolare, aver detestato visceralmente quel luogo e giunto il momento tanto atteso, non riuscire a farne a meno.

Era preoccupato per Gennaro e quel suo fallimentare corteggiamento con il quale si erano inutilmente destreggiati.

Allisciò l'abito di velluto senape con il quale era avvolto, trovando di suo gusto il foulard di seta blu appitonato sul collo. Si era preparato un articolato discorso per consolare l'amico ultraterreno, ringraziarlo per aver ridato un senso alla sua vita e fatto partecipe di quella dimensione ancora non del tutto compresa.

Gennaro comparve, camminando come se stesse attraversando piazza Venezia. Era gaudente e radioso coma mai lo aveva visto prima d'ora, aveva subito un ulteriore mutamento e le sue proporzioni ora erano quelle di un uomo normale, il volto non più tondo ma longilineo e sebbene non avesse una statura considerevole, tutto rispettava i canoni di un giovane di trenta anni. Quella metamorfosi cancellò il discorso che aveva in mente e spontaneamente gli chiese, - Ma come hai fatto ? -

L'entità gli mise le mani sulle spalle. - Benvenuto amico mio..a fare cosa ? -

- Beh, sembri ogni volta diverso e oggi sei come..- si fermò prima che facesse riferimento a se stesso.

- Oh semplice..- rispose sorridente - ..Esponi la speculare rappresentazione di come ti immagini e senti.

Enrico ebbe un attimo di esitazione desiderando in quel momento di essere davanti allo specchio. - ..Ed io ? -

- Come sei ?..Anche tu hai cambiato aspetto, la prima volta che ti ho visto facevi impressione, lungo e secco come un grissino e con tante di quelle pieghe sul viso come se fosse stato arato..hai presente una mummia ? -

L'artigiano intervenne. - Maronna mia ! ..Ed io che ti sfottevo chiamandoti Joda! -

Risero di gusto e malgrado volesse sapere come fosse andata con Angela non desiderava essere inopportuno ed interrompere quel momento di felicità.

- Credo sia giunto il momento di salutarci.- Disse Germano abbracciandolo.

- Mi mancherai amico mio!- Aggiunse Enrico.

L'entità fece qualche passo indietro, - Arrivederci..il più tardi possibile! -

Enrico fece per allontanarsi, ma Gennaro prima di scomparire disse. - Non svegliarti ho una ultima sorpresa..

Gennaro scomparve allo stesso modo come era apparso, lasciando un vuoto nel suo animo e con la certezza che il solo ricordo lo avrebbe reso maliconico per diverso tempo. Aveva ancora molte cose da dirgli e una varietà di consigli da riferire per conquistare Angela, ma tutto si spense nel notare una presenza al di là della parete dorata. In prima istanza si rianimò, pensando ad un ritorno di Gennaro, ma un braccio femminile spuntò, seguito dal resto del corpo.

Rimase senza parole e anche se le avesse avute, non sarebbe riscito a dirle. Lei era apparsa con un palpitare del cuore e avanzava lentamente verso di lui. Aveva visto il suo corpo inerte e assistito alla pietosa sepoltura, rivederla come se il passato fosse stato solo un sogno lo colpì.

- Angela!- Riuscì a mormorare con un filo di voce.

Indossava una camicia candida su un paio di jeans, stretti in vita con una cinta variopinta. I capelli sciolti ricadevano sulle spalle, molto più lunghi di quando vivevano assieme. Si avvicinò con passo deciso, anche se il suo volto liscio e candido come una ventenne, mostrava un cenno di timidezza.

Si fermò davanti a lui, abbassando leggermente lo sguardo. - Ciao Enrico!..-

Non aveva paura ma, ora che lei era al suo cospetto si sentiva in forte imbarazzo. - ..E' bello rivederti e..-

Lei lo mise subito a suo agio. - Gennaro mi ha messo al corrente e mi é stato concesso questo incontro..anche per me é importante. -

Enrico avvicinò la mano al volto di Angela e lei lo aiutò a compiere quel gesto che ritualizzava ogni sera, una carezza sul viso.

- ..Mi sei mancata tanto..-

- Vi sono cose difficili da comprendere e vane da spiegare, ma non ti ho dimenticato. - disse lei teneramente.

Enrico le strinse la mano, - Ho vissuto un dramma, ma ora vivo una nuova vita e ho una nuova compagna. -

Lei sorrise dolcemente. - Sono felice per te..ed io volevo dirti che..-

Enrico le mise due dita sulle labbra, intuendo il suo desiderio di chiarire fatti ormai accettati. - Non é necessario, per me é stato un privilegio averti amato e lo rifarei senza esitazioni. -

Lei ricambiò il gesto di affetto, passando le dita fra i suoi capelli. - Non avrei potuto desiderare altro..-

Lui inspirò trattenendo l'emozione che lo avvolgeva. - Sii felice..Gennaro é una brava persona. -

Lei annuì, trattenendo una lacrima e lo abbracciò. - Abbi cura di te..sarà bello rincontrarci un giorno. -

- in un altro sogno!-

Realtà...

-

enrico tirotto

-

www.ingramcontent.com/pod-product-compliance
Lightning Source LLC
Chambersburg PA
CBHW061221170626
46809CB00007B/2541